AF665081

Fred Persson ist das Alter Ego eines Autors, der bereits Romane veröffentlicht hat und mit dem „aspekte"-Literaturpreis des ZDF sowie dem Deutschen Kritikerpreis ausgezeichnet wurde. Auf den Spuren geschätzter Krimiautoren wie Håkan Nesser, Leonardo Padura oder Charles Willeford begibt Fred Persson sich nun mit *Schatten der Gier* selbst in das gefährliche, vor allem aber lebenspralle und spannende Genre des Kriminalromans. Er schickt den Zielfahnder Edwin Anders in unsere Welt hinaus, in der die Täter und Taten kaum noch Grenzen kennen.

FRED PERSSON

SCHATTEN DER GIER

Erstausgabe September 2022

Copyright © 2022 dp Verlag, ein Imprint der
dp DIGITAL PUBLISHERS GmbH
Made in Stuttgart with ♥
Alle Rechte vorbehalten

Schatten der Gier

ISBN 978-3-96087-828-8
E-Book-ISBN 978-3-96087-819-6

Covergestaltung: Anne Gebhardt
Umschlaggestaltung: ARTC.ore Design
Unter Verwendung von Abbildungen von
stock.adobe.com: © Sabphoto, © phoenix2778
neo-stock.com: © Tom Parsons
Lektorat: Astrid Pfister
Satz: dp DIGITAL PUBLISHERS GmbH
Druck und Bindung: Books on Demand GmbH, Norderstedt

Das Werk darf – auch teilweise – nur mit
Genehmigung des Verlages wiedergegeben werden.

Sämtliche Personen und Ereignisse dieses Werks sind frei
erfunden. Etwaige Ähnlichkeiten mit real existierenden Personen,
ob lebend oder tot, wären rein zufällig.

Gewiss ist nichts wahrscheinlicher als ein Verbrechen; aber es muss wenigstens nachgewiesen sein.

Voltaire

1

Er wehrte sich, aber es half nichts. Diese Kraft, die ihn von hinten fixierte, war stärker. Er ruderte mit den Händen wild durch die Luft, bekam aber nichts und niemanden zu fassen. Je verzweifelter er sich zu befreien versuchte, desto mehr erlag er der Umklammerung. Hals und Genick wie in einem Schraubstock gefangen. Es gelang ihm nicht, die Hand wegzuzerren, die ihm etwas auf den Mund presste, das süß und nach Chemie roch.

Er spürte seine Sinne schwinden, sein Blick trübte sich. Die erstickten Schreie rückten in weite Ferne, so als kämen sie gar nicht von ihm selbst, sondern aus einer Zukunft, die ihm verschlossen blieb. Seine Arme und Beine erschlafften. Es blieb ihm nur noch, sich mit einem Ächzen zu ergeben. Er spürte, wie die Hand sich von ihm löste und Blut aus seiner Nase tropfte.

Dann fiel er und tauchte ein in ein Schwarz, wie er es noch nicht gekannt hatte.

Das gleißende Licht, das seine Lider durchdrang, brachte Blitze zur Entladung, die ihn aus wirren Träumen rissen. Er vergewisserte sich seiner selbst, wer er war. Aber wo zum Teufel war er und was war passiert? Als er die Augen öffnete, konnte er nichts sehen. Eine ungeheure Helligkeit blendete ihn. Die Sonne stach schmerzhaft. Er konnte sich zwar bewegen, aber nur die Füße, die Hände und den Hals. Arme und Beine waren offenbar gefesselt.

Als er an sich hinuntersah, stellte er fest, dass er nackt war. Ein Schweißfilm bedeckte seinen Körper. Er lag da wie aufgebahrt, Schweißtropfen liefen ihm in die Augen. Er ruhte auf etwas, das weich und warm war. Und es war schwarz, erkannte er, als er mühsam den Kopf hob. Lag er auf dem Fell jenes Jaguars, den er vor ein paar Jahren selbst in Costa Rica erlegt hatte? Eine Trophäe, die er irgendwann verschenkt hatte, damit die Geschäfte in Gang kämen. Er zwinkerte, um den Blick scharf zu stellen und sich ein Bild von seiner Lage machen zu können. „Beruhige dich!" Er sagte es sich immer wieder. Er musste sich beruhigen, um hier rauszukommen!

Er lag da, unter dem Glassturz, irgendwo in einer gottverlassenen Gegend, der sengenden Mittagshitze der Sonne ausgesetzt. Es wurde von Minute zu Minute heißer. Das Sonnenlicht brannte, wie durch eine Linse gebündelt, auf seinen Körper hinab. Die Hitze in seinem Körper würde immer weiter ansteigen, wenn es ihm nicht gelingen würde, sich zu befreien. Sein Blut würde irgendwann zu kochen beginnen und sein Hirn anschwellen, bis es nicht mehr in den Schädel passte.

Was konnte er tun? Er war gefangen in diesem Treibhaus. Hier war auf Dauer kein Leben möglich.

2

Chefinspektor Anders hatte sich von seiner Tochter überzeugen lassen, dieses Mal weder zu fliegen noch mit dem Dienstwagen zu reisen, sondern den Zug zu nehmen. Zählte er alles zusammen, die An- und Abfahrten zu und von den Flughäfen, Check-in, Check-out, Wege und Wartezeiten, war er mit dem Zug kaum länger unterwegs als mit dem Flugzeug.

Anders schlenderte, mit seinem Handy mit dem E-Ticket in der Hand, auf der Suche nach seinem Platz durch den Zug. Die Nummer auf dem Ticket führte ihn nach vorne in die Erste Klasse. Seine Kollegin Clara hatte die Reise gebucht, er sollte offenbar erholt ankommen. In seinem Abteil saß niemand. Hier konnte er, was bislang über den Fall bekannt war, in Ruhe durchgehen, bevor er die Frankfurter Kollegen traf.

Er machte es sich mit den Unterlagen bequem, konnte sich jedoch nicht konzentrieren. Der Streit mit Marie spukte immer noch in seinem Kopf herum.

Wenn er mal wieder wegmusste, gab es in letzter Zeit immer öfter Streit. Ein weiteres Mal war es um ihre Kinder gegangen, die gerade in einer heiklen Phase ihres Lebens steckten. Leonie war kaum noch zu Hause, seit sie mit Fridays for Future die Welt rettete. Wenn er sie mal antraf und ansprach, war sie stets übel gelaunt und schnippisch, und Lukas zog sich, je mehr sie sich um ihn stritten, immer öfter in den Panikraum seiner Krankheit zurück.

Und Marie? Für seine Frau führte eine Spur von den Problemen mit den Kindern immer direkt zu ihm!

Als der Zug übers Land fuhr, blieben die dunklen Gedanken zum Glück in der Stadt zurück. Die Gegend war braun von der Hitze dieses Sommers. Der Mais, soweit er es sah, war verdorrt.

Das Bundeskriminalamt war offiziell von Kollegen aus der BRD um Amtshilfe gebeten worden. Lore Kranebitter, die Chefin der Abteilung für Zielfahndung im BK, sowie Vizedirektor Oberst Viktor Grabowski hatten sich nach einigen internen Querelen darauf verständigt, ihn dafür abzustellen.

Es hatte allerdings gedauert, bis er im BK diesen Platz hatte einnehmen dürfen, auf dem er sich, trotz seines Handicaps, längst besser bewährt hatte als jeder vor ihm. Mit dieser Diagnose als Polizist zu arbeiten, sei mehr als fragwürdig, hatte es geheißen. Er sollte niemals eine Waffe führen und, mehr oder weniger auf sich allein gestellt, Kriminelle um die halbe Welt jagen. Er tauge eigentlich nur für den Innendienst!

Seine Epilepsie war die Folge eines Fouls an ihm als Torwart der U18 vor bald sechsundzwanzig Jahren. So tückisch diese Krankheit auch war, sie führte nur sehr selten zu einem Grand mal-Anfall, der ihn niederstreckte. Hin und wieder überfielen ihn von Experten Aura genannte Wahrnehmungen. Auf einer Woge trug es ihn von allem fort, was ihm vertraut war. Dann funktionierte die Welt auf einmal anders. Sie roch anders, sah anders aus und klang anders. Anders, als es einen die Erfahrung des Alltags lehrte.

Irgendwann hatte er damit begonnen, diese Kraft nicht mehr zu unterdrücken, wenn sie von ihm Besitz ergriff, sondern sie zu nutzen. Er nahm sie an und spielte mit ihr. Manchmal brachte sie ihn sogar auf eine Idee und anschließend auf eine Spur.

Bevor er aufgebrochen war, hatte er Nadja Berg um Unterstützung gebeten, mit der ihn mehr verband als nur eine alte Freundschaft. Auch sie recherchierte in diesem Fall. In ihrem Blog *Untersuchungen an der Wahrheit* deckte sie stets alles auf, was dem Herausgeber ihrer Zeitung zu brisant war. Wenn jemand mehr wusste als die Polizei, dann Nadja. Er beneidete sie um die Quellen, die einer Person wie ihm verschlossen blieben. Whistleblower wandten sich nun mal an die Presse und nicht an die Polizei.

An diesem Nachmittag sollte er Markus Pfeffer vernehmen. Ein Landsmann, der wegen Betrugs ins Visier der Behörden geraten war. Ihn einfach nur auf freiem Fuß anzuzeigen, war zu riskant, wenn er bedachte, dass das Geld noch nicht wieder aufgetaucht war.

Über einige Handelsfirmen waren weltweit, ohne Umsatzsteuer zu bezahlen, CO_2-Zertifikate aufgekauft und zu Schnäppchenpreisen an die Broker Bank weiterverkauft worden, für die Pfeffer arbeitete. Anschließend hatte er sich von den Finanzbehörden die nie bezahlten Steuern zurückgeholt. Bis zu einer Razzia durch die Steuerbehörde hatten ihm diese Steuertricks Einnahmen in mehr als dreistelliger Millionenhöhe beschert. Die Broker Bank hatte Pfeffer zwar fallen gelassen, aber zu spät, um endlich aus den Schlagzeilen zu kommen.

Anders war verblüfft, als er erfuhr, wie viel sich auf internationalen Märkten mit CO_2-Zertifikaten verdienen ließ. Sie wurden an den Börsen gehandelt wie Kaffee, Rohöl und Fleisch.

Abgashandel im globalen Maßstab war das Instrument, um ein aus dem Ruder laufendes Klima einzuhegen. Mittlerweile geriet es aber außer Kontrolle und, da damit Unsummen an Steuern hinterzogen wurden, stand es nicht nur auf der Agenda von Umweltschützern ganz oben. Kohlendioxid! Treibhauseffekt! Gift für die Erde und das Klima. Der CO_2-Handel, der Emissionen senken sollte, durfte nicht in Misskredit geraten. Um keine Zweifel an den Methoden aufkommen zu lassen, hatte Nadja publiziert, wurde Greenwashing erst gar nicht an die große Glocke gehängt.

Seine Tochter wusste über all diese Dinge besser Bescheid als er.

Wie er den Unterlagen entnahm, versuchte Pfeffer seine Schuld jetzt zu relativieren. Er hatte etwas von einem Drahtzieher zu Protokoll gegeben, über den er aber nichts wusste. Einen Hintermann, der alles eingefädelt haben sollte. Emission Sales. Den er aber angeblich persönlich nicht kannte und der nun spurlos verschwunden war.

Was für eine Farce!

Er blickte von den Papieren auf. Ein rollendes Buffet war neben ihm zum Stehen gekommen. Ein alter Mann in einer roten Uniform lächelte ihn an. Anders kaufte sich einen Kaffee, der zwar nach Kaffee duftete, aber kaum danach schmeckte.

Die Frankfurter Ermittler zweifelten an der Existenz des ominösen Hintermanns, den Markus Pfeffer vorgab, nicht zu kennen, und der ihn angeblich nur telefonisch kontaktiert hatte, um ihn in Geschäfte zu verwickeln, die er nicht durchschaut habe. Pfeffer könnte ihn vorgeschoben haben, um am Ende nur als Mitläufer dazustehen. Von Telefonnachweisen fehlte jedenfalls jede Spur. Er hatte ausgesagt, der Mann habe ihn immer nur mit unterdrückter Nummer angerufen und ihm dann Anweisungen erteilt. Nur aus Neugierde, um mit den Möglichkeiten zu spielen, habe er sie schließlich ausgeführt. Im Grunde habe er nur sehen wollen, ob es tatsächlich funktioniere, was dieser Mann vorschlug, und dann, als es plötzlich ernst wurde, sei es schon zu spät gewesen.

Anders wusste von Nadja, dass dieses Umsatzsteuer-Karussell sich an anderen Orten auf dem Globus weiterdrehte. Dass man Pfeffer aus dem Verkehr gezogen hatte, war also noch nicht der große Durchbruch. Aber er würde erst mal sehen, was in Frankfurt wirklich los war. Er würde sich jetzt ein wenig ausruhen. Der Streit mit Marie hatte ihn in der letzten Nacht nämlich um den Schlaf gebracht.

Anfangs war der Oberst skeptisch gewesen, was seinen Einsatz als Zielfahnder betraf. Erst die ersten Fahndungserfolge hatten einige zum Verstummen gebracht. Dann war es Anders nach und nach gelungen, den Oberst und die Chefin seiner Abteilung davon zu überzeugen, ihm eine Chance zu geben. Doch die Mehrheit im BK stand ihm wegen seines Handicaps weiterhin skeptisch gegenüber.

In Wirklichkeit wohl aber nur deshalb, weil er zum Zielfahnder aufgestiegen war, und kein anderer. Wieso ausgerechnet ihn der Oberst auf den so begehrten

Posten gehievt hatte, war ihm bis heute nicht ganz klar. Hatte er eine Art Reibebaum gebraucht, weil es im siebten Stock zu langweilig war? Womöglich war er es auch nur geworden, weil eine Kollegin es nicht werden durfte, die schließlich bei der Sitte gelandet war. Vielleicht glaubte aber sogar der Oberst längst an ihn und konnte es einfach nur nicht zugeben. Denn das hieße auch zuzugeben, dass er danebengelegen hatte, und dann hätte er ein Vorurteil revidieren müssen. Das wiederum verlangte eine Größe, die Anders dem Oberst nur ungern unterstellte.

Von Erinnerungen bedrängt, die seit fast sechsundzwanzig Jahren wiederkehrten, döste er eine Weile vor sich hin. Immer wieder, kurz vor dem Einschlafen oder Aufwachen, spielte sein ramponierter Kopf die alte Szene durch: Er steht im Tor, es ist die Nachspielzeit, und es steht eins zu eins zwischen den U-18 Teams des SK Rapid Wien und des SK Sturm Graz. Ein letzter Angriff der Gäste in der sogenannten Gruabn, ein Pass in die Spitze, ein langer Ball hinter seinen Libero. Kein Abseits! Er sieht den Stürmer von Rapid in seine Richtung sprinten. Er löst sich von der Grundlinie, macht ein paar schnelle Schritte hinaus und hebt ab, ausgestreckt zu seiner ganzen Länge, um den Ball ins Abseits zu fausten, bevor der Stürmer, der aus dem Lauf hochsteigt, mit seinem Kopf rankommt.

Peng!

Aus.

Er erwachte unter weißen Laken in einem Bett der Unfallchirurgie, vollgepumpt mit Drogen. Er spürte keine Schmerzen, doch er wusste, dass etwas anders war. Anders als vorher. Anders als bisher. Da war etwas in seinem Kopf, von dem er noch nicht sagen konnte, was es genau war. Er wusste nur, dass es da war und vielleicht nicht mehr weggehen würde. Bis heute fragte er sich, ob er diesen Crash irgendwie hätte verhindern können.

Er kam wieder zu sich, als der Zug Nürnberg verließ. Inzwischen hatte er Gesellschaft bekommen. In der Nähe saß eine Frau, fast ganz verdeckt von einer Zeitung. Während ihre Zeitung raschelte, flog die Landschaft vor dem Fenster im Cinemascope an ihm vorüber. Vom klimatisierten Abteil aus erschien ihm das Land draußen, auf dem die drückende Hitze lastete, wie eine Fata Morgana.

Er griff nach den Unterlagen, zögerte dann aber. Nahm die Erinnerungen zur Hand, die er sich noch vor der Abreise am Buchstand Capriccio auf dem Karmelitermarkt gekauft hatte. Dort deckte er sich gewöhnlich immer mit alten Büchern ein. *Mein letzter Seufzer.* Er war wirklich sehr angetan von Luis Buñuel, von seiner Art, die Dinge zu sehen, und dem vergilbten Buch, in das etwas hineingekritzelt war, das er nicht entziffern konnte.

3

Ein Schwall heißer Luft schlug ihm entgegen, als er aus dem Zug stieg. Am Ausgang der Bahnhofshalle wurde er bereits erwartet. Ein Kollege von der Polizeiinspektion 60 reichte ihm die Hand. Auf dessen Handydisplay konnte Anders ein Foto von sich sehen. Er schob die Sonnenbrille ins Haar hoch und begrüßte den Mann. Dieser Hendrick erinnerte ihn an einen trickreichen Stürmer, der einen ehemaligen Torwart wie ihn rasch in Bedrängnis bringen konnte.

Auf der Fahrt ins Polizeipräsidium in die Adickesallee, wo Anders Pfeffer vernehmen sollte, klärte ihn Kriminaloberkommissar Hendrick über den Stand der Dinge auf. Auch darüber, dass er Pfeffers Geschichte vom unbekannten Hintermann mittlerweile nicht mehr so recht ernst nahm.

„Warum ist er auf freien Fuß gesetzt worden? Besteht denn keine Verdunkelungsgefahr?“

„Weiß der Teufel, wie es ihm gelungen ist, die Haftrichterin davon zu überzeugen, die U-Haft auszusetzen. Der Typ ist ein wirklich smarter Bursche. Unbescholtenheit, die Mär vom Hintermann und sein Versprechen, uns jederzeit zur Verfügung zu stehen, haben sie leider davon überzeugt, gelindere Mittel anzuwenden.“

Die Bürotürme des Bankenviertels erschienen ihm von Weitem wie Klötze auf einem Brettspiel. Von den

Kindern verlassen, die zum Spielen in den Wald gelaufen waren.

Der Komplex der Polizeidirektion verteilte sich auf ein weites Areal, durchzogen von großzügig geschnittenen Alleen, die von jungen Bäumen gesäumt waren.

Er folgte Hendrick in die Abteilung 60 für Wirtschaftskriminalität, wo man sie bereits erwartete. Der Kriminaloberkommissar stellte ihn vor, während er vorauseilte.

Sein Team bestand aus zwei jungen Männern und einer Frau in seinem Alter, die ihm gleichgestellt zu sein schien. Man tauschte ein paar Sätze aus über die Reise, die Hitze, die Stadt, und das gute, alte Wien, das es so, wie Anders dachte, eigentlich nie gegeben hatte.

Sie wollten, dass er allein mit Pfeffer sprach. Vielleicht gelang es ihm ja, einem Landsmann, mehr zu erfahren. Was sie bisher aus Pfeffer herausgekriegt hatten, war vage und widersprüchlich. Noch war nicht klar, was davon ernst zu nehmen war, und was Pfeffer lediglich behauptete, um falsche Spuren zu legen oder besser dazustehen.

Am Ende des Flurs im ersten Stock hielten sie vor dem Raum an, in dem die Verhöre stattfanden.

„Ich bin mir nicht sicher“, sagte Dorit Uhl, Hendricks Kollegin, „ob er nur dreist behauptet, was ihm gerade so einfällt, ob er sich einen Plan zurechtgelegt hat oder ob er nicht durchblickt und nur seine konfuse Wahrheit wiedergibt.“

„Ich halte die Geschichte mit dem anonymen Hintermann für eine Lüge, die ihn entlasten soll“, sagte Hendrick.

„Und das Geld?“ Anders war der Meinung, dass sie wie so oft in Fällen von schwerem Betrug einfach nur dem Geld folgen mussten, um den Knoten zu lösen. Es war eine nicht zu ignorierende Tatsache, dass Typen wie Pfeffer nicht das Unrechtsbewusstsein von Gewalttätern hatten. Diese ahnten oft, dass sie das, was sie getan hatten, eines Tages würden sühnen müssen. Die Welt der Zahlen funktionierte ohne jede Moral. Ging einer ganz in ihr auf, verlor er bald darauf jedes Bewusstsein dafür, dass Zahlen doch meist nur Platzhalter für etwas Konkretes waren. Die Finanzindustrie war dazu übergegangen, die angewandte Mathematik durch reine Mathematik zu ersetzen, in der es um die Zahlen selbst ging. Aber während die reine Mathematik sich nicht nur der Richtigkeit der Ergebnisse verschrieben hatte, sondern auch der Schönheit, zeigte die Finanzindustrie hässliche Folgen für viele, die sich auf ihr falsches Spiel einließen.

Anders sinnierte, während er den langen Gang auf und ab wanderte, vor sich hin, um die Zeit des Wartens rumzukriegen. Er erinnerte sich noch gut an Bekannte und Kollegen, die bei der letzten Finanzkrise durch ihre Finger geschaut hatten.

„Ich bin mir sicher, dass er mit einem oder zwei Spitzenanwälten hier aufkreuzt“, warf einer der beiden jungen Polizisten ein.

Hendrick schaute immer wieder auf seine Uhr. Eines jener Modelle, die jeden Furz aufzeichneten und in Relation zur Biografie ihres Trägers setzten. „Er ist bereits zehn Minuten zu spät“, seufzte er.

„War keine gute Idee, den Mann gegen eine Kaution auf freien Fuß zu lassen und den Haftbefehl wegen

Fluchtgefahr auszusetzen“, meinte Hendricks Kollegin. Man sah ihr an, dass sie nicht viel für die Privilegien derer übrig hatte, die es sich richten konnten.

„Sein Telefon ist ausgeschaltet“, sagte der andere junge Polizist mit dem Handy am Ohr, „und am Festnetz geht niemand ran!“

„Wir fahren in die Altstadt zu seiner Wohnung“, befahl Hendrick. „Falls er die Vorladung ignoriert oder vergessen hat“, er lachte auf, „und gegen seinen Hausarrest verstößt, bekommt er Schwierigkeiten mit der Haftrichterin. Wenn er geflohen ist, bekommt sie Schwierigkeiten mit der Staatsanwaltschaft.“ Mit der ihm eigenen Beweglichkeit stürmte er in Richtung Ausgang, als ginge es aufs gegnerische Tor. Anders und die anderen sahen zu, dass sie hinterherkamen.

Pfeffers Wohnung lag in der Frankfurter Altstadt, zwischen Dom und Römer, wo die Immobilienpreise höher waren als die Bürotürme im Bankenviertel. Hendrick musste an sich halten, um auf das Blaulicht zu verzichten, was ihn nur noch mehr reizte, aufs Gas zu treten. In einem Höllentempo bretterten sie in die Innenstadt hinein.

Vor einem der Fachwerkhäuser, die wie Tortenstücke dastanden, legte er auf dem Kopfsteinpflaster eine Vollbremsung hin. Anders drehte sich der Magen um, der aber zum Glück noch leer war.

Sie stürmten ins Haus, und hinauf in den zweiten Stock, wo Pfeffer eine ganze Etage besaß, die weder zum Haus noch zu diesem Viertel passte. Hendricks Kollegin hatte telefoniert ... die Wohnung war von Polizisten aus einer nahe gelegenen Polizeidienststelle bereits geöffnet worden. Sie bezog mit den beiden, die mit Hendrick gekommen waren, vor der Tür Stellung.

Die Wohnung war zu kahl für Anders‘ Geschmack, obwohl er den Bauhausstil durchaus mochte. Es war heiß, die Klimaanlage stand auf Stand-by. So bald würde wohl niemand zurückkommen. Das Einzige, was aus dem stilsicheren Rahmen fiel, waren die Tierfelle, an den Wänden und auf dem Boden. Darunter auch das Fell eines Leoparden. Diese traurigen Trophäen vertrugen sich nicht mit dem Stil einer solchen Wohnung, fand Anders. Es verdarb die ganze Klasse.

Dass Pfeffer nicht da war, versetzte Hendrick einen sichtlichen Dämpfer. Seit sie sich umgeschaut hatten, möglichst ohne irgendwelche Spuren zu zerstören, lehnte er sich nachdenklich in einer Ecke der Wohnküche an. „Diese Haftrichterin! Ich habe schon befürchtet, dass der Vogel ausfliegt, sobald man die Tür seines Käfigs einen Spalt weit öffnet!“

„Noch wissen wir nicht, ob er sich tatsächlich abgesetzt hat“, versuchte ihn die Kollegin Uhl zu beruhigen. „Vielleicht hat er ja den Termin zur Vernehmung vergessen, oder er legt es darauf an, uns zu provozieren. Oder …“

„Oder …“, unterbrach Anders sie und machte ein paar Schritte zur Kücheninsel hin. Dann bückte er sich, untersuchte den marmornen Fußboden und betrachtete etwas, das dort lag. Er kam ächzend wieder hoch. „…Oder es hat ein Kampf stattgefunden.“

Hendrick stieß sich mit dem Fuß von der Ecke ab. Er kam näher, um zu sehen, was es war. „Rasierpinselborsten“, sagte er nur. Es war nicht klar, ob er witzig sein wollte, weil ihnen Pfeffer, so wie es aussah, durch die Lappen gegangen war, oder ob er es wirklich ernst meinte.

Anders entschied sich für Ersteres. „Das glaube ich genauso wenig wie Sie. Ich vermute, dass es sich hierbei um die Haare eines Raubtiers handelt. Auf dem ansonsten so akkurat sauberen Boden befinden sich noch mehr davon."

„Bestimmt von den Fellen, die hier rumliegen", schaltete sich Dorit Uhl ein.

Hendrick nahm den Ball an, den ihm der Ex-Torwart aus Wien in den Lauf gerollt hatte. „Er hat recht. Aber es sind wahrscheinlich Haare von einem Fell, das an dieser Stelle lag. Die Haare sind definitiv schwarz", stellte er fest, als er sie durch die Handylupe begutachtete. „Und sonst ist hier kein schwarzes Fell zu sehen, soweit ich es beurteilen kann."

„Das Fell ist also verschwunden, so wie unser Mann", sagte Anders.

Dorit Uhl schien das nicht zu glauben, also kam sie zu ihnen, um sich selbst zu überzeugen. Sie ging in die Hocke und überprüfte, ob noch weitere Haare zu finden waren. Sie entdeckte tatsächlich ein paar, und außerdem kreisrunde, dunkle Flecken, die aussahen wie getrocknetes Blut. „Gut möglich, dass hier ein Kampf stattgefunden hat", meinte sie. „Es kann aber auch einfach nur jemand Nasenbluten gehabt haben."

„Und wieso fehlt dann eines der Felle?" Hendrick wollte sich damit nicht zufriedengeben.

„Vielleicht ist es in der Reinigung?"

Es bereitete ihnen sichtlich Vergnügen, einander aufzuziehen.

„Und Pfeffer hat es höchstpersönlich hingebracht? Noch dazu genau dann, wenn er eigentlich bei uns im Verhörraum sitzen sollte? Do-rit!"

„Ist ja schon gut!" Sie grinste verstohlen. „Reg dich wieder ab. Ich kann schließlich nichts dafür, dass er abgehauen ist." Sie tütete ein paar der Haare ein und auch etwas von dem Blut, das sie mithilfe eines Wattestäbchens vom Boden rieb.

Hendrick leitete nun eine Großfahndung nach Pfeffer ein und bestellte ein Team der Spurensicherung in die Wohnung. Danach fuhren sie Anders in sein Hotel, das ganz in der Nähe lag.

Sie würden sich bei ihm melden, sobald sie mehr wüssten, sagte Hendrick, als er ihm seine Sporttasche aus dem Kofferraum hievte. Und dass ihm echt leidtue, wie das hier alles gelaufen sei. Er steckte seine Visitenkarte in die Brusttasche von Anders' Sakko und klopfte ihm auf die Schulter.

So als wolle er ihn trösten, weil es ihnen nicht gelungen war, diesen Gegner zu halten, der mit einer einfachen Finte auf und davon war, so kam es Anders zumindest vor. „Wir kriegen ihn schon noch", sagte Anders. „Wenn nicht heute, dann ein anderes Mal."

4

Clara hatte ein Zimmer im Motel One gebucht. Sie hatte berücksichtigt, dass er moderne Unterkünfte alten Bettenburgen vorzog, wo es immer seltsam roch, und wo ein Mann seiner Größe quer im Bett liegen musste, weil das Fußende immer mit Brettern oder Balken verbaut war. Er war froh, dass nicht alles in Kacktönen gehalten und vom kariösen Zahn der Zeit angenagt war. Er zog ein Tatami-Zimmer biedermeierlicher Gemütlichkeit vor, die sich ihm in Wien bisweilen sehr aufs Gemüt schlug.

Hier, dachte er, die Räume inspizierend wie die Wohnung zu Hause, wenn er längere Zeit weggewesen war, würde er sich gut konzentrieren können. Das Dunkle, Verborgene und Abgründige, mit dem er es oft zu tun hatte, ließ sich als Kontrast an einem nüchternen Ort viel besser verdeutlichen.

Er richtete sich mit routinierten Handgriffen ein und warf sich, das Handy und die Erinnerungen griffbereit, auf das Bett. Die Klimaanlage hatte er so eingestellt, dass er die Raumtemperatur gar nicht spürte. Er schloss die Augen und badete sein Gesicht in dem Licht, das durch Spalten des Vorhangs fiel.

Pfeffer hatte vermutlich die Biege gemacht, bevor es für ihn zu eng geworden wäre. Falls er auch nur an einen Bruchteil des Geldes kam, würde es schwierig werden, ihn aufzustöbern. Denn das Geld vervielfachte die

Möglichkeiten, um unterzutauchen. Er würde sich einfach verbergen und sein Umfeld manipulieren, bis Gras über die ganze Sache wuchs. Vielleicht in Asien oder Lateinamerika, wie so viele andere. Er war ein Karrierist ohne jegliche Verpflichtungen, ohne Familie und Kinder. In der Akte war die Rede davon gewesen, dass er in den letzten Jahren zahlreiche Affären mit jungen Frauen gehabt hatte.

Ohne dieses Geld würde er wohl nicht lange genug durchhalten, wenn er ihm auf den Fersen bliebe. Dazu müsste er allerdings den Hauch eines Verdachts haben, wohin sich Pfeffer absetzen würde. Clara hatte ihm versprochen, sich in der Wiener Zweigstelle der Bank umzuhören, wo dieser seine Karriere begonnen hatte, und Nadja hatte ihm geraten, ihren Blog zu verfolgen. Dort würde sie veröffentlichen, was dem Chefredakteur des *Boten* zu heiß war.

Nicht zum ersten Mal hatte der Chef ihr gedroht, ihre Recherchen nur dann zu bringen, wenn sie Brisantes unter den Tisch fallen lassen würde. Heiß sollten die Fakten zwar sein, aber nicht so heiß, dass er sich daran die Finger verbrennen könnte. Mit dieser Klage lag ihm Nadja jedes Mal in den Ohren, wenn sie sich trafen: „Dieser Mann ist Diener vieler Herren! Das Wort unabhängig, das sein Magazin im Untertitel führt, verweist anscheinend darauf, dass unabhängig von Eigentümern und Inserenten nichts veröffentlicht werden darf, Eddy." So nannte sie ihn immer, wenn sie liebevoll oder wütend gestimmt war.

Er öffnete seine Augen. Der Lichtstrahl fiel jetzt in einem anderen Winkel durch den Vorhang. Er brachte das Gesicht des Meisters auf dem Cover der Autobiografie von Buñuel zum Leuchten.

Was, fragte er sich, ist in Pfeffers Apartment passiert? Ist er von einem Komplizen überwältigt und verschleppt oder etwa ermordet und verbuddelt worden? Oder einfach in den Main geworfen worden? Gab es ihn vielleicht doch, diesen Hintermann? Fragen über Fragen! Oder hatte ein Kampf stattgefunden? Hatte Pfeffer die Oberhand erlangt und war jetzt auf der Flucht?

Wie man es drehte oder wendete, es gab auch noch die Möglichkeit, dass alles inszeniert war, dachte Anders. Raubtierhaare auf dem Fußboden und die Bluttropfen ... waren das alles nur falsche Indizien, um nach seinem Abgang Verwirrung zu stiften? Vielleicht saß er ja längst in einer Maschine in den fernen Süden oder Osten und lachte sich bei einem Drink in der Businessclass ins Fäustchen. Prost, ihr Idioten! Jetzt recherchiert brav. Ich bin dann mal weg, und zwar auf Nimmerwiedersehen!

Doch etwas an diesem Puzzle stimmte nicht, spürte Anders. So war es nicht gewesen! Und selbst, wenn es so ähnlich war, fehlten noch Teile, um jenes Bild erhalten zu können, das in sich schlüssig war. Er griff nach dem Handy auf dem Nachttisch, als die ersten Takte von *A foggy day* in der Version von Billie Holliday erklangen.

„Gibt's was Neues?" Clara konnte ihre Neugier hinter ihrer kühlen Stimme kaum verbergen. Aufgrund ihrer relativen Jugend, sie war erst vor Kurzem direkt von der Ausbildung zu ihm gekommen, sah er ihr so einiges nach.

Anders setzte sie kurz über die Vorfälle in Kenntnis. „Was hast du in der Zweigstelle am Fleischmarkt über Pfeffer rausgefunden?"

„Dort, sagt man, dass er sich nichts zuschulden kommen lassen hat. Ganz im Gegenteil, man attestiert ihm ein übertrieben korrektes Verhalten, was das Geschäftsgebaren und den Umgang mit Geld und Verantwortung angeht. Der Mann scheint ein Musterschüler zu sein, den es jetzt wer-weiß-wie auf die schiefe Bahn verschlagen hat. Er soll fast zu ehrgeizig gewesen sein, und vieles sei ihm zu langsam gegangen, sagt man. Aber das alles ist ja noch lange kein Verbrechen."

„Wohl kaum." Ein Aal, der schwer in den Griff zu kriegen war, dachte Anders.

„Tut mir leid, dass es so wenig Greifbares über den Typen gibt. Ich werde Jonas Li darauf ansetzen und mich auch selbst noch weiter reinhängen. Ich hole mir vom Oberst die Erlaubnis, sein Bewegungsprofil zu überprüfen und ich werde auch die sozialen Medien durchforsten. Es kann ja nicht sein, dass da nicht mehr ist. Wie gefällt dir eigentlich das Hotel?"

„Es ist perfekt", sagte Anders. „Viel besser als die Hotels, die Marie aussucht, wo alles immer so persönlich sein soll." Er wollte sich schon darüber auslassen, hielt dann jedoch inne. „Entschuldige, das interessiert dich bestimmt nicht. Es ist auch unfair Marie gegenüber, die es ja nur gut mit uns meint."

Clara wusste, dass sich die Ehe des Chefinspektors in einer Krise befand. „Schon gut. Etwas fällt mir jetzt aber doch noch ein. In dem Wiener Büro der Broker Bank haben sie gesagt, dass es Pfeffers größtes Ziel war, einen Job in der City of London zu ergattern. Er hat immer gern mit seinen Kontakten geprahlt, die er sich von Frankfurt aus aufgebaut hat."

„Immerhin. Ich werde dieser Sache nachgehen", sagte Anders. „Danke, und bleib an der Sache dran! Ich melde mich." Wie üblich beendeten sie das Gespräch, ohne sich voneinander zu verabschieden.

Die Unruhe, die sich in ihm regte, sobald ein Fall Fahrt aufnahm, erinnerte ihn an die Tabletten, die er nehmen musste, um einem Anfall vorzubeugen. Er machte oft ein Spiel daraus, die Dosis der Medikamente so gering wie nur möglich zu halten. Seine Ärztin hatte es ihm zwar verboten, aber er konnte es einfach nicht lassen. Lieber balancierte er auf dem schmalen Grat, der sich zwischen Gesundheit und Krankheit auftürmte, als es den Drogen zu überlassen, ob er stand oder fiel. Denn nichts konnte er in seinem Job weniger brauchen als das, wovor auf den Beipackzetteln gewarnt wurde.

Sein knurrender Magen erinnerte ihn unwillkürlich an die Raubtiertrophäen in Pfeffers Wohnung.

Er ging ins Bad, um sich für einen Restaurantbesuch in der Nähe frisch zu machen. Im Sommer trimmte er seinen Bart immer auf eine Dreitageslänge, nicht viel mehr als ein Schatten im Gesicht. Mit dem schwindenden Licht und den fallenden Temperaturen im Herbst ließ er ihn dann nach und nach stehen, bis er im Winter wieder einen Vollbart hatte.

Die vom Spiegel zurückgeworfenen Blicke ließen ihn an Marie und die Kinder denken. Leonie befand sich aktuell in einer Phase des Widerstands gegen Erwachsene und die ganze kaputte Welt, die sie repräsentierten. Mit Fridays for Future hatte sie eine neue Familie gefunden. Lukas hatte sich schon vor Jahren in sich selbst verkrochen. Kaum einer wusste, was in ihm vorging. Wenn aber doch etwas nach außen drang, offenbarte er ein Innenleben, das so unzeitgemäß wie zeitlos war. Wie ein von der Welt Verfolgter, lebte er diskret im Verborgenen. Doch wie in keinem anderen Fall, war es seine Aufgabe, ihn aufzuspüren und auf dem Weg zurück in diese Welt zu begleiten. Wie aber, fragte er sich, sollte ihm das gelingen, wenn er so selten zu Hause war, weil er andere, die der Welt Schaden zufügten, aufspüren und aus dem Verkehr ziehen musste?

Er ging online und entschied sich schließlich für vietnamesisches Essen. Er liebte diese Küche, seit er vor mehr als zehn Jahren auf den Spuren einer Bande, die mit seltenen Tieren gehandelt hatte, in Saigon gewesen war. Damals war es ihm nur mit Nadjas Hilfe gelungen, die Verantwortlichen ausfindig zu machen. Vielleicht hatten sie ihre Zusammenarbeit auch deshalb über die Jahre hinweg vertieft, weil sie sich davor fürchteten, einander aus den Augen zu verlieren.

An der Rezeption hinterließ er eine Nachricht für den Fall, dass Hendrick persönlich mit Neuigkeiten auftauchte.

Er ließ sich durch die wimmelnde Altstadt treiben. Ab und zu warf er einen Blick auf Google Maps, um sich zu orientieren. Die tief stehende Sonne und die Schatten der Fachwerkhäuser dämpften die Hitze dieses Tages. Einige suchten immer noch nach den kürzesten Wegen, von Schatten zu Schatten.

Im Goc Pho setzte er sich an den letzten freien Tisch. Das Angebot war wirklich verführerisch. Er bestellte mehr, als gut war, wenn man lange nichts gegessen hatte. Während er sich über das Hauptgericht Bun Cha Ha Noi hermachte, vibrierte sein Handy, das er auf lautlos gestellt hatte. Missmutig verfolgte er, wie es über den Tisch wanderte. Als es ans Bierglas stieß, griff er danach.

Dorit Uhl war dran. „Wo sind Sie?"

Ihr Tonfall ließ etwas Unangenehmes erwarten. Anders nannte ihr Name und Adresse des Restaurants. „Was ist denn los? Habt ihr ihn?" Er hörte, wie Hendrick ihr ins Wort fiel.

„Wir holen Sie ab. Danach sehen wir weiter."

Er nahm noch schnell ein paar Bissen, zahlte und ging auf die Straße, um auf die Kollegen zu warten. Die Sonne senkte sich gerade hinter den Giebel eines Fachwerkhauses. Wo sie abtauchte, entflammte das Blau des Himmels. Es sah kurz so aus, als würde das Dach in Flammen stehen, bis die Sonne weg war und einen graugrünen Himmel zurückließ, der die Nacht ankündigte.

Hendrick gab Gas, Kommissarin Dorit Uhl saß neben ihm und Anders machte es sich hinten bequem. So gut, das eben ging, wenn Hendrick mit Blaulicht unterwegs war.

War sein Magen auf dem Weg vom Bahnhof zum Kommissariat zu leer gewesen, so war er jetzt zu voll, um Hendricks Fahrstil zu verdauen. Während dieser auf sämtliche Regeln pfiff und die Kurven anschnitt wie ein Rallyefahrer, klärte ihn die Kommissarin in einem ruhigen Tonfall über alles auf. Sie waren unterwegs zum Vordertaunus im Speckgürtel Frankfurts. Dort, auf einer Anhöhe mitten im Wald, habe der Hund eines Wanderers vor etwa einer Stunde einen grässlichen Fund gemacht. Die Spurensicherung sei schon vor Ort.

„Markus Pfeffer?"

„Das können wir noch nicht sagen. Wir wissen nur, dass der Mann eine Leiche gefunden hat und jemand unter seltsamen Umständen ums Leben gekommen ist."

Als sie bei den Koordinaten ankamen, die Kommissarin Uhl ins Navi getippt hatte, war es bereits dunkel. Zwei Uniformierte und der Wanderer, einen Pinscher an der Leine, erwarteten sie an einer Abzweigung, wo die Straße in einen Waldweg mündete. Dorit nahm den Wanderer zur Seite. Er hatte Mühe, seinen Hund ruhig zu halten. Sie befragte den Mann zum genauen Hergang des Funds. Als sie feststellte, dass es für Notizen nicht mehr hell genug war, nahm sie das Gespräch kurzerhand mit dem Handy auf.

Anders eilte, über Wurzeln hinweg, hinter Hendrick den Waldweg bergauf. Hendricks Stablampe wies ihnen die Richtung. Es kam ihm so vor, als würde das Dickicht um sie herum vom Licht nicht nur sichtbar gemacht, sondern erzeugt werden. Es war schwül wie in den Tropen und Schwärme von Insekten traktierten sie. Ganz in der Nähe musste es ein stehendes Gewässer geben.

„Jemanden hierher zu schleppen, der bewusstlos oder tot ist, verlangt eine Menge Kraft", sagte Hendrick keuchend.

„Oder Unterstützung." Anders stolperte, als er einen Moment nicht aufpasste, wohin er trat.

„Das Opfer kann bei vollem Bewusstsein gezwungen worden sein, sich hier hinauf zu schinden."

„Noch wissen wir nicht, ob es sich um ein Gewaltverbrechen handelt", gab Anders zu bedenken.

Nach einigen Minuten traten sie aus dem überwachsenen Weg auf eine Lichtung hinaus. In der Mitte des Ovals erhob sich ein mit Gestrüpp bewachsener Hügel. Auf dem Plateau war ein Team der Spurensicherung zugange. Sie erklommen den Hügel, bis sie das Plateau erreichten, dann verschnauften sie kurz, wischten sich den Schweiß aus dem Gesicht und verschafften sich einen Überblick über die ganze Szenerie.

Eine Frau aus dem Team sah sie und kam auf sie zu. „Frau Doktor Völler", stellte Hendrick sie vor, „Rechtsmedizinerin und Forensikerin." Anders stellte sich selbst vor.

„Wir sind in Kürze so weit", sagte sie, „dann sehen wir uns an, was hier passiert ist." Sie schüttelte ihren Kopf, als könnte sie selbst kaum glauben, was sie hier gesehen hatte.

„Ist der Mann hier gestorben, oder ist das", Hendricks Kinn wies zur Leiche hinüber, „nur eine durchgeknallte Inszenierung, die uns irgendetwas sagen soll?"

„Das eine schließt das andere nicht unbedingt aus, aber mach dir selbst ein Bild. Ein unbefangener Blick sieht oft mehr als einer, der ausgiebig auf etwas vorbereitet wurde."

Als das Team sich zurückzog, folgte Anders ihnen zum Zentrum des Plateaus. Manche im BK trauten ihm zu, den Lauf der Dinge absehen zu können. Wie sich etwas entwickeln würde. Wer was weshalb wann an welchem Ort tun würde. Oder was jemand dachte. Er hatte diese Vorahnungen, die mit dem zu tun hatten, was die Ärzte Aura nannten, seit er nach dem Foul aus der Narkose erwacht war. Lange Zeit hatte er sich den Eindrücken, wenn sie ihn überkamen, einfach überlassen. Er hatte Angst gehabt, nicht mehr zurückzufinden in das normale Leben ... in die logische Abfolge der Dinge, über die sich alle so einig waren. Erst mit der Zeit hatte er sich damit abgefunden, dass es für vieles auch andere Erklärungen gab. Dass man ein Phänomen aus verschiedenen Perspektiven betrachten konnte. Dass die kriminologische Wahrheit, sobald man die Welt der Indizien verließ, selten eindeutig und meist auch nicht logisch war. Sogar jene Verbrecher, die sich damit brüsteten, streng nach logischen Überlegungen vorzugehen, folgten oftmals irrationalen Impulsen.

Und, fragte er sich nun halb im Scherz, wenn an seinen Fähigkeiten tatsächlich etwas dran war, warum half es ihm nicht, seine Ehe wieder in den Griff zu kriegen?

Der Anblick des Tatorts holte ihn abrupt zurück ins Hier und Jetzt. Dort lag ein Mann, den er noch nie gesehen hatte, verkrümmt auf dem Rücken. Auf einem schwarzen Fell. Wie jemand, der beim Dösen alle viere von sich gestreckt hatte und erstarrt war. Konterkariert wurde die Körperhaltung vom zur Fratze entstellten Gesicht. Zu einem Schrei gebannt, schien es auf ewig um Hilfe zu rufen. Um die Augen herum war Blut ausgetreten.

Der Strahl aus Hendricks Taschenlampe geisterte über die Leiche hinweg. Auffallend war die Färbung der Haut. Wie rot geäderter, weißer Marmor. Die Augen quollen hervor. Sie waren getrübt wie die eines Fischs, der zu lange auf dem Markt gelegen hatte. An seinen Gelenken war der Körper auf einer Schalungsplatte fixiert worden, die im Boden verankert war. Das Fell zwischen Körper und Platte war verrutscht.

„Pfeffer ist das bestimmt nicht", sagte Hendrick. „Aber das, worauf der Tote liegt, ist vermutlich das Raubtierfell aus Pfeffers Wohnung."

Nein, Pfeffer war es tatsächlich nicht, denn Anders kannte die Fahndungsfotos. Der Mann hier war fülliger und kleiner. Außerdem auch älter, selbst dann noch, wenn er die Folgen des Todeskampfs, der stattgefunden hatte, in Rechnung stellte.

„Dieser Mann hier", sagte die Rechtsmedizinerin, „ist einen Hitzetod gestorben." Sie wies auf den Glassturz, den die Spusi neben der Leiche abgestellt hatte. „An einem derart exponierten Ort und bei der Hitze, die heute Mittag geherrscht hat, hält da drin niemand lange durch. Der Glassturz wirkt wie ein Brennglas. Darunter steigt die Temperatur an wie in einem Treibhaus. Der Körper überhitzt, die Organe und das Gehirn vor allem. Das führt dann zu Dehydrierung und am Ende schließlich zum Kollaps des gesamten Systems."

„Und blutverkrustete Nasenlöcher", stellte Anders fest, als er sich im Strahl von Hendricks Lampe über die Leiche beugte.

„Wir werden Blut und Haare mit den Proben aus Pfeffers Wohnung abgleichen", sagte Hendrick. In seinen Achseln hatten sich an der Bomberjacke Schweißflecken gebildet. „Ich vermute, dass die Proben übereinstimmen. Wir finden heraus, wer er ist."

„Und wer es war", schnaufte Dorit Uhl. Sichtlich genervt von den Mücken, kam sie über die Kuppe des

Hügels auf sie zu. „Pfeffer traue ich eine derart morbide Inszenierung eher nicht zu. Betrug in jeder Höhe, ja, und auch noch anderes. Aber Mord?“

„Hier gibt‘s für euch nichts mehr zu tun, Dorit“, sagte die Ärztin. Die Frauen umarmten einander wie Freundinnen, die sich lange nicht mehr gesehen hatten. „Wir bringen die Leiche jetzt in die Rechtsmedizin und werten alles aus. Falls ihr noch Fragen habt, ihr wisst, wo ihr mich findet. Los, Abflug“, wandte sie sich an das Team, das gewartet hatte, bis die Ermittler alles zur Kenntnis genommen hatten.

Sie setzten Anders vor dem Motel One ab. Während der Fahrt in die Stadt stellten die Kollegen Mutmaßungen an. Er beteiligte sich nicht daran, denn er war zu erschöpft, um überhaupt noch irgendetwas auf die Reihe zu kriegen. Was er brauchte, um bald Schlaf zu finden in dieser schwülen Nacht, war ein eiskalter Gin Tonic.

Hendrick schlug jetzt ein Treffen in der Polizeiinspektion vor. „Aber nicht zu früh, damit Ergebnisse der Spurensicherung auch schon vorliegen.“ Danach werde man weitersehen.

„Alles klar“, sagte Anders. „Gute Nacht.“ Er ging allerdings nicht direkt auf sein Zimmer, sondern durch die Altstadt, um den Kopf freizubekommen. Er flanierte am Main entlang und ließ den dunklen Strom auf sich wirken. Die Lichter der Stadt auf dem schwarzen Wasser, eine Brise, die ihn kühlte und seine Gedanken vom Müll dieses Tages reinigte. Er entdeckte die Rote Bar und trat ein.

Er kehrte dem Tresen und Stammgästen, die mit dem Barkeeper tratschten, den Rücken und setzte sich an einen kleinen Tisch am Fenster mit Blick über den Main. Jetzt eine Zigarette, dachte er. Wusste aber, dass er sie schon nach ein paar Zügen ausdrücken würde wie alle, die er sich angesteckt hatte, seit er Nichtraucher geworden war. Buñuel war die nachmittägliche Zigarette zu einem Drink in einer Bar ja zur Gewohnheit geworden.

Erst der dritte Schluck vom Drink entspannte ihn. Obwohl, er war nicht Buñuel, nur ein Kriminalist auf der Suche nach dem Möglichen.

War es denn möglich, dass Pfeffer diesen Unbekannten ins Jenseits befördert hatte? Und wenn ja, warum dann auf eine so groteske Weise? Sollte Pfeffer beseitigt werden und hatte er den Spieß kurzerhand umgedreht? Dann war die Inszenierung aber nicht sehr plausibel. Ein solcher Aufwand erklärte sich eher in einem ideologischen, religiösen oder pathologischen Zusammenhang; wobei eins vom anderen kaum zu trennen war. Aber hier ging es um Geld. Um sehr viel Geld! Oder etwa nicht? Wenn er wüsste, wer der Tote war, könnte er sich an Nadja wenden. Denn im Recherchieren konnte ihr niemand das Wasser reichen. Was, wenn diese Inszenierung etwas war, das sie nicht auf der Rechnung hatten?

Beim dritten Gin Tonic gab er das Grübeln schließlich auf. Es führte zu nichts, solange die Identität des Toten nicht bekannt war. Er zahlte und ging zurück zum Motel.

Im Zimmer entledigte er sich seiner Kleidung. Das verschwitzte Hemd steckte er in eine Plastiktüte, die er auf dem Grund seiner Sporttasche vergrub.

Er duschte, mehr kalt als warm, schlug die Decke zurück und legte sich nackt aufs Bett. Er fragte sich, weshalb er zu Hause immer in Shorts und T-Shirt schlief, in Hotelbetten jedoch nackt. Erwartete er etwa insgeheim Besuch von einer Unbekannten, die jemanden suchte, der so einsam war wie sie selbst? Das war nicht plausibel. Weit hergeholt aber auch nicht. Er machte das Licht aus.

Er konnte nicht einschlafen, obwohl er hundemüde war. Die Ereignisse des Tages überfielen ihn immer wieder. Nebensächliches verquickt mit Bedeutendem. Ein Sammelsurium, das ihn bedrängte, sich dem Sog des Unbewussten hinzugeben. Doch die Phasen des Chaos beim Einschlafen enthielten nur Teile des Puzzles, nicht das fertige Bild. Nach dem Aufwachen war gewöhnlich alles weg. Gelöscht wie die Aufgabe an einer Tafel, nachdem die Stunde zu Ende war. Manchmal gelang es ihm, sich Träume, Absencen oder das Heraufdämmern einer Aura nutzbar zu machen, indem er es zuließ, dass die Fakten anders gemischt wurden. In diesem Fall aber fehlte es noch am dazu nötigen Input.

Irgendwann reichte es ihm. Er schaltete das Licht an, setzte sich im Bett auf und nahm die Erinnerungen zur Hand. Mit einem Buch einzuschlafen, funktionierte am besten. Aber es war ein falsches Gerücht, dass man über Büchern einschlief, weil sie zu langweilig waren, ganz im Gegenteil. Je besser das Buch war, desto erholsamer waren die Träume und der Schlaf. Ein Buch musste einem die Kraft und den Mut geben, alles loszulassen und, wenn es so sein sollte, geradewegs und voller Erwartung zur Hölle zu fahren.

„... habe ich dort den seltsamen und großartigen Dichter Pedro Garfias kennengelernt, der vierzehn Tage lang nach einem Adjektiv suchen konnte. Wenn ich ihn traf, fragte ich ihn stets: Na, hast du das Adjektiv gefunden?"

„Nein", sagte er dann gedankenverloren im Weitergehen, „ich suche immer noch ..."

5

Am nächsten Tag, am dreizehnten Juli, traf Anders zur selben Zeit in der Polizeiinspektion 60 ein wie die Forensikerin Völler. Hendrick bat sie, ihn und Dorit in sein Büro, um den Stand der Dinge zu besprechen.

„Hören wir uns mal an, was die Rechtsmedizin zu dem Fall zu sagen hat", begann er, nachdem er allen Kaffee und Wasser angeboten hatte. „Vorab nur so viel, die Haftrichterin hat, wie nicht anders zu erwarten, uns die Schuld am Verschwinden von Pfeffer gegeben, und das, obwohl sie ihn, wie wir wissen, wegen Verdunkelungs- und Fluchtgefahr in U-Haft hätte nehmen müssen. Wir hätten Pfeffer rund um die Uhr beschatten sollen? Diese Frau hat doch keine Ahnung von unseren Personalressourcen! Aber gut, lassen wir's, das bringt uns auch nicht weiter. Kollegin Völler, was haben Sie für uns?"

Sie blinzelte und bat: „Können wir die Jalousien herunterlassen?"

Ein Tag, der noch heißer war als der letzte. Die Hitze lastete schon jetzt, am späten Vormittag, auf allem, was nicht im Schatten lag. Hendrick schaltete die Klimaanlage an und stellte die Jalousien so ein, dass sein Büro in ein Halbdunkel getaucht war.

„Das Blut aus Pfeffers Wohnung stammt von dem Mann, den wir im Vordertaunus gefunden haben. Wir wissen jedoch immer noch nicht, um wen es sich handelt. Unsere Datenbank hat nichts Brauchbares hergegeben. Da der Mann nackt war, haben wir nicht mehr als biologische Daten über ihn. Wenn wir wissen wollen, wer er ist, sollten wir ein Foto von ihm in den Nachrichten bringen. Falls er von hier ist, müsste sich doch jemand finden, der ihn kennt. Auch wenn er zu Besuch oder aus geschäftlichen Gründen in die Stadt gekommen ist, stehen die Chancen nicht schlecht, dass sich jemand meldet. Wenn er allerdings aus dem Ausland stammt, müssen wir Europol oder Interpol um Hilfe bitten."

„Wenn das Opfer auch in kriminelle Machenschaften verwickelt war, wird sich aber wahrscheinlich niemand melden", gab Dorit zu bedenken.

„So wie der ausgesehen hat, erkennt ihn nicht mal seine Mutter wieder", sagte Anders.

„Wenn er aus Deutschland ist, werden sich bestimmt Leute melden, die ihn kennen", sagte Hendrick. „Denn dann kannten ihn viele, nicht nur seine Komplizen. So oder so, früher oder später kriegen wir schon raus, wer es war. Was mir Kopfzerbrechen bereitet, ist die Rolle, die Pfeffer in diesem Fall spielt. Ich rekapituliere mal: Pfeffer erscheint nicht zur Vernehmung, obwohl ihn das in U-Haft bringen könnte. In seiner Wohnung finden wir Indizien, die auf einen Kampf schließen lassen. Jemand wird betäubt ..."

„Und zwar oldschool, mit Chloroform", warf die Ärztin ein.

„Mit Chloroform betäubt und verschleppt", sagte die Kommissarin.

„Korrekt, Dorit. Verschleppt wurde aber nicht Pfeffer, sondern ein Mann, den wir nicht kennen. Noch nicht kennen", fügte er hinzu. „Aber von wem und warum? Von Pfeffer, der sich seines Komplizen entledigt hat, den es, nehme ich jetzt einfach mal an, doch gab? Falls es sich bei der Leiche wirklich um besagten Komplizen handelt, wäre er ihn jetzt los und könnte ihn noch stärker belasten als vorher. Er könnte ihm einfach alles in die Schuhe schieben, und sich selbst als jemanden darstellen, der einem anderen in Treu und Glauben auf den Leim gegangen ist. Denn ein toter Komplize könnte ihm nicht mehr widersprechen!"

„Und ein toter Komplize kann vor allem nicht mehr auf seinen Anteil bestehen", sagte Anders, um nicht als mundfaul dazustehen.

„Aber wie wir gestern festgestellt haben, wäre es nicht einfach, einen Mann mit dem Gewicht des Opfers dorthin zu bringen, wo er entdeckt worden ist, und das hieße wiederum, dass Pfeffer nicht allein war und wir nach einem weiteren Unbekannten suchen müssen, über den wir so gut wie nichts wissen. Um den Mann allein auf den Hügel zu schleppen, braucht es nämlich ein anderes Kaliber als einen Sesselkleber", wandte Dorit ein.

„Unterschätze bloß nicht die hageren Typen, Dorit! Die sind oft viel zäher, als sie aussehen", sagte die Rechtsmedizinerin.

„Einspruch", sagte Anders, der bis jetzt fast teilnahmslos zugehört hatte.

Alle Blicke richteten sich auf ihn.

„Was, wenn Pfeffers Verschwinden gar nicht direkt mit dem Mord zu tun hat? Er haut ab, bevor wir ihn in die Mangel nehmen können, und in dem Vakuum, das er hinterlässt, brechen plötzlich Grabenkämpfe um die

Beute aus. Oder, und das würde mich auch nicht wundern, es geht bei dem Ganzen gar nicht nur um viel Geld auf irgendwelchen Offshore-Konten, sondern um Rache. Um die Rache von Leuten, die sich in erster Linie für andere Dinge interessieren als für Geld."

„Wie dürfen wir das verstehen?" Hendrick runzelte die Stirn und wartete auf eine Erklärung. „Sie waren doch selbst der Ansicht, dass man in diesem Fall einfach nur dem Geld folgen müsse."

„Ja, das schon", sagte Anders, „wenn wir aber nur auf die bis jetzt nicht aufgetauchte Beute starren wie das Kaninchen auf die Schlange, entgeht uns vielleicht ein anderer Aspekt." Er hielt kurz inne und schien zu überlegen.

„Der da wäre?"

„Diese plakative Inszenierung des Tatorts. Tod durch Überhitzung. Wir waren uns doch einig, dass das Fragen aufwirft. Entweder ist es lediglich ein Ablenkungsmanöver, und zwar ein sehr aufwendiges, oder es ist so etwas wie ein Statement."

„Was für ein Statement sollte das denn sein?" Frau Doktor Völler sah ihn herausfordernd an. „Das Statement eines Sadisten?"

„Sie haben es gestern am Tatort selbst gesagt, als Sie uns über die Zusammenhänge aufgeklärt haben."

„Ich freue mich immer, wenn jemand wiederholt, was ich gesagt habe!"

„Sie haben diese Inszenierung mit einem Treibhaus verglichen. Der Mann ist in einem Treibhaus ums Leben gekommen, und zwar in einem vom Täter errichteten Treibhaus. Wie wir schon bald alle", er hörte innerlich seine Tochter dozieren, „infolge des

Treibhauseffekts vielleicht nicht gleich ums Leben kommen, jedoch höllische Probleme kriegen werden." Lächelnd bat er um Nachsicht für den Verdacht, den er gerade geäußert hatte.

„Soll das etwa heißen, dass da irgendwelche Idealisten dahinterstecken? Umweltschützer, Klimaretter", Hendrick rang skeptisch um einen Begriff, „oder was weiß ich, giftgrüne Fundis, die bereit sind, über Leichen zu gehen? Militante Tierschützer von mir aus?"

„Tierschützer ist gut", sagte Anders, „doch es wird etwas von allem sein. Etwas zu viel allerdings, wenn wir sehen, wo es hinführen kann."

„Eine Lizenz zum Töten, um den Planeten zu retten?" Dorit versank nun in Gedanken, um zu ergründen, ob jemand wirklich so weit gehen würde.

„Das Raubtierfell wurde dem Mann nicht unter den Körper gelegt, damit er es bequem hat, während er verreckt", sagte Anders trocken.

„Das Fell eines schwarzen Jaguars übrigens", warf Forensikerin Völler ein. „Aus Mittelamerika, wie unsere Analysen ergeben haben."

„Dieses Fell aus Pfeffers Wohnung ist also womöglich ein Hinweis!", sagte er.

„Ein Statement für alle, die's angeht. Eine Demütigung für das arme Schwein im Glassturz. Ein Zeichen des Aufbegehrens! Auch ein Hinweis für uns, sich nicht täuschen zu lassen. Es kann vieles sein, wenn man es durchspielt. Ein Symbol für das Opfer, oder den oder die Täter, aber auch für uns und die Welt."

„Pfeffer war, wie wir wissen, in Geschäfte mit CO_2-Emissionen verwickelt, die riesige Profite auf Kosten der Allgemeinheit abwarfen, und das möglicherweise mit Leuten, zu deren Privatvergnügen das Töten von Tieren gehört, die vom Aussterben bedroht sind", sagte Hendrick. „So könnte verdammt noch mal ein Schuh draus werden!"

„Alles gute Gründe zum Spekulieren", meinte Dorit. „Aber zu viele, um zu wissen, wo wir anfangen sollen. Wir kommen nur weiter, wenn wir die Identität des Opfers kennen. Ich gebe gleich zwei Fotos an die Presse raus, auch wenn unsere Chance ziemlich gering ist, dass man jemanden erkennt, dessen Gesichtszüge dermaßen entgleist sind. Ihr entschuldigt mich bitte." Sie hatte es offenbar eilig, irgendetwas zu tun, um dem Opfer und damit auch dem Täter ein Stück näher zu kommen. Sie nickte Anders zu und verließ hastig das Büro.

„Gab es noch andere Spuren am Tatort, die uns weiterbringen könnten?", fragte Hendrick.

„Spuren von Sneakers, Größe vierundvierzig, mit einem verbreiteten Profil, die Suche danach gleicht der einer Nadel im Heuhaufen. Allerdings waren diese Abdrücke derart tief, dass dieser Mann um die hundertsiebzig Kilo wiegen müsste."

„Oder eine schwere Last geschleppt hat."

„So ist es."

„Keine zweiten Spuren?"

„Keine, die wir gefunden haben."

„Dann war der Täter also doch allein."

„Es deutet viel darauf hin. Aber, Hendrick, wie gesagt, es gibt immer mehr Leute mit derartigem Übergewicht. Ausschließen können wir also nicht, dass es sich um jemand so dicken gehandelt hat, der sich kurz vor dem Täter oder den Tätern durch das Gestrüpp diesen Hügel hochgekämpft hat. Andere auffällige Spuren haben wir bisher nicht gefunden. Was aber nichts heißen muss bei dem Bewuchs und dem Gelände dort."

Kurz darauf gingen sie auseinander. Anders fuhr mit einem Taxi ins Motel zurück. Er musste in Ruhe darüber nachdenken, ob er hierbleiben sollte.

Was könnte er tun, um Pfeffer auf die Spur zu kommen? Um die Identität des Opfers würden sich Hendricks Leute kümmern. Es war also möglich, dass etwaige Komplizen sich nun gegen Pfeffer gewandt hatten. Sollte er, nicht nur Mittäter, sondern auch Zeuge, als Nächstes aus dem Weg geräumt werden? Hatte er sich deshalb abgesetzt?

Fragen über Fragen!

Und was, wenn es tatsächlich Aktivisten waren, die das makabre Vanitas-Stillleben auf dem Hügel mitten im Wald arrangiert hatten? Ein Memento mori, um die Welt auf das CO_2-Fiasko aufmerksam zu machen.

Er nahm sich Pizza und Bier mit auf sein Zimmer und schaltete die Klimaanlage an. Er aß und trank auf dem Bett mit Blick auf den Flatscreen, nackt bis auf die Tom Ford-Brille, die er sich auf einer Website angepasst und vor seiner Abreise hatte schicken lassen.

Im Mittagsjournal kam gerade ein Bericht über ihren Fall. Dorit Uhl hatte dafür gesorgt, dass lediglich ausgewählte Fakten präsentiert wurden und keine der Spekulationen, die sie in Hendricks Büro angestellt hatten. Es wurde ein Bild des Opfers gezeigt. Der Mann sah nicht so aus, als sei er im Tode zur Ruhe gekommen. Das würde es nicht gerade erleichtern, ihn zu identifizieren.

Clara rief an und fragte nach dem Stand der Ermittlungen. Dann ätzte sie gegen Oberst Grabowski, der vieles unnötig verkomplizierte, weil er die Bürokratie auf Kosten aller Ermittlungen zu einem Popanz aufblies, der Zeit, Kraft, Geduld und Effizienz vernichtete. Als wäre das der Zweck ihrer Arbeit.

Er kannte das, daher ließ er sie einfach Dampf ablassen. Danach fasste er zusammen, was bisher bekannt war.

„Du suchst also einen Hinweis, wohin Pfeffer sich abgesetzt haben könnte. Ob er in diesem Mordfall selbst Opfer oder Täter ist, spielt vorerst keine große Rolle, oder?"

„Ich habe keine Lust, hier zu warten, bis die Frankfurter Kollegen das rauskriegen."

Seine Ermittlungserfolge hingen meist davon ab, dass er unbürokratisch handelte, wenn es die Situation verlangte. Würde er sich stets nur an den Dienstweg halten, könnte er gleich einpacken, nach Hause fahren und im Büro darauf warten, bis die, hinter denen er her war, sich freiwillig stellten. Das hatte es zwar schon gegeben, aber es war eher die Ausnahme. In der Regel versuchten die vor dem Gesetz Flüchtenden alles ihnen Mögliche, um zu entkommen, bis er sie aufstöberte und verhaftete.

„Ich habe inzwischen Jonas Li von der Abteilung für Cyberkriminalität gebeten, im Netz nach Spuren von Pfeffer zu suchen. Die Beute hat er zwar noch nicht aufgestöbert, aber wir wissen jetzt wenigstens, mit wem im Londoner Bankenviertel Pfeffer auffällig oft in Kontakt stand", sagte Clara.

Anders setzte sich hin, langte nach Papier und Stift auf der Ablage und sagte: „Du weißt, ich brauche nicht viel. Nur das Ende der Schnur, um den Fisch an Land zu ziehen, der schon längst am Haken hängt. Hatte er Dates, Affären, so etwas wie eine Beziehung?“

„Nur das Übliche. Ein lockerer Lebenswandel, aber, so wie es aussieht, nichts Ernstes.“

„Der Bursche wird keine ruhige Minute haben, solange ich hinter ihm her bin.“

„Gut so, Marlowe!“

Anders wusste, dass sie, so wie sie klang, gerade in seinem Büro auf seinem Tisch saß und sich die Füße massierte. „Jetzt rück doch endlich raus mit den Informationen, und lass bitte alles auf meinem Tisch liegen, wo und wie es ist, Clara!“ Sie war momentan dabei, ihren wilden Jahren zu entwachsen, wusste aber anscheinend noch nicht genau, wie das ging.

„Der Mann heißt Max Bishop und arbeitet in der Handelsabteilung der Broker Bank.“

„Das ist doch schon mal was! Ich schulde dir ein Bier.“

„Die Adresse lautet Great Winchester Street 1. Man nennt das Haus auch Winchester House.“

Sie nannte ihm noch eine Telefonnummer der Handelsabteilung dort. „Was wirst du jetzt tun, Anders?“

„Das wird sich bald entscheiden“, sagte er. Sie versprach ihm, ihn weiterhin auf dem Laufenden zu halten.

Anders speicherte die Daten auf seinem Handy und steckte den Zettel in die Sporttasche für den Fall, dass eines von beiden abhandenkommen würde. In dieser Tasche befand sich nicht nur Kleidung, es gab auch Dinge darin, die sich auf seinen Reisen oft als vorteilhaft erwiesen hatten. Prepaid Handys, Medikamente, Ausweise, die der Oberst niemals zu Gesicht kriegen durfte. Ein Tool zum Einbrechen, ein Schweizermesser, ein paar Handschellen, alte Schinken vom Buchstand vor seiner Haustür.

Sollte er den nächsten Schritt tun? Die Informationen, um diesen vor der Chefin oder dem Oberst zu begründen, waren noch immer dünn gesät. Er wurde das Gefühl nicht los, dass er im Moment außer Abwarten hier nichts tun konnte.

Er rief Marie an, doch sie meldete sich nicht. Danach versuchte er es bei seinem Sohn. Der ging nicht ran. Leonie nahm seinen Anruf zum Glück an.

„Bist du noch in Frankfurt, Papa?"

„Ja, aber vielleicht nicht mehr lange. Wie geht's euch?"

„Mama ist noch schlecht auf dich zu sprechen, weil du ein weiteres Mal so überraschend verduftet bist."

„Immerhin bin ich mit einem Zug gefahren und habe dabei CO_2 gespart."

„Ich hab in den Nachrichten gesehen, was in der Nähe von Frankfurt passiert ist. Kein Wunder, dass zu so krassen Mitteln gegriffen wird, wenn die Politik in der Pendeluhr schläft, die auf fünf nach zwölf steht", sagte sie und ignorierte seinen Versuch zu scherzen.

„Was meinst du damit?"

„Der Tote im Treibhaus", sagte sie.

„Weißt du etwa, wer dahintersteckt?"

„Checkst du nicht die sozialen Medien, Papa?"

„Das tun andere für mich."

„Es twittern die Spatzen von den Dächern, dass radikale Aktivisten hinter diesem Mord stecken. Hat das etwas mit deinem Fall zu tun?"

„Aber welches Motiv könnten die haben?"

„Der Mann soll in Umweltverbrechen verwickelt gewesen sein. Hast du die Leiche gesehen, Papa?"

„Ja, ich musste sie mir ansehen."

„Das war vielleicht ein gruseliger Film auf Insta, wo zu sehen war, wie der Mann stirbt. Der ist aber bereits wieder aus dem Netz genommen worden. Jemand, der auf Kosten der Umwelt Unsummen ergaunert, stirbt in einem Ein-Personen-Treibhaus einen Stellvertretertod für all jene, die aufgrund eines solchen Verhaltens später mit ihrem Leben bezahlen werden."

„Und wer war dieser Mann?"

„Darüber gehen die Meinungen auseinander. Einer, der's verdient hat auf jeden Fall."

Bilder und Filmchen verselbstständigten sich rasant. Da kam man mit dem Schauen gar nicht mehr hinterher, und mit ihnen kamen auch jede Menge Gerüchte. Der Täter war demnach am Tatort, bis sein Opfer tot war, dachte Anders. „Also weiß man nicht wirklich, wer der Tote ist, oder?"

„Bei FFF hat man kein Verständnis dafür, beruhige dich, Papa! Bei XR könnte man allerdings wissen, um wen es sich handelt."

Fridays for Future war die Bewegung für den Umweltschutz, der Eltern ihre Kinder guten Gewissens anvertrauten. Ihre Galionsfigur war eine junge Frau mit Zöpfen, die auch schon mal wütend werden konnte, wenn Ignoranten ihre Anliegen zu wenig ernst nahmen. Im Grunde weckte ihre Hilflosigkeit aber bei den meisten, die sie sahen und reden hörten, einen Beschützerinstinkt. Sie lenkte Sorgen um sich geschickt auf ihre Anliegen um: Rettet mit mir die Erde, den Planeten. Die Zukunft der Welt!

Bei Extinction Rebellion agierten allerdings nicht nur Idealisten, Träumer und gewaltlose Aktivisten, sondern auch der eine oder andere Täter. Die ursprüngliche Agenda, die Ausrottung gefährdeter Arten zu verhindern, war mittlerweile um ein breites Spektrum ideologisch fundierter Gewalt erweitert worden.

„Wer hat denn bitte schön Verständnis für so etwas?" Er ertappte sich dabei, von der Vaterrolle in die Rolle des Ermittlers zu wechseln.

„XR hat intern mit Radikalinskis zu kämpfen. Aber so weit würden nicht einmal die gehen, glaube ich."

„Glaubst du also!"

„Verhörst du mich etwa gerade, Papa?"

„Wie geht's Lukas? Ich konnte ihn nicht erreichen."

„Kaum zu glauben", kicherte sie, „aber er scheint darauf zu kommen, dass er auch sprechen darf, wenn er nicht ausgefragt wird."

„Küss ihn von mir", sagte Anders, „und richte Mama Grüße aus."

„Mach ich. Vergiss nicht, mir was mitzubringen!"

„Hab dich lieb, meine Große!"

„Ich dich auch!"

Er blieb auf dem Bett sitzen und ließ das Gespräch Revue passieren. Dann buchte er mit dem Handy einen Flug nach London Heathrow, den er nur dann erreichen würde, wenn er sich sofort auf den Weg machte.

6

Anders schwitzte noch eine Weile, als er schon auf seinem Platz in der kühlen Maschine nach London saß.

Wieder einmal hatte er die Wege auf dem Frankfurter Flughafen unterschätzt. Dann hatte man ihn wegen der Dienstwaffe nicht durch die Kontrolle lassen wollen. Erst ein Mitarbeiter der Flughafenpolizei hatte ihn passieren lassen, nachdem er seinen Waffenschein kontrolliert und sich per Anruf rückversichert hatte. Man hatte ihn zum letzten Mal aufgerufen, als er total außer Atem zum Gate kam.

Unterwegs zum Flughafen hatte er Hendrick über seine Abreise und den Film informiert, von dem Leonie gesprochen hatte.

Wenn im Internet tatsächlich ein Film zu sehen war, der zeigte, wie das Opfer starb, war er garantiert so oft geteilt worden, dass es bestimmt nicht mehr möglich war, ihn zum Verschwinden zu bringen, so als hätte es ihn nie gegeben.

Der Flieger war nur mäßig besetzt. Er konnte sich also breitmachen, ohne jemanden zu stören. Als sich die Flugbegleiterin mit der Süß-oder-salzig-Frage an ihn wandte, bestellte er ein Stout.

Eine Weile starrte er auf die Wolkendecke unter sich. Er dachte an Buñuels Erinnerungen. Sie waren im Handgepäck über ihm, aber er war zu träge, um sich aufzuraffen. Kaum aufgestiegen, würden sie auch schon bald wieder in den Sinkflug übergehen.

Er fragte sich, ob es stimmte, was seine Tochter gesagt hatte. Früher hatte sie ihm von Differenzen zwischen den beiden Bewegungen erzählt, die sich für den Klima- und Artenschutz einsetzten. In ihren Anfängen als Aktivistin hatte sie sich mehr für Extinction Rebellion begeistert. Was mit ihrem ersten Freund zu tun gehabt haben mochte, der schon länger dabei gewesen war. Dann war er nach Afrika verduftet, um nach seinen Wurzeln zu suchen, und Leonie hatte sich Fridays for Future angeschlossen.

Es irritierte ihn noch immer, dass er sich nicht sicher war, ob der erste Freund Leonies Felix geheißen hatte. Soviel er wusste, hatten sie noch immer lockeren Kontakt.

Wenn einer von XR den Mann im Glassturz gefilmt hatte, hieß das dann, dass er zugleich auch der Täter war? Das konnte, musste aber nicht sein. Es bedeutete lediglich, dass jemand Bescheid gewusst hatte und dort gewesen war. Unterlassene Hilfeleistung war es auf jeden Fall, dachte Anders. Es würde aber wohl eher auf Beihilfe zum Mord hinauslaufen.

Im Anflug auf London schmeckte ihm das Stout mit der Kaffeenote, das er sich sonst kaum bestellte. Im Grunde gab es zwei Möglichkeiten, die verschiedene Szenarien zuließen: Täter sowie Filmer waren ein und dieselbe Person; oder sie hatten wenigstens ein gemeinsames Motiv. Auf jeden Fall musste eine Seite irgendwie von der anderen profitieren. Bisher waren zwar erst die Spuren eines Mannes gefunden worden, doch das hieß noch lange nicht, dass es keine anderen gab.

Auf das Plateau konnte man von allen Seiten gelangen, wenn man sich durch das Dickicht kämpfte.

Er hoffte, dass es Hendrick und seinem Team gelang, das Video im Netz aufzuspüren und den Toten dadurch zu identifizieren. Ansonsten würde er Clara bitten müssen, Jonas Li damit zu beauftragen, und Nadja könnte er immer noch damit belästigen, wenn das alles nichts brachte. Seit dem letzten Fall stand er tief in ihrer Schuld. Da war es schon egal, wenn sie ihm noch einmal half. Wenn sie an derselben Sache dran war wie er, fielen immer Informationen von ihren Recherchen für ihn ab, die Gold wert sein konnten. Ihr gefiel der Gedanke, dass ihre journalistische Arbeit auch praktische Konsequenzen hatte.

Beim Verlassen des Flugzeugs, während die Schlange nur äußerst langsam vorrückte, reservierte er sich ein Zimmer in der Artist Residence. Soviel er auf dem Handy sah, lag die nicht weit von der Great Winchester Street entfernt.

Als er aus der Halle des Flughafens trat, stand er plötzlich im Regen. Der Himmel über ihm war ein bleiernes Grau. Warme Tropfen fielen ihm auf die Stirn, wenn er den Blick zum Himmel hob. Weit weg, über der City, braute sich gerade etwas zusammen. Nach den letzten Tagen und Nächten tat es gut, einfach nur im Sommerregen zu stehen. Stünde er aber noch länger so da, würde sein Leinenanzug garantiert die Fasson verlieren, und darauf wollte er es nicht ankommen lassen.

Er entschied sich für den Heathrow Express, anstatt ein Taxi zu nehmen wie sonst, da gerade keines in Sicht war. Er schlenderte zurück in die Halle, um den Zugang zu den Bahnsteigen zu suchen.

In Paddington nahm er die Circle-Tube. Nach einer halben Stunde brachte ihn eine Rolltreppe in der Nähe des Hotels ins Tageslicht zurück, das jetzt noch düsterer war, als es ihm vom Flughafen aus erschienen war. Hier würde er sich wohl einen Schirm zulegen müssen.

Das Artist Residence war ein sogenanntes Boutique-Hotel in der Nähe der Themse. In mittlerer Entfernung von Chelsea, Westminster und dem Tate Britain war es ideal für Touristen. Sich als Tourist auszugeben, konnte einem den Spielraum verschaffen, den er brauchte, um in heiklen Angelegenheiten herumschnüffeln zu können. Das Hotel warb mit Cocktailbar im Keller, einem Clubhouse mit Pop-Art, Neon und Chabby-Chic.

Chabby-Chic? Was auch immer das sein mochte, es war jedenfalls auf eine moderne Art gemütlich, dachte er beim Einchecken, während er sich umsah. Über dem Stahlrohrbett im Vintage-Stil hing ein Kunstdruck des Plattencovers von *Revolver*.

Er kontrollierte alle Räume, Schubläden und den Schrank, dann zog er sich aus und setzte sich nur in Shorts in den Ohrensessel. Das letzte Mal in dieser Stadt war er hinter einem Mörder aus der heimischen Provinz her gewesen, der sich über London nach Südamerika hatte absetzen wollen. Es war leicht gewesen, den Mann, der noch nie in einer Großstadt gewesen war, aufzustöbern und zu verhaften. Er schien sogar erleichtert gewesen zu sein, auf einen Landsmann zu treffen, als er ihm Handschellen angelegt hatte.

Er checkte seine Mails und SMS. Heute konnte er nicht mehr viel unternehmen. Er würde irgendwo in der Nähe zu Abend essen und sich dann zeitig aufs Ohr hauen, um sein Schlafdefizit auszugleichen. Am nächsten Tag würde er die Handelsabteilung der Broker Bank besuchen und den Leuten dort diskret auf die Füße steigen, wenn es sein musste.

Kranebitter ließ ihn wissen, dass der Oberst von dem Trip nach London nicht begeistert war, und sie vergaß es nicht, ihn wieder einmal darauf hinzuweisen, so günstig wie nur möglich abzusteigen, was ihn amüsierte. Darüber verpasste er fast das Tor, das Salah im Match Liverpool gegen Manchester erzielte, indem er den Ball über den Torwart lupfte, der zu weit rausgelaufen war.

Immer noch keine Nachricht über die Identität des Opfers und den oder die Täter und auch nichts über den Film im Internet. Weder von den Kollegen aus Frankfurt noch von Clara, die Li darauf angesetzt hatte. Jonas Li war ein in die Jahre gekommener Single und Nerd und noch dazu Chef der Abteilung für Cyberkriminalität. Es war kein Geheimnis, dass er sich im World Wide Web lieber aufhielt als im analogen Leben.

Stattdessen hatte er eine SMS von Lukas bekommen, die ihn für all das entschädigte, was er nicht in Erfahrung hatte bringen können.

Wenn du zurück bist, Papa, reden wir über alles, okay?

Ein derart offensives Angebot hatte sein Sohn schon lange niemandem mehr gemacht. Als zum ersten Mal vom Asperger-Syndrom die Rede gewesen war, hatte Anders gehofft, dass es so schlimm nicht kommen würde, und in letzter Zeit hatte sich sein Zustand, soviel jemand mitbekam, der selten zu Hause war wie er, allmählich gebessert. Es sah so aus, als würde ihr Sohn langsam die Kontrolle über sein Leben in dem Maße wiedererlangen, in dem sie die Kontrolle über ihre Ehe verloren. Das war erfreulich und traurig zugleich.

Ja, sicher, Lukas, das tun wir, antwortete er. *Ich freu mich schon darauf, bis bald. Papa!*

An der Rezeption hatte man ihm einen Schirm ausgehändigt. Er wollte bis zur Themse laufen, einen Blick auf den Fluss werfen und sich dann ein Restaurant suchen. Der Regen fiel jetzt dicht und schräg und wurde gepeitscht von Böen, die ihm den Schirm umstülpten, egal, wie er ihn auch hielt.

Als ihm durch den Dunst, der vom Bürgersteig und den Straßen aufstieg, die Leuchtschrift Cacio & Pepe in den Farben Grün, Weiß und Rot in die Augen sprang, konnte er einfach nicht anders. Die Themse musste warten, das hier ging definitiv vor. Er betrat das italienische Restaurant und aß dort die Pasta, die er bereits aus Rom kannte: Spaghetti Nr. 7, mit schwarzem Pfeffer, aber nicht als Gewürz, sondern als Zutat, Pecorino, ein halber Schöpfer von dem Nudelwasser und Olivenöl. Hier wurde diese Pasta, die sich gut mit einer Flasche Chardonnay vertrug, in einer Pecorino-Kruste serviert.

Er vermisste die Zeit, als seine Familie noch öfter gemeinsam um einen Tisch herum versammelt gewesen war, um zu genießen, was Marie oder er gekocht hatten. Marie hatte die österreichische Küche ihrer Mutter vom Zuviel an Fett, Zucker und Kalorien befreit, und er hatte sich, als die Kinder klein waren, auf diverse Pasta-

Rezepte spezialisiert, die es geschafft hatten, Lukas aus der Reserve zu locken. Nachdem er an sein Philosophiestudium in Graz und Wien einen Studienabschnitt mit kriminologischen Seminaren angehängt hatte, war er im BK in der Abteilung 4 im Referat für strategische Kriminalanalyse tätig geworden. Damals war er nicht so häufig und lange weg gewesen, und hatte noch Zeit für die Familie gehabt. Nach Monaten des Aktenwälzens war die Stelle eines Zielfahnders frei geworden und er hatte sich beworben. Wegen seines Handicaps ohne Aussicht auf Erfolg und ohne eine Empfehlung. Einmal hatte ihn der Oberst zur Seite genommen, um ihm die schiere Aussichtslosigkeit seines Tuns vor Augen zu führen. Als er trotz der Konkurrenz aus verschiedenen Referaten und der Missbilligung von Kollegen nicht klein beigegeben hatte, hatte Oberst Grabowski seine Meinung geändert.

Und jetzt, nach all den Jahren und zig gelösten Fällen, hockte er hier, in der Fremde allein über diesem Essen, das ihn an bessere Zeiten mit der Familie erinnerte.

Ohne mehr als nötig an den Fall gedacht zu haben, fiel er Stunden später ins Bett. Er schlief, tief und traumlos, bei gekipptem Fenster, zur Musik des Regens, bis ihn sein Handy abrupt weckte.

7

Nach dem englischen Frühstück im Clubhouse des Hotels machte er sich auf den Weg in die Great Winchester Street. Der Regen war in der Nacht versiegt, und der Himmel über London klar und blau wie die Farben des FC Chelsea. Ein Blick auf Google Maps zeigte ihm, dass sein Ziel weiter entfernt war, als er gedacht hatte. In dieser Stadt hatte man es mit anderen Dimensionen zu tun als in Wien.

Er schlug einen Weg entlang der Themse ein. Vorüber am Big Ben und dann hinein in die City of London. Unterwegs bekam er einen Anruf von Clara.

Im Frankfurter Fall gab es noch nichts Neues, ließ sie ihn wissen. Aber sie hatte in der Wiener Zweigstelle der Bank Druck gemacht und jetzt erfahren, mit wem in London Pfeffer Kontakt gehabt hatte.

„Das hilft mir sehr", sagte Anders dankbar. „Ich wusste nämlich noch nicht, wie ich mir in der Bank Gehör verschaffen soll, ohne gleich die Pferde scheu zu machen. Wenn ich einen Namen habe, konzentriere ich mich einfach vorerst auf diese Person."

„Der Mann heißt Max Bishop."

„Weißt du sonst noch etwas über ihn?"

„Er ist in London in dem Geschäftsfeld tätig, das auch Pfeffer in Frankfurt so eloquent beackert hat."

„Handel mit CO_2-Zertifikaten?"

„Emission Sales, ja."

„Dann käme Bishop also für den Mord in Frankfurt infrage?"

„Wenn er für die Tatzeit kein Alibi hat."

„In Frankfurt hätte man doch auf den Mann aufmerksam werden müssen."

„Nicht unbedingt", meinte Clara und lachte. „Wie es aussieht, ist es Pfeffer gelungen, ordentlich Verwirrung zu stiften. Ich vermute ja, dass er paradoxerweise von dem Komplizen ablenken konnte, weil er so störrisch darauf beharrt hat, selbst nur ein unbedeutender Handlanger zu sein. Bis ihn die Unterlagen der Bank dann als Täter ausgewiesen haben."

„Handlanger eines Unbekannten. Dass ihm Hendrick und Kollegin Uhl auf den Leim gegangen sind, kann ich ihnen nicht verübeln. Die Finten von Pfeffer haben zu sehr nach dem Versuch ausgesehen, seinen Kopf aus der Schlinge zu ziehen. Die waren einfach nur ziemlich genervt und irgendwann sogar so weit, Wesentliches zu ignorieren."

„Dass es den Komplizen gibt, zum Beispiel!"

„Und, vor allem, dass er nicht der große Unbekannte ist, sondern von Anfang an mit Pfeffer unter einer Decke gesteckt hat."

„Was wirst du nun tun?"

„Ich bin gerade unterwegs zu Bishops Arbeitsplatz", sagte Anders. Beide beendeten das Gespräch zur selben Zeit. Er orientierte sich kurz, sondierte die Umgebung, glich sie mit der Karte von Google Maps ab und setzte seinen Weg dann fort.

Das Winchester House, in dem sich die Handelsabteilung der Bank befand, war ein modernes

Sandsteingebäude in einem alten Viertel, das mit Hochhäusern gespickt war.

Nach einem Ristretto im Café Nero in der Great Winchester Street trat Anders durch das Portal mit dem Logo der Broker Bank. Er wandte sich an eine der Frauen am Empfang.

„Wo finde ich Max Bishop?" Er wies sich mit seinem europäischen Dienstausweis aus, in der Hoffnung, sich dadurch Respekt zu verschaffen und in kein lästiges Nachfragen verwickelt zu werden. Noch waren die Briten ja nicht aus der EU ausgetreten. Hier, wo das Geld aus aller Welt hereinströmte und wieder in alle Welt hinausfloss, war man bestimmt nicht scharf darauf, diesen Fluss, der die Stadt befruchtete wie einst der Nil das Reich der Pharaonen, der Gefahr von Staus auszusetzen.

„Haben Sie denn einen Termin?"

„Herr Bishop hat einen mit mir."

„Sekunde!" Sie griff zum Telefon und tat, wozu sie verpflichtet war. „Tut mir leid, aber Herr Bishop war schon seit Tagen nicht mehr da."

„Wo kann ich ihn finden?"

Sie machte sich an ihrem PC zu schaffen. „Er ist weder beurlaubt, noch hat er sich krankgemeldet. Ich fürchte", sie lächelte Anders an, „ich darf Ihnen nicht mehr sagen, wenn ich keine Probleme kriegen will. Aber Sie können in den dritten Stock fahren, dort befindet sich das Büro des Abteilungsleiters."

John Burnside, so stand es zumindest neben der Tür, erwartete ihn bereits. Er blieb hinter dem Schreibtisch sitzen, als Anders mit einem Klopfen eintrat. Was Vizedirektor Grabowski jedes Mal erzürnte, ließ diesen

Mann offenbar kalt. Einer vom alten Schlag, dachte Anders, an dem, trotz des Nadelstreifen-Anzugs, nicht einmal Ärmelschoner auffallen würden. Das schüttere, senffarbene Haar hatte er sich vom Scheitel aus, der knapp über seinem Ohr verlief, quer über seine Platte geklatscht. Burnside war ein hagerer Typ. Er deutete auf einen Stuhl.

Vermutlich zäh wie Leder, dachte Anders, zupfte seine Hosenbeine hoch und setzte sich. Die Sekretärin hatte ihn sicher angekündigt, als er hochgefahren war.

„Ich frage nicht, was Sie nach London führt, das kann ich mir denken. Was da in Frankfurt ans Licht gekommen ist, gefällt uns hier ganz und gar nicht, und wenn ich Ihnen irgendwie helfen kann, werde ich es tun. Unser Finanzprodukt, also die Emission Sales, bewähren sich im gesetzlichen Rahmen ganz hervorragend. Ob es ein Instrument ist, den globalen Ausstoß von CO_2 zu verringern, wage ich, offen gesagt, zu bezweifeln. Dass es in erster Linie darum gehen könnte, glauben ohnehin nur grüne Träumer, weil es ihnen von den Politikern so eingeredet wird, die wiederum von den Lobbyisten der Industrie unter Druck gesetzt werden. Die Politik ist doch stets froh, ein Feigenblatt zu haben, das ihre Blößen kaschiert. Dass unser Mitarbeiter in Frankfurt gedacht hat, wenn das schon so sei, könnte man doch auch gleich persönlich richtig zulangen, tut mir sehr leid, Herr ...?“

„Chefinspektor Edwin Anders.“ Er wollte Burnside unterbrechen, und nach den Kontaktdaten von Bishop fragen, hielt sich aber noch zurück. Lass ihn einfach reden! Unterbrich keinen, der sich über einen Fall auslässt, in den er möglicherweise selbst irgendwie verwickelt ist. Ob er zu viel sagt oder viel zu wenig, etwas erfindet oder verschweigt, darum kannst du dich später kümmern!

„Es stimmt, dass Pfeffer mit Bishop in Kontakt gestanden hat. Das ist nicht ungewöhnlich, wenn man am selben Projekt arbeitet, und sei es auch an verschiedenen Standorten. Die haben sich nun mal gut verstanden. Das ist doch nur menschlich, oder etwa nicht?"

„O ja, allerdings", sagte Anders. Er musste nur an den Toten im Glassturz denken, um sich zu vergewissern, wie sehr es in diesem Fall um Menschlichkeit ging. „Aber wäre es nicht auch nur menschlich, wenn zwei, die mit demselben Produkt arbeiten, sich zusammentun, um, sagen wir einmal, ihr Know-how zum eigenen Vorteil und damit zum Schaden der Firma zu nutzen? Vom Schaden der Allgemeinheit will ich gar nicht erst reden!"

Burnside prüfte, ob sein Haar immer noch sicher am Schädel klebte. „Das ist natürlich nicht vollkommen auszuschließen. Bevor Pfeffer aufgeflogen ist, hatte ich sogar seine Bewerbung hier auf dem Tisch. Natürlich ist sie in der Ablage gelandet, denn ich schätze es nicht, wenn unsere Mitarbeiter privat allzu eng miteinander werden. Es untergräbt die Konkurrenz und damit die Grundlage unseres Geschäfts. Soviel ich weiß, haben sich die beiden aber trotzdem hauptsächlich über Privates ausgetauscht. Das ließ mich dann letzten Endes auch zögern, die Bewerbung in Betracht zu ziehen."

„Privates?"

„Was weiß ich! In der Handelsabteilung wird kolportiert, sie seien sich über ihre gemeinsame Jagdleidenschaft nähergekommen. In Zeiten wie diesen fast schon ein anrüchiges Hobby, für das man sich schämen sollte, das denken auch hier manche." Mit einem Knurren gab Burnside zu verstehen, dass er nicht gedachte, sich für etwas so Natürliches und Althergebrachtes wie die Jagd zu genieren.

„Kleinwild vermutlich", sagte Anders.

„Aber nicht doch! Mit Kleinem, was auch immer es sein mochte, gaben sich die beiden bestimmt nicht zufrieden. Bishop zumindest nicht, so wie ich ihn kenne. Sie sind von Kunden zum Abschuss von Großwild eingeladen worden, in Russland, Afrika und in Südamerika. Solche Einladungen sind in unserer Branche durchaus üblich, müssen Sie wissen. Nicht immer auf eine Großwildjagd, meist handelt es sich um Reisen in exotische Landstriche, Luxushotels und diskrete Clubs mit allem Drum und Dran, Sie wissen schon."

„Ich verstehe", sagte Anders. „Ich danke Ihnen für Ihre Offenheit. Sie beseitigen damit gerade ein paar Zweifel, mit denen ich hergekommen bin."

„Es handelt sich um Kunden, die international dick im Geschäft sind. Dass die jede Menge Feinde haben und auch mal die Aufmerksamkeit von Spinnern und Weltverbesserern auf sich ziehen, gehört einfach dazu. Immer nur Geld zu verdienen, ist doch auf Dauer langweilig, finden Sie nicht?"

„Sie sagen es."

„Wir freuen uns stets, wenn wir helfen können", sagte Burnside. „Uns steht ja aufgrund dieser Vorfälle in Frankfurt bestimmt auch eine Prüfung ins Haus, der wir aber gelassen entgegensehen können, wenn Sie mich fragen." Er schaute stirnrunzelnd auf den

Chronometer an seinem Handgelenk, dann blickte er mit erhobenen Brauen auf Anders. „War's das dann?"

Anders seufzte, erhob sich und rieb an seinem Ohrläppchen. Er nickte zum Gruß und wandte sich zur Tür, hielt aber auf halbem Weg inne. „Wie kann ich Bishop erreichen?"

Burnsides Abschiedslächeln, das in dem Moment verschwand, als Anders ihm den Rücken zuwandte, kämpfte gegen die Schwerkraft an, um sich erneut zu formieren. Er schien zu überschlagen, ob es ratsam war, der Aufdringlichkeit dieses lästigen Cops vom Festland entgegenzukommen. Endlich überwand er sich und sagte: „Es spricht nichts dagegen, aber er ist heute nicht hier."

Anders hatte die Auskunft der Empfangslady noch im Ohr, dass Bishop schon seit Tagen nicht mehr an seinem Arbeitsplatz aufgetaucht war, und hörte jetzt sogar, wenn auch nur in seinem Kopf, was Burnside ihm verschwieg: Ich weiß ja, warum er seit Tagen nicht mehr hier war, und wo er ist und was er vorhat, aber bevor ich dir das sage, beiße ich mir lieber die Zunge ab! Wir mögen es hier gar nicht, wenn Fremde ihre Nase in unsere Angelegenheiten stecken!

„Können Sie mir denn eine Adresse und eine Telefonnummer geben?" Clara würde sich an Li wenden, falls Burnside sich auf den Datenschutz berief. Dabei war doch jeder noch so gut gemeinte Datenschutz nicht das Papier wert, auf dem er besiegelt wurde, solange die Leute ihre Daten exzessiv ins Netz stellten.

Burnside schien zu spüren, dass er sich die Informationen so oder so beschaffen würde. „Ich rufe an, Sie können sich die Daten dann am Empfang unten geben lassen."

„Ich weiß das wirklich zu schätzen", sagte Anders. „Es spart immerhin Zeit, vielen Dank!" Weshalb nicht gleich so tun, als habe man rein gar nichts zu verbergen? Bevor er ging, versuchte er noch den Namen zu entziffern, der auf dem Zettel stand, den Burnside die ganze Zeit mit einer Hand diskret verdeckte. Die Spitze seines Daumens zierte eine blasse Blaufärbung von einer frischen Verletzung, fiel Anders auf. Der Nagel war am Rand etwas dunkler. Es gelang ihm nicht, den Namen zu lesen. Er fing mit W, V oder U an und endete auf er oder ir oder ar.

„Waren Sie verreist?" Anders zeigte auf die lederne Reisetasche in der Ecke des Büros.

„Es geht Sie zwar nichts an, aber ich fahre für ein paar Tage aufs Land. Sonst noch etwas?"

„Es geht mich wirklich nichts an. Vielen Dank für die Bereitschaft, mit mir zu reden. Auf Wiedersehen!"

Er fuhr ins Foyer hinunter und besorgte sich die Daten. Er fragte nach einem gediegenen Pub in der Nähe und machte sich auf den Weg.

Dort platzte er mitten ins Mittagsgeschäft hinein. Lauter Bankleute, die es eilig hatten, an einen Drink und etwas zu essen zu kommen. In einer Nische war aber noch Platz. Vor der Theke ging es rund wie an der Wall Street kurz vor Börsenschluss, doch das Personal war freundlich und fix. Hier herrschte eine ausgeklügelte Logistik, bemerkte er. Bald schon hatte er vor sich ein Guinness stehen, eine Tüte aus Backpapier mit Fish & Chips in der einen und einen Spieß in der anderen Hand, mit dem er sich Happen in den Mund schob. Das

Essen war, entgegen seinem Ruf, gar nicht fettig. Es entsprach durchaus dem Kriterium für das perfekte Wiener Schnitzel ... Du kannst dich mit der Sonntagshose auf das Schnitzel setzen, ohne dass ein Fettfleck zurückbleibt!

Er ließ sich das Gespräch mit Burnside noch einmal durch den Kopf gehen. Dieser wusste mehr, als er vorgab. Was aber nicht hieß, dass er in Pfeffers Geschäft verwickelt war. Vielleicht wollte er den Ball auch nur flach halten und betrieb Schadensminimierung für den Fall, dass Max Bishop in etwas drinsteckte, was die Abteilung in Schwierigkeiten bringen würde, wenn es zu einer Prüfung durch die Steuerbehörde kam.

Er tippte gerade Bishops Telefonnummer in sein Handy, als ihn eine E-Mail erreichte. Der Anhang der Mail, die ihm Li geschickt hatte, enthielt den Film, von dem Leonie gesprochen hatte. Als Betreff stand dort schlicht *Tod eines Mörders*. Unter diesem Titel kursierte das Video im Netz, ließ Li ihn wissen. Sie versuchten, es einzudämmen, genauso wie auch die Frankfurter Kollegen. Was jedoch, weil es so oft geteilt und auf Servern in aller Welt gelandet war, so gut wie aussichtslos war.

Anders zögerte. Wollte er das überhaupt sehen? Nein, nicht während einer Mahlzeit! Sollte er es sich ansehen? Das musste er, ob er es wollte oder nicht. In diesem Film konnte es schließlich Hinweise geben, auf die er nicht verzichten konnte, so sehr es ihm vielleicht auch gegen den Strich ging, was er darin zu sehen bekäme.

Er erkannte den Tatort sofort wieder, der im gleißenden Gegenlicht lag. Zu den Rändern hin bleichte das unruhige Bild aus, in der Mitte war der Glassturz zu erkennen. Eine Weile verharrte die Kamera in der Totalen. Er konzentrierte sich, bis er zu blinzeln vergaß und nur noch starrte. Vergrößerte er das Bild, nahm die Unschärfe zu. Mehr als schemenhafte Bewegungen im Inneren des Behälters waren kaum auszumachen. Aus dieser Distanz sah alles sehr abstrakt aus. Wusste man, dass es sich dabei um den Todeskampf eines Menschen handelte, sah man es mit ganz anderen Augen.

Er legte die Tüte mit den Essensresten auf den Tisch, das Handy daneben, und nahm einen großen Schluck von dem Guinness.

Er wusste nicht, ob der Film mit einem Handy, einem Fotoapparat oder einer Video-Kamera erstellt worden war, das sollten die Experten herausfinden. Er aktivierte den Vorlauf, um das ruckelnde Standbild zu überspringen, als die Szene in Bewegung geriet. Der gläserne Sarg rückte näher heran. Täuschte er sich, oder war jetzt der Atem des Filmenden zu hören?

Er erhöhte die Lautstärke. Jetzt war es nicht mehr zu überhören. Ein gleichmäßiges Atmen, so unaufgeregt, als würde es sich um das Abfilmen von etwas ganz Alltäglichem handeln. Waren es die Augen des Täters, durch die er jetzt blickte, wenn er sich anschaute, was gefilmt wurde? Die eines Sadisten? Oder war es die Aktion eines Radikalen, dem jedes Mittel recht war?

Je näher die Kamera dem Geschehen kam, desto mehr schnürte es Anders die Luft ab. Er blinzelte, setzte sich aufrecht hin, und entwand sich so der Erstarrung. Seine Gedanken kamen wieder in Gang. Nun war deutlich zu sehen, wie jemand gegen etwas ankämpfte, das offenbar stärker war als er selbst. Der Körper des

Eingeschlossenen bäumte sich immer wieder auf, doch die Mühe war vergeblich. Die Hände und Füße, an den Gelenken fixiert, zuckten wie Flossen gestrandeter Fische unter der Hitze einer sengenden Sonne. Es war ein Ringen mit dem Unausweichlichen. Ein Kampf gegen die Tücken der Natur, der nicht zu gewinnen war. Nur der Regisseur dieses Grauens könnte das tödliche Spiel beenden. Aber das Kameraauge verharrte weiterhin gleichgültig auf seinem Objekt. Was dieses Auge auch anblickte, es fühlte nichts.

Jetzt blieb das Bild in der Halbtotalen. Das Glas beschlug von den Ausdünstungen des nackten Körpers und dem Keuchen des Opfers. Das Gesicht war nur noch ein ovaler rötlicher Fleck mit einem schwarzen Loch, wo der Mund war, die Augen zwei kleinere Löcher. Tropfen liefen innen über das Glas und zogen Schlieren. Das Klima in dem gläsernen Sarg kollabierte jetzt und das Leben darin war chancenlos.

Anders wünschte dem Todgeweihten, dass ihn ein Blitz erschlüge, um abzukürzen, was nun folgen würde. Der Blitz sollte sich aus dem Dunst aus Stickstoff, Kohlendioxid, Sauerstoff, Wasserstoff und höllischer Hitze entladen und dem Ganzen endlich ein Ende bereiten! Doch der Blitz blieb aus und die Hitze stieg weiter an.

Das Atmen, das von der Tonspur des Films kam, blieb weiterhin ruhig und monoton.

Wieder setzte sich die Kamera in Bewegung und kam jetzt so nah an das Opfer heran, dass Anders den Mann, den er am Tatort gesehen hatte, durch das beschlagene Glas erkannte. Rund um seine Augen trat jetzt Blut aus. Zu wissen, worauf das Ganze hinauslief, und nichts tun zu können, setzte ihm zu.

Um ihn herum lärmten die Banker ausgelassen wie Kinder, bevor sie sich in den Filialen wieder an ihre PCs setzten, um aus den Märkten das Letzte herauszuholen.

Als der Sterbende sich in die Position krümmte, in der sie ihn vorgefunden hatten, mit dem zum Schrei aufgerissenen Mund und den entstellten Gesichtszügen, huschte plötzlich etwas über das Display. War das nur ein Schatten, fragte er sich, oder etwas anderes?

Er stoppte das Video und ließ die Szene noch einmal ablaufen. Was war das? War noch jemand dabei gewesen? Als sich der Schatten am deutlichsten zeigte, hielt er den Film an. Da war etwas wie eine Hand zwischen Objektiv und Opfer. Was machte diese Hand dort? Und, vor allem, wessen Hand war das?

Es folgten die allerletzten Momente. Der Mann gab nun den Geist auf, sackte in sich zusammen und blieb so verrenkt liegen, wie er entdeckt worden war.

Das Video dauerte elf Minuten und vierzig Sekunden, stellte er fest. Er sah weder einen Sinn in dieser Feststellung, noch fand er einen Trost darin. Er fühlte sich erschöpft, leer und überflüssig. Er wollte mit alldem nichts mehr zu tun haben! Er wollte einen Job in einem Scheißbüro, wo man sich den ganzen Tag über langweilte. Am Abend zu Hause sein und sich nur um den Sohn kümmern, der, wie es aussah, Fortschritte machte, anstatt sich mit Gier, Skrupellosigkeit und Mordlust herumzuschlagen.

Nach einer Weile fand er wieder zu sich und sortierte seine Gefühle und Gedanken. Der Pub hatte sich geleert und das Personal ließ es entspannter angehen. Er verspürte plötzlich einen unbändigen Durst, deshalb bestellte er sich ein Pale Ale, zahlte und trank das Glas leer, ohne einmal abzusetzen. Dann ging auf die Straße hinaus und einfach in eine Richtung los, ohne sich darüber im Klaren zu sein, wohin er überhaupt wollte.

8

Er ertappte sich dabei, dass er zur London Bridge unterwegs war. Von dort aus war es nicht weit zum Borough Market, den er jedes Mal aufsuchte, wenn er in London war. Zwischen den Marktständen mit den Delis aus aller Welt zu flanieren, eine Kostprobe hier, eine Weinprobe dort, lenkte einen von sich selbst ab. Es war der richtige Ort, um sich zu verlieren und, von jedem Gedankenmüll befreit, die alte Frische wiederzufinden.

Mitten auf der London Bridge erhielt er einen Anruf von Hendrick. Sie tauschten sich über das Video aus.

„So ein krankes Schwein", brachte Hendrick seine Meinung über den, der es erstellt hatte, auf den Punkt.

Sie waren sich einig, dass, wer auch immer gefilmt hatte, nicht zwingend mit dem Mörder identisch war. Die Vermutung, dass das Opfer von zwei Tätern überwältigt und verschleppt worden war, war auch noch nicht vom Tisch, obwohl die Spuren vom Tatort nicht darauf hindeuteten.

„Entweder", spekulierte Hendrick, „war dieser Täter allein und hat auch gefilmt, oder sie waren Komplizen, die sich die Drecksarbeit geteilt haben."

„Oder", ergänzte Anders, „es waren zwei, die nichts miteinander zu tun haben."

„Wie denn das?"

„Einer hat den Mann betäubt und das makabre Bühnenbild auf diesem Hügel im Wald installiert, und ein anderer ist dazu gekommen, nachdem der Täter schon weg war, und hat den Sterbenden gefilmt."

„Zufällig? Das glaube ich nicht."

„Nicht zufällig", sagte Anders. „Obwohl es nicht auszuschließen ist, dass einer, der einfach nur so vorbeikommt, bei dieser Gelegenheit zum Voyeur wird. Anstatt dem Opfer zu helfen, filmt er es, frei nach Oscar *Wildes Wenn du einen Ertrinkenden siehst, dann ist es nicht deine Aufgabe, ihm zu helfen, sondern auf die Farbe seiner Lippen zu achten.* Danach stellt er das Machwerk ins Netz und holt sich zur Anzahl der wachsenden Klicks einen runter."

„Ein zufälliger, skrupelloser Voyeur?" Hendrick neigte wenig zu der Annahme, deren Wahrscheinlichkeit, laut seiner Meinung, gegen Null gehe. „Denken Sie, der Mörder hat sein Vorhaben aufgegeben und sich aus dem Staub gemacht, bevor das Ganze vollbracht war?"

„Der Täter könnte die Vollziehung in Form der Verfilmung, die wir gesehen haben, jemandem überlassen haben. Ein Mord, der womöglich ganz unterschiedliche Interessen bedient."

„Aber nicht zufällig!"

„Nein, nicht zufällig, aber auch nicht zu zweit, eher so etwas wie Mord-Sharing."

„Sie haben wirklich Humor, Anders, das muss ich Ihnen lassen. Also sozusagen zwei Fliegen mit einer Klappe. Sowas in der Art?"

„Wir müssen herausfinden, welche Motive dahinterstecken könnten."

„Solange wir nicht wissen, wer das Opfer ist, und wir haben immer noch keine Ahnung, bleibt das alles vollkommen dubios."

Anders dachte an das, was Leonie gesagt hatte. Falls dieser Film etwas damit zu tun hatte, aller Welt über den Zustand der Umwelt die Augen zu öffnen, könnte das Opfer vielleicht in Aktivisten-Kreisen bekannt sein. Er dachte auch an die Hand, die durch das Bild gegeistert war, behielt aber beides vorerst für sich. Es wäre dumm, Trümpfe voreilig aus der Hand zu geben. Wobei er selbst nicht wusste, was ihm die schemenhafte Hand im Bild sagte oder zeigte. „Ja", meinte er, „ich werde meine Leute auch auf die Identifizierung des Opfers ansetzen. Ich lasse es Sie wissen, wenn sich etwas tut."

„Ohne die Identität des Opfers zu kennen, kommen wir in diesem Fall leider kaum weiter."

Anders bestellte noch Grüße an Kommissarin Uhl. Sie versprachen einander zu informieren, sobald es Neuigkeiten in der Sache gab.

Danach starrte Anders eine Weile ins graue Wasser der Themse und fragte sich, ob er noch Lust auf den Markt hatte. Er ging erst einmal online und fütterte die Suchmaschine mit einigen Schlagwörtern. Die Anzahl der Reaktionen auf den Film ging mittlerweile durch die Decke. Er beschloss, doch noch eine Runde auf dem Markt zu drehen, und dann mit der Tube zum Hotel zu fahren und sich in Ruhe anzusehen, was sich im Netz tat.

Bevor er ging, rief er noch mal Bishops Nummer an, doch niemand ging ran, und auch die Mailbox aktivierte sich nicht. Wenn die größte Hitze vorüber war, würde er diesem Bishop mal einen Besuch abstatten.

Über den Markt zu flanieren, half ihm tatsächlich, dieses Video kurzzeitig aus dem Kopf zu kriegen. Es galt jetzt Pfeffer zu finden, von dem nach wie vor jede Spur fehlte. Oder Bishop, der ihn auf seine Spur bringen könnte. Wenn er an das Gespräch mit Burnside dachte, zweifelte er nicht daran, dass die beiden mehr verband als nur ihr Job und die Jagd auf Großkatzen.

Er war vor der erneut aufflammenden Hitze, die vom nächtlichen Gewitter nur kurz gedämpft worden war, ins Artist Residence geflohen.

Er stellte die Klimaanlage auf das Minimum, um sich nicht den Kopf zu verkühlen, und zog die Vorhänge zu. Sein Handy, die Fernbedienung und eine Flasche Wasser in Reichweite, machte er es sich in Shorts auf dem Ohrensessel bequem.

Die Frage, was in Pfeffers Frankfurter Apartment wirklich passiert war, ließ ihn einfach nicht los. Erst die Lösung dieser Frage, die aus der Beantwortung anderer Fragen resultierte, würde ihn in dem Fall weiterbringen. Er musste, wie bei einem Brettspiel, alle möglichen Züge durchgehen. Es stand fest, dass der Tote im Glassturz in Pfeffers Wohnung gewesen, von dort mit Gewalt verschleppt und ermordet worden war.

Die Inszenierung auf dem Hügel mal beiseitegelassen, um die man sich aber später kümmern musste, war Folgendes denkbar: Pfeffer war auf dem Sprung in die Polizeiinspektion, um sich von Anders vernehmen zu lassen, als er plötzlich ungebetenen Besuch erhält, und zwar vom späteren Opfer, dessen Blut auf dem Boden gefunden und identifiziert wurde. Waren die beiden allein, erübrigt sich die Frage nach dem Täter.

Pfeffer betäubt den Mann, bringt ihn ins Auto, ohne gesehen zu werden, und fährt mit ihm in den Vordertaunus. Er schleppt ihn auf den Hügel, platziert ihn auf die Schalungsplatte, und setzt ihn in dem gläsernen Treibhaus höllischer Hitze aus.

Anders setzte sich Ockhams Rasiermesser an die Kehle und stellte sich zwei Fragen: Wer ist dieser Mann? Seine Identität wurde noch nicht aufgedeckt. Doch diese Frage war vorerst zu vernachlässigen. Was will er? Entweder ist er ein Komplize von Pfeffer, und zwar der Komplize, auf den er seine Schuld abwälzen will, um vor Gericht davonzukommen, oder er ist Pfeffers Feind; beziehungsweise ein zum Feind gewordener Komplize. Er könnte aber auch einer von zwei Komplizen sein und Bishop der andere.

Der Mann kommt also zu ihm, um ihm zu raten, von der Aussage abzusehen, oder um ihm zu drohen. Er darf auf keinen Fall aussagen, weil es ihre Hintermänner in Gefahr bringen könnte. Es kommt zu einem Streit. Pfeffer überwältigt ihn ... der Ausgang ist bekannt. Pfeffer setzt sich ab, denn jetzt geht es nicht mehr nur um Betrug im ganz großen Stil, sondern auch noch um Mord.

Möglich ist es auch, dachte Anders, dass Pfeffer alles allein durchgezogen hat, aber das ist eher unwahrscheinlich. „Einspruch!" rief er, vom Grübeln ins Reden verfallend. Warum hat er diesen Mann umgebracht? Er hätte es doch dabei belassen können, ihn in seiner Wohnung zu betäuben, zu fesseln und dann das Weite zu suchen. Er hätte an einen sicheren Ort fliehen und sich die Beute holen können. „Noch einmal", ächzte Anders, „warum musste der Mann sterben?" An diesem

Punkt kam er nicht mehr daran vorbei, sich zu fragen, was es mit der Inszenierung auf sich hatte. Ein derart aufwendiges Vorgehen erhöht schließlich das Risiko, geschnappt zu werden, enorm. Das musste doch jedem klar sein. Warum also?

Er nahm einen Schluck aus der Wasserflasche. Mit einer solchen Inszenierung kann man von etwas ablenken und auf etwas hinweisen. Ablenken davon, dass der Mord etwas mit dem Fall und Pfeffer zu tun haben könnte. Pfeffer, ob nun allein oder nicht, hat alles so in Szene gesetzt, um den Mord Umweltaktivisten in die Schuhe schieben zu können, inklusive Video und Aufregung im Netz, während er sich selbst, wie man in Wien so schön sagte, über die Häuser haut. Oder Pfeffer plante, sich des Mannes zu entledigen. Er überließ, als Dank für die Beihilfe, den letzten Akt im Morddrama irgendwelchen Radikalen, die skrupellos genug sind, das Video *Tod eines Mörders* im Internet zu vermarkten. Seht alle her! Hier, vor euren Augen, stirbt einer, der mitverantwortlich ist für den Zustand unserer Erde und bald schon der ganzen Welt!

Wenn es tatsächlich so war, musste der Tote in radikalen Kreisen bekannt gewesen sein. Wie man es drehte und wendete, das unbekannte Opfer musste etwas mit Emission Sales zu tun gehabt haben. War etwa er, und nicht Bishop, der Hintermann, mit dem Pfeffer Hendrick und sein Team zur Verzweiflung gebracht hatte?

Erneut wählte er Bishops Nummer, doch niemand ging ran. Sobald die Hitze draußen nachließ, würde er sich auf den Weg zu Bishops Wohnung machen, nahm er sich vor.

Er ließ das Spekulieren bleiben und ging mit dem Handy online, um zu sehen, was sich wegen des Videos getan hatte. Ein Blick auf Anzahl und Art der Treffer reichte ihm aus, um sich auszurechnen, dass das Ganze nicht mehr zu stoppen war. Inzwischen kursierte es bereits weltweit. Es teilte sich wie das Brot in Jesu Händen am See Genezareth, um den Hunger nach Sensationen zu stillen. Ausschnitte davon, ohne das brutale Finale, waren inzwischen sogar auch auf seriösen Nachrichtenportalen zu sehen. Es wurde in Betracht gezogen, dass der Mann hatte sterben müssen, weil er an Geschäften beteiligt gewesen war, die der Umwelt Schaden zufügten.

Soweit Anders es sah, als er die Treffer überflog und zahlreiche Links öffnete, die vielleicht etwas über die Identität des Opfers preisgaben, beflegelten sich inzwischen die konkurrierenden Lager. Nicht wenige waren der Meinung, dass es sich um eine gerechte Strafe handle, die denen zu denken geben sollte, deren Geschäfte die Umwelt zerstörten.

Er kannte die Reflexe der Netzmeute, wenn es um Vorstellungen von Gerechtigkeit ging. Der Hängt-ihn-höher-Chor erschallte nur zu oft in hysterischer Einstimmigkeit. Die Stimmen der Vernunft schafften es hingegen kaum, sich Gehör zu verschaffen.

Nirgendwo gab es einen brauchbaren Hinweis, um wen es sich bei dem Toten handelte.

Das lag bestimmt daran, dass sein Gesicht vom Todeskampf im Treibhaus so entstellt war. Aus der Totalen waren im Video keinerlei Gesichtszüge mehr zu erkennen, und als sich die Kamera dem Opfer genähert hatte, waren sie extrem verzerrt und hinter dem beschlagenen Glas kaum auszumachen.

Durch die Ritzen im Vorhang verfolgte er nebenbei, wie draußen die Sonne versank.

Sollte er noch kurz in Nadjas Blog reinlesen, um über Emission Sales auf dem Laufenden zu bleiben? Ihm schwirrte schon der Kopf von den ganzen Meldungen zum Video und über das Mordopfer. Er ging in sich, um erste Anzeichen eines sich anbahnenden Anfalls zu registrieren, aber da war zum Glück nichts. Nur ein flaues Gefühl. Nichts brachte ihn im Moment weiter.

Wenn er zu Bishop vorgedrungen war, würde er auf Nadjas Blog zurückkommen.

9

Mit der unter die Skyline sinkenden Sonne trat er auf die Straße hinaus. Er hatte sich zuvor angeschaut, wo Bishop wohnte. In der Mill Street, Mayfair, zwischen dem Hyde Park und der Carneby Street. Er überlegte, wie er am besten dort hinkäme.

Er fuhr mit der Underground zum Piccadilly Circus, wechselte ins goldene Abendlicht der Oberwelt und schlenderte dann, vorüber an der Royal Academy of Arts, die Savile Row entlang.

Er konnte sich gut vorstellen, sich in einem der Läden hier einen Anzug anfertigen zu lassen. Leider handelte es sich bei den Schneidereien nicht um seine Preisklasse.

Er zog Blicke auf sich, als er kurz auflachte. Er könnte es ja der Abteilung für Zielfahndung für eine Recherche in Rechnung stellen. Grabowskis Gesicht wollte er sehen, wenn eine solche Rechnung auf seinem Tisch landete. Er hatte ihm beim nächsten Verstoß gegen die Dienstvorschriften nämlich mit definitiven Konsequenzen gedroht, was auch immer das heißen mochte.

Vor der Adresse, die er in der Broker Bank bekommen hatte, rief er, ohne die Nummer zu unterdrücken, noch einmal an. Bishop hatte bestimmt schon herausgefunden, dass die Nummer in jenes Land führte, aus dem Pfeffer stammte, der mittlerweile international gesucht wurde. Von John Burnside gewarnt, der ihm bestimmt geraten hatte, sich nicht zu verplappern, die Anrufe nicht anzunehmen und auch nicht zurückzurufen, unterband er garantiert alle Versuche von Anders, ihn zu erreichen.

Bevor er sein Hotel verlassen hatte, hatte ihm Jonas Li zwei Fotos von Max Bishop geschickt. Ein Porträt, das einen Mann in mittleren Jahren mit stechendem Blick, kräftigem Hals und mittellangem Haar zeigte, das sich bereits auf dem Rückzug befand. Und ein Foto, auf dem er vor der Beute eines Jagdausflugs posierte, steif wie ein Infanterist der Queen's Guard bei der Wachablöse vor dem Buckingham Palace. Schwellende Brust, eingefrorenes Lächeln und ein forciertes Muskelspiel. Er präsentierte sich in einem kurzärmeligen Safarihemd. Zwei Finger zum Victory-Zeichen gespreizt. Ein Anblick, der Anders befremdete.

Wer es sich leisten konnte, hier zu residieren, der musste ein noch viel besserer Steuervermeider als nur -berater sein. Ins Haus zu kommen, um Bishop zu fragen, warum er nicht an sein Telefon ging, würde allerdings nicht einfach werden, stellte er fest, als er den Eingang betrachtete.

Das Schloss wäre vielleicht kein Problem, wenn er den Code für die Alarmanlage kennen oder sein Kronos-Tool dabeihaben würde. Das ihm allerdings nichts nutzte, da es in der Sporttasche im Hotel lag. Also musste er warten, bis Bishop nach Hause kam, oder das Haus verließ.

Schräg gegenüber entdeckte er ein Café mit ein paar Tischchen davor, das mit einer eigenen Rösterei warb.

Er würde dort Platz nehmen, einen Caffè Corretto ordern und ein bisschen verschnaufen. In Ruhe nachdenken und dabei das Haus nicht aus den Augen lassen. Der Caffè ließ Anders vergessen, dass er sich gerade in einem Land befand, in dem oft Tee getrunken wurde. Das Gebräu hier konnte sich nämlich mit allem messen, was Pippo, der triestinische Gastronom vor seiner Haustür, den Gästen kredenzte.

Während er wartete, ob sich auf der Mill Street etwas tat, öffnete er Nadjas Blog *Untersuchungen an der Wahrheit*.

Offenbar war es ihr gelungen, jemanden aus dem Umfeld von Pfeffer bei der Broker Bank zum Sprechen zu bringen. Handelsfirmen waren eigens gegründet worden, um in verschiedenen Ländern CO_2-Zertifikate zu erwerben. Diese waren dann von Pfeffer weiterverkauft worden, auch an die eigene Bank. Danach hatte sich Pfeffer bei den Finanzbehörden jene Steuern zurückgeholt, die er nie bezahlt hatte, weil derlei Transaktionen zum Nutzen der Umwelt von der Umsatzsteuer befreit worden waren. Der Betrug hatte in Deutschland stattgefunden, die Firmen waren jedoch in London gegründet und in ein Register eingetragen worden.

Und genau hier kam Bishop ins Spiel, dachte Anders.

Aus Nadjas Zeilen ging hervor, dass es sich bei Emission Sales um keinen Einzelfall handelte. Ähnliche Machenschaften waren mittlerweile auch aus anderen Ländern bekannt. Sich wiederholende Muster, die zu denselben Straftatbeständen führten, die Schäden auf Kosten der öffentlichen Hand gingen in die Millionen, und darin waren die Folgekosten für die Umweltschäden noch gar nicht miteingerechnet.

Das Ganze stank geradezu nach organisierter Kriminalität. Welche Rollen Pfeffer oder Bishop bei dem Ganzen einnahmen, war ihm im Moment allerdings noch nicht klar. Und was war mit dem Toten auf dem Hügel?

Pfeffer war ein Schlüssel zum Verständnis des Ganzen. Vielleicht nur ein kleiner, aber einer, der sperrte, davon war Anders überzeugt, und auch davon, dass er ihn kriegen würde, egal, wohin er sich auch verkroch.

Während er seinen Gedanken freien Lauf ließ, entging ihm nicht, was sich auf der anderen Straßenseite abspielte. Bis jetzt leider nichts Auffälliges. Kaum jemand war gekommen oder gegangen. Niemand, der Bishop auch nur ähnelte.

Die Gesetze zur Vermeidung von CO_2 kamen einer Einladung zum Missbrauch gleich, schrieb Nadja. Dass sich Kriminelle finden würden, um in diese Kerbe zu hauen und sich daran zu bereichern, war bloß eine Frage der Zeit, wenn man sich die Gesetzgebung ansah. Als ob die Lobbyisten derer, die sich daran bereicherten, an diesen Gesetzen mitgeschrieben hätten. Die Umgehung und Ausbeutung der CO_2-Gesetze war quasi zwischen den Zeilen festgeschrieben, dachte Anders über dem Auszug des Textes, den Nadja zitierte. Wenn man Ländern, die ihre CO_2-Kontingente nicht ausschöpften, gestattete, sie um Unsummen an andere zu verkaufen, die sich nicht an Höchstgrenzen beim Ausstoß hielten, dann war was faul an der ganzen Sache. Vor allem dann, wenn es darum ging, den globalen Ausstoß zu senken, um die Erwärmung der Meere unter 1,5 Grad zu halten, wie es das Pariser Abkommen vorsah. Dass dieses unter solchen Umständen utopische 1,5-Grad-Ziel nicht viel mehr als Hoffnungspropaganda für die Massen war, auch davon wusste Nadja in ihrem Blog ein Lied zu singen.

Drüben tat sich jetzt wieder etwas. Die mächtige mit Eisen beschlagene Haustür schwang ein weiteres Mal automatisch auf und heraus kam ein Mann, der Bishop ähnelte. Anders verglich den Mann mit dem Bild in seiner Vorstellung, kam aber zu keinem eindeutigen Ergebnis. Ohne von seinem Handy aufzusehen, nur aus den Augenwinkeln, beobachtete er, wie der Mann auf der anderen Straßenseite in Richtung Savile Row losging.

Er rief das Foto von Bishop auf, das Li ihm geschickt hatte. Die Frisur auf dem Bild entsprach nicht der Stoppelfrisur dieses Mannes. Alter, Größe, das Gesicht und die aufrechte Haltung stimmten allerdings überein. Bishop hatte sich die Haare geschoren und trug jetzt einen Bart. Es war tatsächlich der Mann, den er suchte! Es war besser, ihm verdeckt zu folgen, als ihn mitten auf der Straße zur Rede zu stellen.

Wie immer hatte er direkt bezahlt, als serviert worden war. Als der Mann einen entsprechenden Vorsprung hatte, konnte er ihn also verfolgen, ohne selbst vom Kellner verfolgt zu werden.

Irgendwo weit hinter Cardiff ging die Sonne unter. Tiefe Schatten fielen in die Straßen und Gassen Mayfairs. Im Zwielicht dieser Schatten folgte er Bishop, der, nachdem er sich mehrmals umgesehen hatte, in der Nähe des Piccadilly Circus in einer Brasserie verschwand.

Anders verharrte im Schutz einer Litfaßsäule. Noch wollte er die Deckung nicht aufgeben. Er wartete, ob Bishop vielleicht nur auf die Toilette ging und wieder herauskam. Falls er nicht auftauchte, würde er nachsehen müssen, ob dieser allein zu Abend aß oder ob er jemanden traf. War er etwa mit Burnside verabredet?

Anders wollte gerade in die Brasserie, als er einen Anruf bekam. „Verdammt!“ Er wollte den Anruf wegdrücken, ohne zu schauen, wer dran war. Es war bestimmt Clara, Marie oder sonst jemand, der ihm jetzt in die Quere kommen wollte. Er erspähte die Initialen M. B. auf dem Display. Das ließ ihn innehalten. Es war Max Bishops Nummer, die er im Foyer der Bank bekommen hatte.

Er zögerte kurz, dann nahm er den Anruf an, ohne etwas zu sagen. Auf beiden Seiten breitete sich ein latentes Schweigen aus.

Nach einer Weile: „Was wollen Sie?“

Bishops nasales Upper-Class-Englisch brachte Anders, den dieser Anruf auf dem falschen Fuß erwischte, sofort auf den Boden der Tatsachen zurück. „Max Bishop?“

„Sie haben mich heute ein paar Mal angerufen. Wer sind Sie und was wollen Sie?“

„Ich will mit Ihnen reden.“

„Worüber?“

„Sie kennen Markus Pfeffer?“

„Wir hatten miteinander zu tun, beruflich.“

Anders trat aus dem Schutz der Litfaßsäule und näherte sich der Brasserie, während er telefonierte.

„Sie müssen nicht ins Restaurant gehen“, sagte Bishop. „Ich bin nicht mehr da.“

Anders schaute sich um, doch niemand war zu sehen. „Was wissen Sie über Markus Pfeffers Geschäfte in

Frankfurt? Sie sind doch mehr als nur Kollegen. Freunde inzwischen sogar, oder etwa nicht?"

„So würde ich das nicht nennen", sagte Bishop.

„Wie dann? Sind Sie etwa Komplizen?" Anders bereute den Angriff bereits, während er die Worte aussprach. Wieder breitete sich Schweigen aus. Hoffentlich blieb Bishop dran. Anders schluckte einen Fluch hinunter, der ihm auf der Zunge lag. Er musste unbedingt umsichtiger vorgehen!

„Ich mache Ihnen einen Vorschlag, Mister ...? Wie war doch gleich Ihr Name?"

„Chefinspektor Anders."

„Also gut, Mister Anders. Um Ihren Aufenthalt auf der Insel nicht unnötig in die Länge zu ziehen, treffen wir uns heute um Punkt zehn Uhr in dem kleinen Park beim London Eye. Dann erzähle ich Ihnen, was ich über die Geschäfte von Pfeffer weiß. Ich kann Ihnen aber nicht versprechen, dass ich mehr weiß als das, was in den Nachrichten war, oder mehr als das, was Sie als Ermittler garantiert schon wissen."

„Um zehn im Park beim London Eye", sagte Anders.

„Sie wissen, wo das ist?"

„Ich werde da sein."

Bishop beendete das Gespräch. Anders blickte noch einmal in die Runde, konnte aber niemanden entdecken, der Bishop auch nur ähnelte. Er schüttelte verärgert den Kopf. Nun war es Bishop gelungen, den Spieß umzudrehen. Er war der, dem ein Gespräch mit ihm zugestanden wurde, nicht andersherum. Da lief was falsch, dachte er. Um herauszufinden, was, würde er sich auf dieses Treffen einlassen.

Er sah zuerst auf die Uhr und dann auf Google Maps, um einschätzen zu können, wie lange er bis zum London Eye brauchte. Er hatte fast eine Stunde Zeit. Er musste sich also beeilen.

Als er zur Themse kam, war es bereits dunkel. Um auf keinen Fall zu spät zu kommen, nahm er schließlich die Tube, fuhr bis zum Bahnhof Waterloo und ging dann ein Stück zurück. Unterwegs spielte er das Treffen durch. Solange Bishop nicht offiziell als Verdächtiger im Fall Emission Sales galt, würde er sich erst einmal zurückhalten. Fühlte Bishop sich sicher, war er garantiert gesprächiger, als wenn er ihm zu verstehen gab, dass er ihn für einen Komplizen von Pfeffer hielt.

Bevor er sich der Ecke des Parks näherte, der dem London Eye am nächsten war, entsicherte er die Glock und steckte sie ins Holster zurück, denn es war besser, Bishop nicht zu unterschätzen. Er setzte sich auf eine Bank mit Blick auf das Riesenrad. In dieser Ecke des Parks war es sehr ruhig. Bishop war noch nirgendwo zu sehen.

Anders erkannte die Gestalt sofort, die sich vom Pier her näherte. Langsam kam Bishop näher. Anders' Blick folgte ihm. Dieser ging zuerst wortlos an ihm vorüber, machte dann kehrt und blieb vor ihm stehen. Er grüßte, ein knappes „Hello", reichte ihm aber nicht die Hand. Dann setzte er sich ans andere Ende der Bank.

Beide blickten auf das in der Nacht weithin leuchtende, sich wie in Zeitlupe drehende Riesenrad.

Bishop rauchte eine Zigarette, bevor er sein Schweigen brach. „Wir können uns auf Deutsch unterhalten, wenn Sie möchten", sagte er mit einem gepflegten

Akzent. „Ich weiß nicht, weshalb Sie bei mir auf der Arbeit aufkreuzen und meinen Chef über mich ausfragen."

„Danke", sagte Anders, „aber ich nutze jede Gelegenheit, um mein Englisch aufzupolieren. Wie Sie von Ihrem Chef bestimmt erfahren haben, ermittle ich im Fall Ihres Kollegen."

„Traurige Sache!" Bishop spitzte die Lippen und ließ Rauch in die Nacht kräuseln. „Ich kann über Markus nichts Schlechtes sagen. Er war stets kooperativ und professionell. Was wir vereinbart haben, hat er ebenso eingehalten wie ich. Ohne dieses Vertrauen kann man in unserer Branche nicht arbeiten."

„Zum Beispiel?"

„Mit den Handelsfirmen, die ich ins Register eintragen ließ, hat es nie ein Problem gegeben."

„Über die Pfeffer CO_2-Zertifikate aufgekauft hat?"

„Das war und ist legal, das wissen Sie doch bestimmt schon."

„Es ist aber nicht dasselbe", sagte Anders, „ob jemand sich ein Messer zum Gemüseschneiden anschafft, oder ob einer vorhat, jemanden damit zu erstechen."

„Es soll ja vorgekommen sein", sagte Bishop, „dass Messer für den einen Zweck angeschafft und für den anderen benutzt wurden."

„Das ist richtig", sagte Anders. „Wenn es sich um ein Verbrechen handelt, wird auch ein möglicher Vorsatz in Rechnung gestellt. Schweifen wir aber nicht zu weit ab. Ich wollte nur aus Ihrem Mund hören, dass Sie keine Ahnung davon hatten, dass er Handelsfirmen, die Sie für ihn gegründet haben, als Vehikel für seinen Steuerbetrug benutzt hat."

„Ich habe ihn immer nur als korrekten Kollegen erlebt. Zu pingelig vielleicht sogar, wenn etwas mit der Arbeit zu tun hatte. Wie es scheint, ist er aber jetzt in Dinge verwickelt, die nicht nur ihm schaden, sondern auch dem Ansehen der Bank, die er benutzt hat, um sich zu bereichern."

„Haben Sie mitbekommen, was da vor Kurzem in Frankfurt passiert ist, nachdem Pfeffer verschwunden ist?"

Bishop reagierte leicht irritiert. Er wusste nicht, ob er die Zigarette auf der Bank ausdrücken sollte. Schließlich schnippte er sie weit von sich, als wäre auch das eine Antwort und seufzte.

Anders hakte nach. „Und, haben Sie?"

„Ich hatte viel zu tun in letzter Zeit. Seit Markus aufgeflogen ist, versuche ich die Wogen zu glätten, die mittlerweile sogar über den Kanal schwappen, wie man sieht." Bishops Blick gab Anders zu verstehen, dass er es war, der über den Kanal geschwappt war. „In den Nachrichten kam etwas darüber, dass Markus geflohen sein soll, um sich einer Befragung zu entziehen."

„Das war alles?"

„Mittlerweile berichten auch unsere Nachrichten von diesem Mord an einem Unbekannten, der zu Pfeffer Kontakt gehabt haben soll. Echt abscheulich, wenn Sie mich fragen, was da passiert ist. Aber Sie denken doch nicht im Ernst daran, dass Markus zu so etwas fähig wäre, oder? Es sieht doch so aus, als sei dieser Mann im Wald von einem Perversen zu Tode gequält worden. Markus wurde schon schlecht, wenn er Gewalt nur in einem Film zu sehen bekam." Bishop bekräftigte seine Worte mit einem Nicken und steckte sich noch eine an.

Jemand, der wie Bishop trainierte, um Muskeln aufzubauen, sollte weniger rauchen, dachte Anders. Er roch Zigarettenrauch immer noch gern, obwohl er mit dem Rauchen aufgehört hatte. „Machte es ihm nichts aus, Tiere zu töten, wenn er doch so sensibel war?"

Bishop rutschte herum, als suchte er nach einem bequemeren Platz. „Die Jagdausflüge machen wir nur, um die Kunden nicht vor den Kopf zu stoßen, die uns immer einladen, weil wir ihr Geld vermehren."

„Und die Trophäen?"

„Ich verstehe nicht."

„In Pfeffers Wohnung. Weshalb verschandelt jemand ein Bauhaus-Heim mit geschmacklosen Trophäen, wenn er eigentlich nur auf die Jagd geht, um anderen nicht den Spaß zu verderben?" Anders wusste nicht, ob Bishop über die Details der Vorgänge in Frankfurt Bescheid wusste. Aber falls doch, dann fragte er sich, woher. Denn Details waren den Medien, soviel er von Hendrick wusste, nicht mitgeteilt worden. Mit der Frage lockte er ihn also auf dünnes Eis. Er hoffte nur, dass sie nicht beide einbrachen.

Bishops Blick leuchtete mit der Zigarettenglut auf. „Die Trophäen? Wohl für den Fall, dass er Besuch von einem unserer Kunden und Investoren bekam, der einen dieser Jagdausflüge spendiert hat."

Anders gab ein skeptisches Schnauben von sich. Er wollte nicht fragen, aber jetzt rutschte es ihm doch heraus: „Sie waren in den letzten Tagen nicht arbeiten?"

„Ich habe es vorgezogen, von zu Hause aus zu arbeiten."

„Gab es dafür einen speziellen Grund?"

„Niemand schreibt mir vor, dass ich unsere Geschäfte von meinem Büro aus tätigen muss."

„Burnside hat Sie aber vermisst." Anders konnte es nicht lassen. Satz für Satz rückte er Bishop auf die Pelle. Wie Bishop reagieren würde, war allerdings nicht abzusehen. Ihn nicht damit zu konfrontieren, weil er das Gespräch womöglich abbrechen könnte, war keine Option mehr. Er musste herausfinden, ob der Mann die Fassung verlor, wenn er ihn fragte, was ihm längst auf der Zunge lag: „Waren Sie vielleicht in den letzten Tagen in Frankfurt und deshalb nicht in Ihrem Büro?"

Bishop lachte auf.

Und zwar mit genau der Zeitverzögerung, die jemand brauchte, um zu wissen, dass er jetzt lachen sollte, und es waren Untertöne in diesem Lachen zu hören. Da war jemand besser auf der Hut, dachte Anders, wenn er der Adressat eines solchen Lachens war.

„Wo waren Sie vor zwei Tagen?"

Bishop flippte nicht aus, so wie er es befürchtet hatte, als er ihm die Frage nach seinem Alibi stellte. Er schien sogar erleichtert zu sein, dass endlich zur Sprache kam, worauf dieses Gespräch hinauslief. „Ich weiß so gut wie Sie, dass ich nicht mit Ihnen reden muss. Also halten Sie sich mit Verdächtigungen gefälligst ein wenig zurück, wenn Sie wollen, dass ich weiterhin mit Ihnen über meinen Kollegen spreche. Mein Entgegenkommen auszunutzen, ist äußerst unfair, Inspektor. Sie sind doch Inspektor, oder?"

„Chefinspektor", sagte Anders mit einem Anklang von Wehmut in der Stimme. Er könnte im BK bereits wer-weiß-was sein, wenn er sich so unterordnen würde, wie es der Oberst verlangte.

„Begleiten Sie mich noch ein Stück in Richtung Pier? Dann verrate ich Ihnen vielleicht, wohin Markus sich abgesetzt haben könnte."

Sie erhoben sich. Anders schaute sich um, bevor er Bishop folgte. Sie schlenderten durch den Park. Bishop geriet auf einmal geradezu ins Fabulieren. Was Markus ihm, seit sie einander kannten, alles über seine Pläne erzählt hatte ... wie und wo er leben würde, wenn er es sich leisten könnte, nie mehr zu arbeiten. In Buenos Aires oder Panama, in Rio oder Singapur und so weiter.

Aus dem Gespräch, das fast zum Verhör geworden war, wurde plötzlich ein Schwatz, der übertünchen sollte, dass Anders zu weit gegangen war. Als er sich fragte, warum er sich das Getratsche überhaupt anhörte und nicht einfach ins Hotel fuhr, war Bishop gerade einen halben Schritt vor ihm. Was dieser erzählte, klang in seinen Ohren immer mehr, als käme es aus einer unbestimmten Ferne. Dass er knapp vor ihm ging, stimmte mit dem überein, was er sah, aber immer weniger mit dem, was er hörte. Erscheinung und Worte von Bishop drifteten immer weiter auseinander. Außerdem stieg aus Anders' Bauch etwas Altvertrautes hoch. Etwas kündigte sich an. Etwas wie Glück, würde es sich nur weniger bedrohlich anfühlen.

Sie waren fast am Pier. Die Themse vor ihren Augen funkelte im Glanz der Uferlichter. Bishops Geplauder war bereits ohne Bedeutung, als Anders endlich verstand, was dieses Gefühl tatsächlich ankündigte. Plötzlich spürte er im Nacken einen Schmerz, wie von einem Peitschenhieb. Seine Knie gaben nach und ihm wurde schwarz vor Augen. Er sackte in sich zusammen, als hätte er keine Knochen mehr.

10

Fast jeden Abend trank Felix auf der Terrasse der Crater-Lodge noch zwei Kilimanjaro Lager. Die Touristen, die sich solche Lodges leisten konnten, blieben lieber unter sich, tranken exquisite Weine aus Europa und gaben respektvolle oder großspurige Geschichten über den Berg zum Besten, je nachdem, ob sie den Aufstieg noch vor oder bereits hinter sich hatten.

Vor ein paar Tagen war eine Gruppe von Addis Abeba aus nach Arusha geflogen. Auf ihrer Fahrt zum Ngorongoro hatte sich der Nebel über der Landschaft gelichtet und den Gipfel des Kilimandscharo enthüllt. Es war, als würde eine Krone aus Eis, befreit von der Erdenschwere, am Himmel schweben.

Das Etikett seiner Flasche zeigte den Sehnsuchtsberg als Brownie mit Schlagsahne darauf. Felix genoss es, die Sonnenuntergänge von dieser Terrasse aus zu verfolgen, die so kühn über den Kraterrand ragte. Dass seine Mutter aus Österreich stammte und sein erster Vorname Felix war, behielt er bei der Arbeit wohlweislich für sich. Hier lebte er unter seinem zweiten Vornamen, Simba. Es war der Name seines Vaters, der vor über dreißig Jahren nach Österreich ausgewandert und dort Bergführer geworden war. Felix selbst war am College of African Wildlife Management in Mweka zum Mountain-Guide und Ranger ausgebildet worden.

Das Eis auf dem Kibo würde bald Schnee von gestern sein, dachte er. Einige Mitstreiter von Extinction Rebellion sahen schon schwärzer als schwarz. Manche waren bereit, alles zu tun, um das Schlimmste zu verhindern. Würde sich das Klima so entwickeln, wie von vielen Experten vorausgesagt, würde er erleben müssen, wie der Gletscher von seinem Hausberg verschwand. Er setzte die Flasche an seine Lippen. Doch was blieb ihm übrig? Alles einfach so hinnehmen? Wohl kaum! Er stellte das Bier abrupt ab.

Abends gerieten die Schatten in Bewegung und zogen über den Rand des Kraters in die Caldera hinab. Gnus, Büffel, Antilopen, Elefanten und Zebras frequentierten diese alten Pfade. Leoparden, Geparden und Löwen folgten ihnen. Ganz schwach leuchtete unten, in der bereits dunklen Ferne, das Pink Tausender Flamingos, die sich um eine Wasserstelle scharten.

Felix Azikiwe hatte, seit er Bergführer und Ranger war, schon zu viele Touristen auf Jeeps durch den Krater gekarrt. Der Ngorongoro war vor Urzeiten entstanden. Ein Vulkanberg explodierte und rundherum stürzte das Hochland in sich zusammen. Die Zeit verwandelte das Chaos dann in eine paradiesische Landschaft. Auf der Caldera des Kraters, siebzehnhundert Meter über dem Meeresspiegel, eingerahmt vom Kraterrand, der das Plateau Hunderte Meter überragte, lebten viele Arten Afrikas wie in einer Arche.

Vor Kurzem hatte er auf einer Safari einiges mitbekommen, was nicht für ihn bestimmt gewesen war. Unsicher, was es bedeuten könnte, hatte ihn allerdings eine dunkle Ahnung beschlichen.

Bergtouren auf den Kibo, den vom Gletscher bedeckten Gipfel des Kilimandscharo, machte er kaum noch. Trotz bester Bezahlung konnte er einfach nicht länger mitansehen, wer sich alles einbildete, auf diesen Berg zu müssen. Manchmal sprang er für Thabo ein und führte Einzelgänger auf den Mawenzi oder Kibo, die sich nicht mit Touristen, die keine Ahnung vom Bergsteigen hatten, in Schwierigkeiten bringen wollten.

Die Dunkelheit kam rasch. Ein paar Tische weiter, in einer Runde, die Flasche um Flasche leerte, saßen jene Gäste, die er belauscht hatte. Der eine, der zu viel rauchte, sprach Deutsch mit einem Akzent, der andere wie einer, der in Wien aufgewachsen war. Sie hatten sich im Jeep hinter ihm über etwas unterhalten. In Andeutungen zwar nur, doch so, dass Felix, anders als die restliche Gruppe, sofort Verdacht geschöpft hatte. Von einer Notlösung in Frankfurt war die Rede gewesen, von einer Tarnung als Touristen, einer Aufteilung der Prämie und von Hongo, was Schmiergeld bedeutete.

Sie hatten gar nicht bemerkt, dass er sie im Rückspiegel im Visier hatte. Was der Motor übertönt und die Stöße verschluckt hatten, hatte er zum Teil von ihren Lippen ablesen können.

Jetzt stießen sie diskret auf etwas an. Es sollte wohl niemandem sonst am Tisch auffallen.

An ihm hatten sie auf der Safari kaum Interesse gezeigt. Hatten sie ihn nur nicht zur Kenntnis genommen, weil sie annahmen, dass er kein Deutsch konnte, oder weil er, wenn auch nicht schwarz, doch immerhin braunhäutig war. Braun wie ein Cappuccino, pflegte Simba Azikiwe Senior zu sagen. Sein Vater schreckte nämlich nicht davor zurück, Witze auf ihre eigenen

Kosten zu machen. Auf diese Art entschärfte er Kränkungen, die sich auf ihre Herkunft oder Hautfarbe bezogen.

Felix legte sich lieber mit jemandem an, als zu relativieren, was ihm zugemutet wurde. Er trank ein Bier mehr als sonst und verließ dann die Terrasse. Die Stimmung unter den Gästen, die früh raus mussten, flaute nach und nach ab.

Im Matratzenlager lag er Seite an Seite mit seinen Kollegen unter einem Moskitonetz. Durch eines der Fenster behielt er den Ausgang der Lodge im Auge. Um ihn herum dösten oder schliefen schon alle. Atmen, Säuseln und Schnarchen erfüllten den Raum.

Während er ausharrte, seine Kappe, Schuhe, Hemd, die Cargohose und eine Waffe in Reichweite, schweiften seine Gedanken langsam ab. Influencer aus Europa, Asien und Amerika setzten sich immer öfter über Regeln hinweg, um ihre Follower mit gewagten Fotos füttern zu können.

Auch Gedanken an seine Eltern durchkreuzten seine Wachsamkeit. Sie hatten ihn eingeladen, Weihnachten in Österreich zu verbringen, so wie früher. Sein Vater wollte, dass er nach Schladming kam. Seine Mutter verlangte in Wien mit ihm zu feiern. Seit ihrer Trennung zerrten sie von verschiedenen Seiten an ihm. Um dem zu entgehen, blieb er lieber in Tansania. Im letzten Jahr hatten sie über Zoom *Stille Nacht* zusammen gesungen. Seine Mutter hatte geweint wie eh und je. Später hatten Simba Senior und er begriffen, dass sie nicht geweint hatte, weil es so ergreifend, sondern weil es so gruselig gewesen war. Seltsame Töne, verzerrte Bilder und eine absolut miese Übertragung.

Ein Grund, warum er so lange nicht mehr in Europa gewesen war, lag hier, in dieser Landschaft, wo auch sein Vater seine Wurzeln hatte. Einer vom Volk der Tschagga, der seine Kindheit und Jugend an den Hängen des Kibos verbracht hatte. Ein Erbe, für das Felix sich erst seit ein paar Jahren interessierte.

Auf einmal irrlichterte draußen der Strahl einer Lampe durch die Nacht. Schatten folgten ihm, die sich vom Rand des Kraters weg in Richtung Fuhrpark bewegten.

Er schlüpfte hastig in seine Sachen. Den Revolver steckte er hinten in den Hosenbund. Behutsam schloss er die Tür der Lodge hinter sich. Er schlug die Richtung ein, in die sich die Schatten bewegt hatten. Im Licht des Mondes entdeckte er drei Gestalten, die auf den Fuhrpark zustrebten.

Hinter einem alten Baobab, der wie eine riesige Knolle in die Nacht ragte, ging er in Deckung.

Die beiden, die ihr Gemauschel auf der Rückbank seines Jeeps auf der Veranda der Lodge fortgesetzt hatten, erkannte er an ihren Silhouetten. Der eine hielt sich sehr aufrecht, der andere war groß und ließ den Kopf hängen wie eine Pflanze in der Trockenzeit. Als er nun den dritten Mann erkannte, entfuhr ihm ein leiser Fluch. Es war Thabo aus Moshi! Einer der Guides, mit dem er befreundet war.

Er wartete, bis sie sich wieder in Bewegung setzten. Sobald sie weit genug weg waren, hastete er zu seinem Jeep. In sicherer Entfernung, ohne die Lichter einzuschalten, folgte er dem Wagen zum Rand des Kraters.

Um im Rückspiegel nicht gesehen zu werden, hielt er an, bis die anderen die Caldera erreicht hatten.

Sechshundert Höhenmeter führte der Weg in die Tiefe. Nach einer Viertelstunde folgte er ihnen in den Krater hinein. Der helle Nachthimmel verhinderte, dass er vom Weg abkam und in den Abgrund stürzte.

Tansanische Winternächte in dieser Höhe waren immer recht kühl. Er haderte wie sein Vater auf Kiswahili mit sich, weil er sich auf etwas einließ, das nichts Gutes verhieß. Weil er überstürzt aufgebrochen war und seine Jacke vergessen hatte. Er folgte dem Wagen abseits der Piste, ohne entdeckt zu werden.

Sie fuhren eine Weile durch flaches Grasland und hielten dabei auf die große Wasserstelle im Krater zu. Er hörte Hyänen grunzen und lachen. In der Ferne vernahm er das Getrappel von Hufen und in der Nähe brüllte eine Raubkatze. Das Geräusch vermischte sich mit dem Gekreische von Vögeln, die vor dem Horizont aufflogen und den Mond kreuzten.

Felsblöcke lagen verstreut herum, als wären sie vom Himmel gefallen. Er beobachtete die Männer. Sie stiegen aus und pirschten sich an den größten Felsen heran ... geduckt, wie in Zeitlupe, die Gewehre schussbereit. Thabo schlich sich von der Rückseite an, die anderen gingen in die Hocke, ein Knie auf dem Boden. Sie legten an, obwohl kein Tier zu sehen war.

Wilderer hatten die Nashörner im Ngorongoro stark dezimiert. Das Fleisch war von den Einheimischen verzehrt und die Hörner bis nach China geschmuggelt worden. Um den Bestand zu sichern, wurden mittlerweile Tiere aus Südafrika importiert.

Sollte er sich bemerkbar machen? Er wusste, dass Thabos Mutter ziemlich krank war und eine Behandlung benötigte, die es nur in Nairobi gab. Aber diese

Männer waren mit Gewehren bewaffnet und im Bund seiner Hose steckte nur ein Revolver.

Mit einem kurzen Griff vergewisserte er sich seiner Waffe. Er nahm das Nachtsichtglas aus der Ablage, setzte es an die Augen und stellte es scharf. Mit Thabo könnte er vielleicht sogar vernünftig reden, doch wie die anderen darauf reagierten, auf frischer Tat ertappt zu werden, konnte er nur vermuten. Bis vor wenigen Jahren war es im Krater manchmal noch zu Schusswechseln mit Wilderern gekommen. Es hatte Tote gegeben, und zwar auf beiden Seiten.

Felix suchte die Umgebung nach Thabo ab, den er aus den Augen verloren hatte. Auf einmal regte sich etwas. Auf dem Scheitelpunkt des Felsens, wo ein Baum sein Geäst ins Mondlicht streckte, erhob sich eine Großkatze. Ein Löwe, wie er feststellte, als er auf ihn fokussierte. Das Tier dehnte seinen Körper, setzte sich träge in Bewegung, und schlich den Felsen herab. Seine Konturen zeichneten sich ab wie auf einem Schießstand.

Die Touristen legten auf den Löwen an. Felix griff hinter sich, um das Tier mit einem Schuss zu vertreiben. Doch die Waffe, die er soeben noch berührt hatte, war plötzlich nicht mehr da. Sie musste ihm aus dem Hosenbund gerutscht sein, als er sich vorgebeugt hatte, um nach seinem Fernglas zu langen.

Auf einmal fielen Schüsse, knapp hintereinander, fast ineinander übergehend. Das Geräusch rollte über die Savanne hinweg und verlor sich an den Rändern der Finsternis in der Weite des Kraters.

Felix‘ Herz zählte die Sekunden und wollte am liebsten die Zeit anhalten, bis die Treffer dem Löwen ein Brüllen entrissen, das schnell in einem Röcheln endete.

Seine Vorderbeine knickten ein. Er riss den mächtigen Kopf herum, als auch seine Hinterbeine wegbrachen, verlor er den letzten Halt. Mit einem dumpfen Laut schlug er auf den weichen Boden der Savanne auf. Dort lag er, alle viere von sich gestreckt, und rührte sich nicht. Der König war tot!

Euphorisiert von ihrer Tat, klatschten sie einander aufgeregt ab. Es war alles genauso gelaufen, wie sie es geplant hatten. Nur Thabo wirkte nicht, als hätten sie soeben etwas Großartiges vollbracht. Er sah aus, als würde er den Löwen betrauern, während sich die Touristen wie Sieger vor dem Tier aufbauten. Der Kleinere warf sich, eine Kippe im Mundwinkel, für den Schnappschuss Marke Herr über die Kreatur in Pose. Das Gewehr in der Armbeuge, den Fuß auf dem Tier, und ein breites Grinsen im Gesicht. Thumb's up!

Felix reagierte aus einem Reflex heraus. Er filmte die ganze Szene, während sich seine andere Hand um den Griff des Revolvers schloss, den er wiedergefunden und nebenbei aufgeklaubt hatte. Er wäre zu gern aus der Deckung gekommen, um die Wilderer zur Rede zu stellen oder sie direkt an Ort und Stelle zu verhaften. Doch es war besser, sich bedeckt zu halten, bis sie mit ihrer Beute verschwunden waren. Wenigstens hatte er, was er brauchte, um an der Sache dranzubleiben.

Er hätte heulen können vor Wut, weil er nichts dagegen hatte tun können. Vor sechzig Jahren waren die Massai aus der Serengeti vertrieben worden, um die Löwenpopulation zu schützen. Davor hatte ein junger Massai, um als erwachsen zu gelten, ein Tier mit dem Speer erlegen müssen. Er haderte mit sich, weil er es nicht geschafft hatte, einen Schuss abzugeben, um den

Löwen zu warnen. Jetzt blieb ihm nur übrig, darauf zu warten, dass sie den Kadaver auf den Jeep hievten und das Weite suchten.

11

Am nächsten Tag nahm er Thabo bei Seite, als sie die Jeeps für die Safari startklar machten. Er hatte wirr geträumt und äußerst schlecht geschlafen, weshalb er, um sich zu erleichtern, direkt zur Sache kam.

Thabo bestritt, was er ihm vorwarf und beharrte darauf, Opfer einer Verwechslung zu sein, bis er diesen schließlich mit seinen Aufnahmen auf dem Handy konfrontierte.

Felix wünschte, dass Thabo wirklich nichts mit der Sache zu tun hätte, aber er hatte es nicht nur gesehen, sondern auch gefilmt. Man konnte es sich immer wieder ansehen. Was er auch jedes Mal getan hatte, wenn er aus einem Traum hochgefahren war.

Gestikulierend und flüsternd beschwor ihn Thabo, die Sache für sich zu behalten. Er habe einfach keinen Ausweg mehr gewusst! Seine Mutter habe nur eine einzige Chance, und zwar die Therapie in Nairobi, die sehr kostspielig war, sonst würde sie das Jahr nicht überleben!

„Warum hast du nicht versucht, legal an Geld zu kommen?“ Felix hörte die Rhetorik in seiner Frage deutlich. Obwohl er nicht billigte, was Thabo getan hatte, tat er ihm dennoch leid.

„Ich habe alles versucht, Simba, das kannst du mir glauben.“

„Warum bist du mit deinen Geldproblemen nicht zu mir gekommen?"

Doch es war sinnlos. Im Schweigen und in Thabos Blick lag die Antwort auf alle Fragen dieser Art. Er schämte sich für die Lage, in der er sich zurzeit befand, noch mehr als für das, was er gestern getan hatte. Seine Familie nicht unterstützen zu können, kratzte unfassbar an seinem Selbstbewusstsein.

Inzwischen hatten sich die Touristen, darunter auch die aus dem Zeltlager hinter der Lodge, in die Jeeps gesetzt. Zum Tohuwabohu beim Aufbruch kam noch hinzu, dass in der Nacht eine schnaubende Büffelherde durch das Camp gestampft war. Sie waren so nah an die Zelte herangekommen, dass einige Touristen, geschockt von den Schemen der Tiere, die Nerven verloren hatten. Wenn nachts die Kaffernbüffel kamen, schallten Hilferufe in allen möglichen Sprachen über das Plateau.

„Wir müssen los", drängte ihn Thabo, der sich aus der Situation retten wollte. Erklären zu müssen, was er selbst verurteilte, obwohl er es getan hatte, lag ihm offenbar nicht. „Eines nur, Simba: ich bitte dich, verrate mich nicht! Wenn du mich verpfeifst, war alles umsonst. So ist der Löwe wenigstens für einen guten Zweck erlegt worden."

„Dir ist schon klar, was du damit von mir verlangst, oder?"

Thabo schaute sich um, als sei er bereits auf der Flucht. „Du willst Gerechtigkeit? Ihr von XR, hört und liest man, seid ja auch nicht gerade zimperlich, wenn's um eure eigene Sache geht."

„Was soll das denn heißen?“ Aber er wusste, dass es stimmte, worauf Thabo anspielte, denn immer öfter kam es in ihrer Bewegung zu Auseinandersetzungen. In der Überzahl waren zwar nach wie vor die Pragmatiker, es gab jedoch auch einige Fundamentalisten, für die der Zweck jedes Mittel rechtfertigte. Er wusste nicht, worauf genau Thabo hinauswollte. „Sorry, Thabo, aber ich versteh nicht, was du mir damit sagen willst.“

„Hör zu, ich mach dir einen Vorschlag. In ein paar Tagen will einer der Touristen, die für diesen Abschuss bezahlt haben, auf den Kibo, und zwar nicht in der Gruppe, sondern mit einem erfahrenen Guide. Über die Lemosho-Route, die schönste, wie du weißt, aber auch die anstrengendste. Du hast solche Touren doch schon gemacht.“

„Schon länger nicht mehr. Aber was hat das mit deinem Problem zu tun?“

„Verstehst du das denn nicht? Nicht ich bin das eigentliche Problem. Denn wenn ich es nicht mache, tut es ein anderer. Einer, der mit diesem Geld nicht das Leben seiner Mutter verlängern will, sondern jemand, der es aus reiner Gier tut.“

„Wie diese Touristen, die womöglich gar keine sind?“

„Wir wissen beide, dass sich in diesem Land immer jemand findet, der mitspielt, wenn genug dabei herausspringt.“ Es war noch nicht lange her, seit die Regierung beschlossen hatte, die Wilderei nicht nur mit Worten, sondern auch mit Taten zu bekämpfen.

„Wie viel haben sie dir überhaupt gezahlt?“

Diese Frage war ihm offenbar äußerst unangenehm. Er lachte auf und sagte: „Wir wissen, was gezahlt wird,

Simba. Für einen Löwen, Elefanten und Leoparden, oder auch für ein Nashorn, tu also nicht so."

„Ich weiß es nicht!"

„In deiner Bewegung, für die du ja so brennst, weiß man's auch, glaub mir."

„Lenk nicht von dir ab! Dein Motiv wäre der einzige Grund, dich davonkommen zu lassen, aber nur dieses eine Mal."

„Was ich damit sagen will, Simba, ist, dass du deinen gerechten Zorn auf diejenigen richten solltest, die es aus reiner Profitgier oder Lust am Töten tun. Steig mit dem Mann auf den Kibo und finde heraus, was ihn antreibt."

„Ist er ein Deutscher?"

„Einer von ihnen ist Österreicher, und der andere, der kleinere, spricht zwar Deutsch, ich weiß aber nicht, ob er wirklich aus Deutschland stammt. Wenn du willst, regle ich das Ganze, dann seid ihr schon bald unterwegs. Er bezahlt, ohne nachzudenken im Voraus." Thabo grinste unsicher. „Wenn du den Typ nicht nur auf den Kibo, sondern auch wieder runterbringst, winkt dir außerdem ein fettes Trinkgeld. Unversehrt natürlich, wenn du weißt, was ich meine."

Inzwischen verlangten die Kunden lauthals nach ihnen. Nur zwei Jeeps standen noch auf dem Fuhrpark hinter der Lodge. Der Tross fädelte sich bereits in die Zufahrt ein, die in den Krater hinabführte.

„Ich denk darüber nach", sagte Felix.

Mit einem leichten Klaps auf die Schulter schickte er Thabo los und schüttelte den Kopf, als müsste er üble Gedanken loswerden. Er winkte den Gästen auf dem Jeep zu, die vor Lust auf die Pirschfahrt bereits zu fotografieren begannen. Er schwang sich hinter das Lenkrad, startete den Wagen und folgte Thabo. Eine SMS zeigte ihm die Koordinaten des Ortes an, wo jene Kollegen, die früh losgefahren waren, einen Leoparden auf einem Baum gesichtet hatten.

Die Touristen im Wagen hinter ihm pfiffen, johlten und klatschten aufgeregt, als es endlich in den Krater hinabging.

Nein, er würde nicht bei dem Treffen auftauchen, zu dem man ihn per SMS aufgefordert hatte, bei dem Dutzende Jeeps und Hunderte Touristen eine Wagenburg bildeten, um in einer stinkenden Abgaswolke einen der begehrten Big Five vor die Linse zu kriegen.

12

Felix Simba Azikiwe erwachte mit gemischten Gefühlen. Er freute sich einerseits auf die Bergtour, die er schon lange nicht mehr gemacht hatte, auch wenn der Aufstieg mit einem, den er beim Wildern erwischt hatte, andererseits Probleme mit sich bringen könnte. Die Tour verlangte nämlich Vertrauen von beiden Seiten.

Er wurde die Zweifel nicht los, dass es besser gewesen wäre, die Wilderer den Behörden zu melden, denn seit er hatte zusehen müssen, wie sie den Löwen getötet hatten, wuchs die Wut immer weiter in ihm.

Das Video aus jener Nacht im Ngorongoro hatte er zur Sicherheit in der Cloud gespeichert. Nur für den Fall, dass ihm etwas zustieße, schickte er es außerdem mit einer erklärenden Nachricht an eine alte Freundin in Wien. Mit der Antwort kam ein Link zu einem Video, das derzeit im Netz kursierte. Es zeigte, wie ein Mann in einem gläsernen Sarg qualvoll verendete. Es war unfassbar gruselig.

Viele hielten das Video für Fake ... für eine PR-Aktion von XR mit dem Ziel, auf den Klimakollaps aufmerksam zu machen. Oder hatte da vielleicht jemand das Ziel, publikumswirksame Aktionen durchzuführen, zu ernst genommen? Dass manche dabei übers Ziel schossen, war leider kaum zu vermeiden.

Bei Extinction Rebellion zweifelte man nicht an der Authentizität des Videos. Es wurde sogar spekuliert, um wen es sich bei dem Gefolterten handelte. Sicher sei, war zu lesen, dass der Tote mit dem Kriminalfall Emission Sales zu tun hatte. Denn es war längst aufgeflogen, dass der Handel mit CO_2 Betrügereien im ganz großen Stil begünstigte.

Beim nächsten Besuch seiner Eltern in Österreich würde er mit Leonie darüber sprechen. Oft vermisste er sie ... ihr aufgewecktes Naturell, ihr schlagfertiges Mundwerk. Er erinnerte sich an ihren Vater. Ein Bulle mit einem Hang zu alten Büchern. Dass sie sich getrennt hatten, weil er nach Afrika hatte gehen wollen, tat ihm manchmal leid. Bereut hatte er es jedoch noch nie.

Thabo hatte es tatsächlich so eingefädelt, dass er als Bergführer für diesen Gast gebucht worden war. Treffpunkt war der Fuhrpark hinter der Lodge.

Felix hatte bereits Ausrüstung und Zelte im Jeep verstaut, als ihn einer der beiden, die den Löwen abgeknallt hatten, ansprach. Der Österreicher, hatte Thabo gesagt, sei bereits abgereist. In den letzten Tagen hatte er sie lange genug beobachtet, um sich sicher zu sein, dass sie ein Geheimnis miteinander teilten.

„Simba Azikiwe", stellte sich Felix vor, als er die Hand des Gastes schüttelte, der sich mit „Max Bishop aus London" vorstellte.

Es war früh am Morgen und aus dem Krater stieg Nebel hoch, quoll über den Rand, wurde auf der Hochebene vom Wind erfasst und danach in alle Richtungen geweht. Wenn in Kürze die Sonne aufging, würde sich die graue Landschaft in ein Mosaik aus Grün-, Braun-

und Rottönen unter einem bizarren Himmel verwandeln.

„Waren wir nicht schon zusammen auf Safari?" Bishop schaute vom Handy auf, wo er gerade die Wettervorhersage checkte. Er runzelte die Stirn und kniff Mund und Augen zusammen, um sein Interesse zu bekunden. „Das Wetter verspricht ja, gut zu werden", sagte er dann, ohne auf eine Antwort zu warten. Er warf seinen Rucksack und Schlafsack in den Jeep, stieg hinten ein und steckte sich eine Zigarette an.

Felix ignorierte die Frage, ohne dass es Bishop überhaupt auffiel. Oft wurden Guides von weißen Gästen schon am nächsten Tag nicht mehr wiedererkannt. „Am Kibo kann das Wetter jederzeit umschlagen", sagte er jetzt, stieg ein und fuhr los.

Unterwegs hielt er am Straßenstand vor einer der Hütten, die sich in einer schier endlosen Reihe längs der Piste entlangzogen. Während Bishop weiterhin mit seinem Handy beschäftigt war, suchte er selbst einen Bekannten auf, um den Proviant zu ergänzen. Dieser musste schließlich für eine Woche reichen.

Als er zurückkam, war Bishop auf der Rückbank eingeschlafen. Er fragte sich, ob die trainierten Muskeln des Mannes ausreichen würden, um auf den Gipfel zu kommen. Kraft und Ausdauer waren nämlich nicht genug, um in so kurzer Zeit in diese Höhe aufsteigen zu können. Es waren schon Profisportler, gezeichnet von der Höhenkrankheit, noch weit unterhalb des Gipfels über das Shira-Plateau geirrt wie Zombies.

Auf der Fahrt zum Londorossi-Gate wachte Bishop auf. Wortlos kurvten sie durch die Gegend, in der Felix' Vater aufgewachsen war. In Mäandern durchquerten sie das sanft hügelige Tschaggaland. An Rinder- und Ziegenweiden, Kaffee-, Mais-, Bananenplantagen und Dörfern vorbei, ging es immer höher hinauf.

Am Gate parkte Felix den Jeep. Er ging in die Bürobaracke, um die Formalitäten zu erledigen, überlegte es sich dann aber plötzlich anders und ließ es bleiben. Danach überprüfte und verteilte er die Ausrüstung. Hier war eine Menge los. Es stauten sich Gruppen aus aller Welt, die sich allerdings bald auf unterschiedlichen Routen verteilen würden.

Bishop ließ es sich nicht nehmen, sein Zelt selbst zu tragen. Seine Ausrüstung war brandneu, es hingen sogar noch Preisschilder daran. Von allem nur das Teuerste, stellte Felix fest. Außerdem trug er Fünfhundert-Euro-Schuhe, die in Relation zu seiner Körpergröße enorm ausfielen. Größe vierundvierzig oder fünfundvierzig. Ihm entging nicht, wie ungeübt Bishop im Umgang mit den Dingen war, die man für den Aufstieg dringend benötigte. All die Bänder und Schnüre an seinem Rucksack irritierten ihn sichtlich.

Mit dem Jeep fuhren sie weiter bis zu den Lemosho-Glades. Dort parkte Felix den Wagen und überprüfte noch einmal die Ausrüstung. Danach ging es zu Fuß weiter. Bishop wollte offenbar von Beginn an das Tempo vorgeben. Um eine Auseinandersetzung zu vermeiden, ließ Felix ihn führen, solange bis Bishop von allein langsamer wurde. Der Fehler, sich die Kräfte nicht einzuteilen, war so alt wie das Bergsteigen selbst. Wenn Bishop zu ehrgeizig wurde, wies er ihn mit einem „Pole-Pole“ darauf hin. Mit so einem Tempo loszulegen, hatte schon manche um ihr Ziel gebracht. Es ruhig anzugehen, erhöhte hingegen die Chance, etwas zu sehen. Weshalb sonst war man hier? Man lauschte in den Regenwald hinein, ob es irgendwo etwas zu sehen gab, man ging, horchte, schaute sich um und sah etwas Atemberaubendes, wenn man Glück hatte.

Bishop hielt Ausschau nach den seltenen Colobus-Affen, über die er gelesen hatte.

Die erste Etappe zum Mkubwa Camp auf fast dreitausend Metern Höhe brachten sie ohne größere Probleme hinter sich, nachdem Bishop sich an das schwüle Klima des Regenwaldes gewöhnt hatte. Dass er nicht daran dachte, sein viel zu hastiges Stop-and-go aufzugeben, ließ Felix nichts Gutes für die folgenden Etappen erwarten.

Auf einer Lichtung im Wald schlugen sie schließlich ihr Lager auf. Obwohl er nicht davon abzubringen gewesen war, seinen Rucksack, den Schlafsack und das Zelt selbst zu tragen, überließ Bishop Felix den Aufbau seines Zeltes. Er saß derweil auf einem Stamm, qualmte, schaute ihm zu und gab nützliche Tipps, wie man es besser machen könnte. Während Felix auf Gaskochern Essen zubereitete, verzog sich Bishop ins Zelt, um zu telefonieren.

Felix verstand kaum, mit wem und worüber Bishop sprach, doch als er einmal lauter wurde, vernahm er den Vornamen Markus, ein paar Mal. Es schien darum zu gehen, wann und wo sie sich treffen würden, um „die Aufteilung zu organisieren" ... worum es auch bei dem Gespräch auf der Safari gegangen war, das er im Jeep mitangehört hatte.

Ging es dabei um eine Aufteilung der illegalen Trophäen? Bishop wusste nicht, dass seine Muttersprache

Deutsch war, und Felix hatte auch nicht vor, es ihm auf die Nase zu binden.

Nach dem Essen hockten sie im Schein des Gaslichts zusammen und tranken Tee. Bishop mit einem Schuss Whisky extra, den Felix abgelehnt hatte. Ebenso wie die Zigaretten, die er ihm angeboten hatte.

„Wie oft warst du schon dort oben, Simba?"

Wie oft, wie schnell, wie hoch? Das waren die üblichen Fragen der Gäste, die auf den Berg wollten, und einer der Gründe, warum er so gut wie aufgehört hatte, Touristen auf den Kibo zu führen. Er hatte endgültig genug davon! Als ob es darum ginge, wer wie schnell wie hoch aufsteigen konnte. Der Berg war seinen Vorfahren heilig gewesen!

„Ich weiß nicht", sagte er ausweichend. „Schon ziemlich oft." Er wusste genau, dass er jetzt zum einundvierzigsten Mal auf den Kibo stieg, denn mit der vierzigsten Besteigung hatte er es eigentlich gut sein lassen wollen.

„Gut, dass Thabo, der ja leider selbst nicht mitkonnte, einen Freund für die Tour empfohlen hat", sagte Bishop. „Auf Thabo ist Verlass, sodass ich weiß, dass dies auch für dich gilt."

„Kennen Sie Thabo gut?"

Bishop zögerte, überlegte kurz und sagte dann: „Er hat etwas für meinen Kollegen und mich erledigt. Es war nicht einfach, doch trotzdem lief alles glatt." Sein Lächeln verriet, wie gern er sich an das zurückerinnerte, was Thabo für sie getan hatte.

„Ich verstehe", sagte Felix nur. Dass er es anders verstand, als es Bishop recht wäre, ließ er sich nicht anmerken. Bilder aus der Nacht, in der sie den Löwen gewildert hatten, waren noch immer so frisch in seiner

Erinnerung, als wäre es gerade eben erst passiert. Am liebsten hätte er ihn gefragt, was es ihm brachte, ein solches Tier zu töten. Respekt etwa? Bewunderung? Oder einfach nur Geld? Aber er wollte vermeiden, dass die Stimmung sich zu sehr trübte, also schwieg er.

„Du müsstest meinen Kollegen kennen", sagte Bishop. „Ich bin mir jetzt ziemlich sicher, dass wir mit dir gemeinsam auf Pirschfahrt waren. Einmal auf jeden Fall. Wie kann es sein, dass du dich nicht an uns erinnerst? Bist du verliebt, oder was?" Er fand seine Bemerkung offenbar so gewitzt, dass er in Gelächter ausbrach. Ein Lachen, das Felix ganz und gar nicht geheuer war. Es verlor sich allmählich im Dschungel. Nach ein paar Sekunden vollkommener Stille kamen Tierlaute als Echo aus dem Wald zurück.

„Wir haben es jede Woche mit Dutzenden von Kunden zu tun", zog er sich aus der Affäre, „während die Kunden es meist nur mit zwei Guides zu tun haben."

Bishop schüttelte den Kopf. Dieses Argument, so zwingend es auch war, überzeugte ihn offenbar nicht wirklich. Er wechselte nun das Thema und ließ ihn alles wissen, was er sich über den Kibo und seine Besteigung angelesen hatte. Felix kannte die Geschichten über den Berg, die unter den Guides und Touristen kursierten. Am meisten ärgerte es Bishop, dass der Wettlauf um den Gipfel von den Deutschen „vor uns" gewonnen worden war. Das war inzwischen mehr als hundertzwanzig Jahre her. Felix wusste, dass es ein deutscher Forscher und Weltreisender gewesen war, der einen österreichischen Alpinisten dafür angeheuert hatte.

Als er mitbekam, dass Bishop heimlich Whisky in seinen Tee goss, drängte er darauf, endlich schlafen zu gehen, denn ein saufender Kunde war das Letzte, was er hier oben brauchen konnte. Nicht zum ersten Mal, seit sie unterwegs waren, fragte er sich, ob es in seiner Macht lag, Bishop für den toten Löwen zur Verantwortung zu ziehen. Hier, in dieser Umgebung, hätte er die Macht, ihn für das, was sie getan hatten, büßen zu lassen. Er überlegte, ob er sich mit Josef Grünauer in Verbindung setzen sollte, einem ranghohen Mitglied der Bewegung in Österreich, und ihn um Rat zu fragen. Er könnte ihm das Video von dem Abschuss schicken, ihm die Umstände erklären und ihn fragen, was er, im Interesse der Bewegung, hier vor Ort tun könnte. Einfach davonkommen lassen wollte er Bishop im Gegensatz zu Thabo jedenfalls nicht.

13

Am nächsten Tag gab sich Bishop äußerst wortkarg. Während Felix nach dem Frühstück die Zelte abbaute, verzog sich Bishop in den Wald, um zu telefonieren.

Sie stiegen durch den Regenwald ins Hochmoor hinauf. Tagsüber war Bishop weiterhin schweigsam. Manchmal fragte er nach dem Namen einer Pflanze, die er noch nie gesehen hatte. Es war ihm anscheinend peinlich, wie geschwätzig er am Abend zuvor gewesen war. Es hatte bestimmt am Schnaps gelegen, der ihm die Zunge gelöst hatte.

Nach und nach, gebremst von Felix' „Pole-Pole", fand Bishop endlich einen Rhythmus. Weil sie gut vorankamen, beschlossen sie, das Shira-Camp I zu übergehen und stattdessen zum Shira-Camp II aufzusteigen. Das könnte bei Bishop allerdings zu Problemen mit der Akklimatisierung führen. Doch Felix konnte es einfach nicht lassen, diesen speziellen Gast an seine Grenzen zu bringen.

Vor dem Einschlafen hatte er sich noch einmal das Video angesehen, das den Mann beim Wildern mit Thabo und dem Österreicher zeigte. Mit dem Fuß stand Bishop auf dem Tier, den Daumen hochgereckt, so als hätte er gerade etwas Großartiges vollbracht.

Manchmal enthüllte die Drift der Wolken den Mount Meru und auch den schneeweißen Gipfel des Kibo. Tauchte er bei der Überquerung des kargen Shira-

Plateaus zwischen den haushohen Senecien auf, hielten sie an und Bishop fotografierte. Den Nachmittag über legte er auffällig oft eine Rast zum Fotografieren ein. Felix beobachtete ihn genau, denn er kannte die Symptome nur zu gut. Die Kurzatmigkeit, der schleppende Gang und die unsicheren Hände beim Bedienen des Fotoapparats.

Es war nicht mehr weit bis zum Camp. Er würde es nach dem Abendessen ansprechen, wenn Bishop es bis dahin nicht selbst tat.

Bishop hatte keinen Appetit. Es wirkte so, als warte er nur auf das Ende der Mahlzeit, um sich den Whisky, den Felix erneut ablehnte, in seinen Tee schütten zu können. Inzwischen schien er sich wieder etwas erholt zu haben.

„Wie viele schaffen es nicht auf den Gipfel?“, fragte er beiläufig. So als ginge es um alle anderen, nicht um ihn selbst.

„Ich merke mir keine Statistiken“, erwiderte Felix. „Es kommen aber jedes Jahr viele auf einer Tragbahre wieder herunter. Einige davon so tot wie ein abgeknallter Löwe.“ Er hatte das nicht sagen wollen, es war ihm einfach so herausgerutscht.

Bishop unterbrach ihn, bevor Felix darüber hinwegreden konnte. „Eine schräge Metapher, meinst du nicht?“ Misstrauisch musterte er ihn von oben bis unten.

Felix schwieg.

„Weißt du überhaupt, was eine Metapher ist, Simba?“

Felix stellte sich unwissend. Typen, die von sich selbst überzeugt waren, konnte man am besten in Schach halten, indem man ihnen die Chance gab, sich klüger als alle anderen vorzukommen.

Nach einem kurzen Monolog über Metaphern kam Bishop schließlich auf das zurück, was Felix mit der Bemerkung angesprochen hatte. Es sah aus, als wollte er, nachdem er sich sicher war, dass Simba nur so dahergeredet hatte, das Thema vertiefen. „Die Löwenjagd hier ist schon lange verboten, oder nicht?"

„Was verboten ist, reizt manche umso mehr", sagte Felix. Er wollte das Thema abwürgen, erreichte damit aber anscheinend nur das Gegenteil.

„Also gibt es ein Problem?" Bishop trank aus seiner Blechtasse, in der sich das Verhältnis von Whisky zu Tee längst zugunsten des Whiskys verkehrt hatte.

Felix versuchte ein weiteres Ablenkungsmanöver. „Massai jagen seit Jahrzehnten keine Löwen mehr."

„Und Wilderer?"

„Wildern wird von den Wildhütern verfolgt und von der Regierung mit hohen Geld- und sogar Haftstrafen vergolten." Er hoffte, dass Bishop von dem Thema abließ, wenn er ihm die üblen Folgen vergegenwärtigte. „Mitunter kommen Wilderer, die sich wehren, sogar ums Leben."

Bishop stieß erneut sein Lachen aus, das in der Höhe, unter freiem Himmel, absolut durchgeknallt klang. Es schallte als Echo von den Hängen des Berges zurück. „Verboten ist viel", sagte er, als er sich wieder einkriegte, „aber was heißt das hier schon. Auf diesem Kontinent gibt es doch immer eine Möglichkeit zu tun, was man tun will, wenn man nur genug Geld hat."

Felix musste an Thabo denken. Er hoffte, dass das Schmiergeld von Bishop und dem Österreicher nicht umsonst gewesen war und dass es tatsächlich das Leben seiner Mutter rettete. Viel fehlte nicht, und er würde Bishop verprügeln, ihn fesseln, ins Tal schleifen und ihn der Polizei übergeben. Doch er beherrschte sich und sagte nur: „Sie haben nicht recht. Hier kann man sich zwar vieles kaufen, was verboten ist, aber nicht alles." Er wollte sich zurückhalten, aber es musste einfach raus: „Vor allem nicht von jedem!"

Bishop ließ nicht locker. „Hier gibt es noch reichlich Wildtiere, da kommt es doch auf das eine oder andere nicht an. Die Zukunft vieler Arten liegt ohnehin in Zoos."

Um nicht doch noch etwas zu tun, was er vielleicht hinterher bereuen würde, blieb Felix ihm eine Antwort schuldig. „Wir müssen morgen früh raus und sollten uns daher besser aufs Ohr hauen."

Bishop wollte sitzen bleiben, trinken und reden, aber Felix verleidete es ihm. Er reinigte alles, räumte rundherum auf, packte alles ein, löschte das Gaslicht und zog sich anschließend mit der Stirnlampe und einem Buch ins Zelt zurück.

Bishop lärmte noch eine Weile herum, trank und rauchte, stimmte ein Lied an und pisste neben sein Zelt, bevor er auf allen vieren hineinkroch. Dann telefonierte er wieder mit diesem Markus. Jetzt wurde Bishop langsam echt wütend. Wieder ging es um die „Aufteilung", aber auch um den „Treffpunkt in ein paar Tagen." Danach verstummte er so plötzlich, als wäre er k.o. gegangen.

Mit den Gedanken, dass er Bishop nicht auf die Symptome einer sich anbahnenden Höhenkrankheit angesprochen hatte, döste er ein. Morgen war dazu auch noch Zeit, falls die Symptome wiederkehrten oder sich verschlimmerten. Wie er Bishop einschätzte, gehörte dieser zu denen, die mit reichlich Chemie im Gepäck auf den Berg stiegen. Weil es die Symptome angeblich linderte, wurde sogar Viagra eingeworfen. Er hatte es schon mit Leuten zu tun gehabt, die sich mit Koks auf den Gipfel gepusht hatten. Embolien und Infarkte wurden in Kauf genommen, um in den sozialen Medien nicht als Versager dazustehen. Gegen die Höhenkrankheit war jedoch kein Kraut gewachsen. Einen oder zwei von zehn erwischte es, egal wie kräftig und fit sie waren und welche Drogen sie nahmen.

Er fühlte sich allerdings einem Löwen mehr verpflichtet, als einem britischen Snob, der ihn nicht ernst nahm, weil er nicht weiß war. Mit diesem Gedanken schlief er ein.

14

Am Morgen sah Bishop aus, als käme er geradewegs aus einem Pub. Um sich herum verbreitete er eine üble Schnapsfahne. Er verzichtete auf die am Berg übliche Katzenwäsche. Mit geröteten Augen, zerzaustem Bart und düsterer Miene schlürfte er seinen Tee.

Felix hatte ein Porridge angerührt, doch Bishop kostete nur ein paar Löffel, sprang dann auf und hastete hinter einen Felsen in der Nähe. Felix hörte, wie sich Magen und Darm abwechselnd entluden.

„Sollen wir absteigen?", fragte Felix ihn, nachdem er die zwei Zelte abgebaut und verstaut hatte. Mit einem Verweis auf die dunklen Wolken, die über dem Lava-Tower aufzogen, wollte er es Bishop erleichtern, einen Rückzieher zu machen, ohne dabei das Gesicht zu verlieren. Aber schon, als er fragte, wusste er, dass Bishop nicht darauf eingehen würde. Dazu war dieser viel zu sehr von sich und seinen Fähigkeiten eingenommen.

Linkisch stellte Bishop sein Zeug für den Abmarsch zusammen. Er gebe doch jetzt nicht auf, knurrte er. Niemals! Die Falten in seinem markanten Gesicht waren über Nacht zu Furchen geworden.

Wenn aber doch, wäre jetzt der richtige Zeitpunkt, merkte Felix an. Denn beim Aufstieg auf den Lava-Tower trennte sich die Spreu vom Weizen. „Sie haben gestern bereits Anzeichen der Höhenkrankheit gezeigt. Es sieht außerdem so aus, als würde das Wetter schlecht werden."

„Spreu vom Weizen? Wo hast du das denn her? Mit Metaphern kriegst du mich nicht klein, Simba. Das habe ich dir gestern schon gesagt!"

Bishop blieb seinem Stolz verpflichtet und schlug das Angebot, mit Felix abzusteigen, mit großer Geste aus.

Felix wusste, dass die, die den Erfolg ihrem Ego schuldeten, kaum von einem Rückzug zu überzeugen waren. Doch er hatte nicht die geringste Lust, einen Hubschrauber anfordern zu müssen, weil Bishops Ego mit der Realität kollidierte, und wenn es ums Bezahlen des Einsatzes ging, distanzierten sich die Gäste plötzlich ganz schnell von den Entscheidungen, die sie selbst getroffen hatten, und schoben es auf ihre Guides.

„Du bringst mich da schon rauf, Simba! Denk an das Trinkgeld, das dich erwartet."

„Ich habe Sie gewarnt!" Mit diesen Worten befreite Felix sich von den Skrupeln, die ihn geplagt hatten.

Er hustete, spuckte aus und warf eine halb gerauchte Zigarette in den Lavastaub. „Massa Bishop nimmt's zur Kenntnis, Simba. Los, gehen wir's an! Hakuna Matata, sagt ihr doch immer, oder nicht?"

Hatte der Typ sich gerade selbst Massa genannt? Felix hoffte inständig, dass der Wind und Bishops verkaterte Zunge aus Mister ein Massa gemacht hatten.

Sie ließen bald jede Vegetation hinter sich. Über Felder aus Lavaasche ging es durch eine mondähnliche Landschaft immer höher hinauf. Felix schritt langsam voraus. Hin und wieder riskierte er einen Blick hoch zum Lava-Tower. Wenn Bishop es bis dahin schaffte, bis auf die Höhe von fast fünftausend Metern, würde es ins Barranco-Tal hinabgehen, was ihn ein wenig entlasten würde. Aber mit jedem Blick in die Höhe verdüsterte sich diese Aussicht. Über dem Sattel braute sich nämlich etwas zusammen. Es würde bald regnen, die Temperatur würde rasch fallen und ein Sturm Eiskristalle in ihre Gesichter fegen. Danach froren die schon von der Höhe Angeschlagenen noch mehr, wurden steif und immer langsamer in ihren Bewegungen. Sie kühlten aus, bis auch noch ihre letzten Reserven erloschen.

„Es ist besser, wir kehren jetzt um!" Felix spürte, dass er es aus Routine sagte, weil er sich gleichzeitig wünschte, seinen Gast leiden zu sehen.

Bishop keuchte hinter ihm wie ein erschöpfter Hund. Sein Atem ging immer schneller und rasselnder. Nach dem Verlassen des Camps hatte er sich am Rand der Lavapiste noch zwei Mal erleichtern müssen. Felix' Angebot, ihm den Rucksack zu tragen, schlug er fluchend aus. „Scheiß drauf! Kommt nicht infrage, du Möchtegern-Sherpa", lallte er. „Ein Afrikaner auf dem Gipfel in Eis und Schnee, ohne seinen Massa, nimmt doch keiner ernst!"

Dieses Mal hatte er richtig gehört, da war er sich sicher. Was für ein Arschloch, dachte er und zog das Tempo daraufhin an. Der Mann wollte es also unbedingt wissen? Massa? Das Maß war endgültig voll! Sollte er doch sehen, wo er blieb! Felix hatte immer weniger dagegen, diesen Mann einfach seinem Schicksal zu überlassen. Alles deutete darauf hin, dass Bishop nicht einmal bis zum nächsten Tag durchhalten würde. Sollte er sich aber wider Erwarten bis zur Gipfelnacht weiter den Berg hinaufschleppen, würde ihm die letzte Etappe garantiert den Rest geben.

Um am Morgen auf dem Gipfel stehen und rechtzeitig mit dem Abstieg beginnen zu können, müssten sie schon um Mitternacht aufbrechen. In der Dunkelheit waren schon viele vom Weg abgekommen und verloren gegangen. Wenn einen die Höhenkrankheit erst einmal in den Klauen hatte, war es, wenn man nicht rechtzeitig abstieg, nur eine Frage der Zeit, bis man jede Orientierung verlor und bis Hirn oder Lunge den Geist aufgaben.

Bis kurz unter den Lava-Tower stieg Felix voraus. Immer wieder, wenn er sich umdrehte, sah er, dass Bishop weiter zurückgefallen war. Er wartete auf ihn und fragte, ob es noch ginge. Zur Antwort bekam er stets einen Schwall Flüche. Sie stiegen weiter hoch. Schneetreiben setzte ein. Das Licht verdüsterte sich. Eisiger Wind stürzte sich wie eine Furie auf sie. Bishop spürte seine Finger nicht mehr. Jetzt waren sie an einem Punkt angelangt, an dem es sicherer war, über den Sattel zu gelangen, als umzukehren.

Als er Bishop ganz aus den Augen verlor, wartete er auf ihn. Er reihte sich auf dem Pfad hinter ihm ein. So hatte er ihn besser im Blick.

Er holte sein Handy heraus und filmte Bishop. Dieser kam immer weiter vom Weg ab, torkelte umher wie ein Besoffener und begehrte gegen den Sturm auf.

Auf dem Display des Handys sah er, wie Bishop in der nächsten Nebelwand verschwand ... wie jemand, der sich in einen Geist verwandelte.

Felix stieg langsam durch die Nebelbank hoch. Soweit er es erkennen konnte, war von Bishop nichts mehr zu sehen. Er fragte sich, ob es das gewesen war. Als er aus dem Nebel trat, entdeckte er ihn plötzlich. Er hatte sich, weil er nicht mehr konnte, einfach flach auf den schneeverwehten Boden gelegt. Felix half ihm auf und stützte ihn die letzten Meter.

In einer windgeschützten Ecke beim Lava-Tower machten sie schließlich Rast. Felix bot dem Gast, der sich auf eine Felsbank gefläzt hatte, Tee aus der Thermoskanne an.

Bishop verfluchte den Berg, Afrika, die Afrikaner und sich selbst, weil er so sentimental gewesen war, sich freiwillig an diesen Ort zu begeben, um sich seinen bescheuerten Kindheitstraum zu erfüllen. Den Tee lehnte er ab. Mit roboterhaften Bewegungen holte er seinen Flachmann aus der Jacke und nippte daran.

Felix futterte einen Müsliriegel und schlürfte dabei den Tee in kleinen Schlucken. Er war erleichtert, dass es nicht an ihm lag, dass Bishop für immer verschwunden war.

Bishop erholte sich nach und nach und das Blut gelangte wieder in seine Fingerspitzen. Er ballte seine Hände in den Handschuhen zu Fäusten und pumpte immer wieder, um die Zirkulation anzuregen. Außerdem starrte er Felix an, als wäre er es, der ihn in diese Lage gebracht hatte.

Als Felix alles einpackte, verdrückte er sich um eine Ecke. „Ich muss mal, Simba."

„Wenn Sie wieder da sind, gehen wir weiter. Bis zum nächsten Lager geht es auch nur bergab."

Wer hier schon an seine Grenzen stieß, würde das Besteigen des Gipfels wohl kaum schaffen. Inzwischen hatte er von seinem Gast die Schnauze gestrichen voll.

Es lag in seiner Verantwortung, die Tour abzubrechen und ihn ins Tal hinabzubringen, sobald ihre Sicherheit auf dem Spiel stand.

Er konnte sich nicht vorstellen, noch ein paar Tage mit dem Mann zu verbringen. Der war, wie man in England so schön sagte, a pain in the ass!, dachte er.

Aber Bishop kam nicht mehr zurück. Felix bemerkte, dass dieser, nur um auszutreten, seinen Rucksack mitgenommen hatte. Die Rufe nach ihm riss ihm der Sturm, der den Lava-Tower umtoste, aus dem Mund und zerfetzte sie in einzelne Laute.

Er suchte die Umgebung ab, doch Bishop blieb verschwunden.

Vielleicht war er über einen der steilen Hänge abgestürzt, oder er torkelte durch das Barranco-Tal ins Lager hinunter. Entweder er war schon verloren, oder er würde ihn einholen.

Er stieg so schnell ab, wie es die Sicht erlaubte. Einen Kunden zu verlieren, könnte ihn die Lizenz kosten. Dass es sich um ein Arschloch der Extraklasse handelte, spielte dabei leider keine große Rolle.

15

Anders wollte schon aufgeben und nach Wien zurückkehren, als er von Nadja einen Tipp erhielt. Trotz medizinischer Bedenken und Warnungen unterschrieb er einen Entlassungsschein. Er packte seine Sachen und ließ sich mit einem Black Cab zum Flughafen bringen. Es gelang ihm, sich auf den Beinen zu halten, bis er auf seinem Platz in der Maschine saß, den er vom Krankenbett aus reserviert hatte. Wie immer fragte er sich, woher Nadja diesen Tipp hatte, und wie immer, wenn er sie danach fragte, würde er keine Antwort erhalten, die ihn befriedigte.

Er flog mit KLM von London über Paris nach Kuala Lumpur. Auf der Langstrecke hatte er genügend Zeit, um über ein paar Dinge nachzudenken. Ordnung in seine Gedanken zu bringen, half ihm auch, die Schmerzen zu verarbeiten, die ihn plagten, seit er in der Themse entsorgt worden war. Eine falsche Bewegung, und sofort entluden sich Gewitter in seinem Kopf.

Nach und nach rekonstruierte er den Tathergang. Obwohl er nur knapp an einem Anfall vorbeigeschrammt war, war er sich jetzt sicher, dass es nicht Bishop gewesen war, der ihn niedergeschlagen hatte. Er hatte darauf geachtet, dass der, als er ihm im Plauderton allerhand über Pfeffer erzählt hatte, immer einen halben Schritt vor ihm war. Der Schlag gegen seinen Nacken war allerdings von hinten erfolgt, als er Bishop weiterhin im Auge gehabt hatte.

Es musste ein Handlanger von Bishop gewesen sein. Der ihm dann auch geholfen hatte, ihn in den Fluss zu werfen. Er sollte wohl absaufen und so schnell nicht wieder auftauchen. Touristen auf einem Boot entdeckten ihn schließlich, auf dem Rücken im Wasser treibend. Die Crew barg und beatmete ihn, bis er zu sich kam.

Man brachte ihn ins St. Thomas' Hospital. Dort wurde er untersucht und beobachtet. Oberst Grabowski und die Chefin zogen sogar Clara auf ihre Seite, um ihn zur Heimreise zu bewegen, sobald die Ärzte grünes Licht gaben.

Die Familie in Unruhe zu versetzen, brachte aber nichts, entschied er. Gegenüber Leonie schwieg er sich über den Zwischenfall aus und Marie war schon seit Tagen nicht mehr zu erreichen. Sie nahm keinen seiner Anrufe an und antwortete auch auf keine SMS. Niemand sollte sich über das sorgen, was bereits passiert war.

Als dann der Tipp von Nadja kam, wohin Pfeffer sich abgesetzt haben könnte, holte er seinen Anzug aus der Krankenhausreinigung, zerlegte und reinigte seine Waffe und buchte einen Flug nach Kuala Lumpur. Weil er ohnehin der Meinung war, auf eigenes Risiko zu leben, wie es in den Papieren hieß, die er unterschreiben musste, entließ er sich, ohne zu zögern, selbst.

Jetzt saß er hier, in der Businessclass, die ihm unter diesen Umständen durchaus zustand, wie er fand. Es war nur recht und billig, die Vorgaben des

Vizedirektors für das Jahresbudget einfach in den Wind zu schlagen, fand er.

Schwächelnd, erschöpft, und mit Blitzen im Kopf, die sich in sein Gesichtsfeld entluden, wandte er sich an die Flugbegleiterin, um ein Aspirin und ein Gin Tonic zu bestellen.

In Nadjas Blog *Untersuchungen an der Wahrheit* stand, dass die Spur des Geldes nach Asien führte. Ihre Quelle wusste angeblich, dass die meisten finanziellen Transaktionen von Emission Sales nach Malaysia führten. Dort, im Signature Tower in Kuala Lumpur, liefen alle wichtigen Fäden zusammen, schrieb Nadja.

Hätte sie den Verdacht im *Boten* unter ihrem Herausgeber Laurids geäußert, hätte Anders sich kaum selbst entlassen, sondern die Fürsorge im Krankenhaus noch länger in Anspruch genommen. In dem Wochenblatt, das einst mit investigativem Journalismus für Furore gesorgt hatte, bekamen Leser nämlich nur noch geboten, was Nachrichtenagenturen längst in alle Welt hinausposaunt hatten. In ihrem Blog veröffentlichte Nadja hingegen, was, warum auch immer, unter dem Radar vieler Medien blieb.

Nach dem Austausch ein paar informeller SMS mit ihr hatte er es schließlich nicht mehr im Bett ausgehalten.

Nachzudenken erschöpfte ihn und die Leute im Flieger zu beobachten ebenso. Ans Lesen von Buñuels Autobiografie war gar nicht erst zu denken.

Nach dem Verspeisen des Bordmenüs warf er eine der Tabletten ein, die man ihm gegeben hatte. Er setzte sich die Schlaf-Maske auf, die er in Heathrow gekauft hatte. Mit dem Kopf im Nacken oder der Stirn am Sitz des

Vordermannes schlief er, bis ihn Passagiere weckten, die zur Toilette mussten oder sich über ihr Frühstück hermachten.

So unbequem es trotz der Businessclass gewesen war, zehn Stunden lang immer wieder seine Position zu ändern, als er in die Halle des KLIA trat, konnte er wieder einigermaßen geradeaus denken.

Vor der Halle war es nicht ganz so heiß, wie er es befürchtet hatte, aber dafür ziemlich schwül. Mit der Sporttasche über der Schulter sah er sich nach einer Verbindung um, mit der er bis ins Zentrum fahren könnte. Vierzig Kilometer mit einem Taxi zu fahren, würde ihm seine Chefin garantiert übel nehmen, wenn er irgendwann die Spesenabrechnung vorlegte.

Er winkte dennoch gerade einem Taxi, als auf seinem Handy plötzlich eine SMS aufpoppte. Er ließ das Taxi warten und las:

Lieber Eddy, ich weiß nicht, wo du bist, aber du solltest unbedingt nach Singapur reisen, wenn du Pfeffer und Bishop auf die Spur kommen willst. Kuala Lumpur war eine heiße Spur, doch nach meinen neuesten Informationen wirst du in Singapur auf glühenden Kohlen wandeln. Sobald ich mehr weiß, melde ich mich. Pass auf dich auf, Edwin! Deine Nadja.

Deine Nadja? Er winkte das Taxi weiter und ging zurück in die Halle. Sie konnte es einfach nicht lassen, obwohl sie genau wusste, dass sie seiner Frau ein Dorn im Auge war. Doch stimmte das überhaupt? War es nicht vielmehr er, dem Marie vorwarf, sich mehr für Nadja zu interessieren als für sie, ihre Arbeit als Therapeutin oder ihre Familie? Es war komplexer als so mancher Fall, den er schon gelöst hatte. Es war ihm jedoch lieber,

Marie arbeitete sich an ihm ab anstatt an Nadja, die, wie er fand, nichts dafürkonnte, dass er sich zu wenig abgrenzte. Was Nadja ihm immer wieder an Informationen lieferte, konnte er nun mal nicht ausschlagen. Aber das allein war es nicht, und das wusste er auch.

Er suchte auf der Anzeigentafel den nächsten Flug nach Singapur, kaufte sich ein Ticket und setzte sich mit grünem Tee und frischem Obst in einer Plastiktüte vor einen der Takeaway-Läden. Allmählich verzogen sich die Schleier vor seinen Augen. Entweder war der Mann, der ihn außer Gefecht gesetzt hatte, ein Kampfsportler gewesen, oder er hatte ihm eins mit einem Totschläger übergebraten. Er hätte es nicht so weit kommen lassen dürfen. Er hätte auf das Déjà-vu hören müssen, das von seinem Bauch in seinen Kopf aufgestiegen war. Schon einmal, mitten in einem harmlosen Geplauder, war er von hinten niedergeschlagen worden. Dass er sich von Bishops Gerede hatte einlullen lassen, war ihm immer noch peinlich.

Nach einer guten Stunde Flug landete er auf dem Changi Airport in Singapur. Er frequentierte in letzter Zeit mehr Flughäfen, als ihm lieb war, so einen aber hatte er noch nicht erlebt. Hier wurde alles getan, um die Kunden in Erstaunen zu versetzen. Der Boden unter seinen Füßen war so blank wie eine Curling-Bahn. Die Toilette wie ein Blumenshop mit einem Gärtner anstatt der Klofrau. In der Halle der Social Tree, ein Cybergewächs, wo man, für alle sichtbar, Fotos hochladen konnte, und schließlich, er staunte nicht schlecht, eine Oase am Flughafen. Eine Art Treibhaus, in dem ein Stück Dschungel reproduziert wurde. In der Mitte gab es sogar einen Wasserfall, der aus einem konstruierten Himmel herabstürzte.

Wie bei der Abgabe seiner Waffe in Heathrow, gab es auch hier bei der Abholung keinerlei Problem. Ein Kollege, der auf Englisch von einem Besuch in Wien schwärmte, kopierte im Büro der Flughafenpolizei seinen Dienstausweis und den internationalen Waffenschein, der ihn zum Führen seiner Dienstwaffe im Ausland befugte. Was den Gebrauch anging, hatte er in der Fremde allerdings durchaus schon Probleme bekommen. Europäisches und internationales Recht waren nämlich zwei Paar Schuhe. Immerhin gab es Abkommen. Mit der Waffe im Holster, die mit ihm in der Themse gelandet war, fühlte er sich jedenfalls nicht wie ein Tourist.

Auf dem Gate in Kuala Lumpur hatte er bereits ein Hotel gebucht. Er war sich nicht sicher, ob es der Name war, der den Ausschlag gegeben hatte. Es hieß Wanderlust. Dass es im Stadtteil Little India lag, wo es Tandoori Chicken gab, mochte mit seiner Wahl durchaus zu tun gehabt haben.

Er wechselte Geld für ein paar Tage und kaufte sich in einem Billigladen ein Prepaid-Handy und Wertkarten. Vollkommen anonym war man damit zwar nicht, doch Nadja hatte darauf bestanden, wenn er weiter mit ihr in Kontakt bleiben wollte. Kurz darauf nahm er sich ein Taxi.

Das Wanderlust war ein dreistöckiges Hotel im Stil des Art déco der Zwanzigerjahre. Beim Einchecken bemerkte er, dass es von Gästen frequentiert wurde, die deutlich jünger waren als er. Traveller, die ihr erstes

Geld verdient, billige Absteigen satt und Rucksäcke gegen Rollkoffer getauscht hatten.

Ein guter Platz, um unterzutauchen, dachte er, bevor man irgendwo auftauchte. Schon die Schritte vom Taxi ins Hotel reichten aus, dass er zu schwitzen begann. In der Stadt war es schwül wie im Dschungel.

Er richtete sich auf seinem Zimmer ein. Alles war zweckmäßig und funktionell, stellte er bei einem schnellen Rundgang fest. Kein Schnickschnack und kein Firlefanz. Er duschte kalt. Minuten, nachdem er sich abgetrocknet hatte, schwitzte er bereits wieder am ganzen Körper. Er stellte die Klimaanlage so ein, dass er kein Raumklima mehr spürte. Nackt legte er sich auf das Bett, um darüber nachzudenken, was er als Nächstes tun und wie er vorgehen sollte. Er studierte den Stadtplan, den er an der Rezeption bekommen hatte, und prägte sich die Lage der Stadt, die Himmelsrichtungen und ein paar markante Orte ein. Die Mnemotechnik, in der er sich geschult hatte, befähigte ihn dazu, vom Stadtplan eine Art Screenshot zu visualisieren, den er bei Bedarf immer wieder aufrufen konnte.

Er war schneller erschöpft, seit er fast ertrunken wäre, und nickte irgendwann ein. Als er wieder zu sich kam, war es im Zimmer dunkel und ruhig. Inzwischen war die Nacht draußen zum Leben erwacht.

Ein Meer farbiger Lichter, soweit er sah, als er ans Fenster trat. Leuchtschriften, die über Fassaden von Wolkenkratzern liefen und sich wie Schlangen in den eigenen Schwanz bissen. Symbole, Zeichen und Embleme, die er zwar nicht entziffern konnte, deren Stil ihn aber dennoch beeindruckte. Leuchtende Autoschlangen, die sich in ihren von Ampeln gesteuerten

Rhythmen durch Straßen wanden. Eine lautlose Stadt hinter Glas. Ein Terrarium menschlichen Willens. Die drei durch ein Dach verbundenen Hoteltürme des Marina Bay Sands wirkten auf ihn aus der Ferne wie die Dominosteine von Riesen.

Dort abzusteigen, hätte Oberst Grabowski gewiss auf die Palme gebracht.

Er aktivierte das Prepaid-Handy und rief Nadja an. Dass es bei ihr schon nach Mitternacht war, fiel ihm erst ein, als sie sich meldete.

„Jetzt wollte ich mein Handy gerade ausschalten und schlafen gehen, und wer ruft an?“ Aber er hörte ihr an, dass sie sich freute, weil er sich bei ihr meldete. Nach all den Jahren und den anders verlaufenden Lebenswegen standen sie sich noch immer sehr nahe. „Edwin, ich hoffe nur, du hast meinen Rat befolgt und hältst dich an die Vereinbarung.“

Sie wusste, dass sie sich auf ihn verlassen konnte, also ging er gar nicht erst darauf ein. „Singapur gefällt mir, und sollte ich jemals aus dem Schwitzen rauskommen, könnte ich mich hier sogar wohlfühlen“, sagte er.

„Bei uns in Wien herrschen auch schon fast tropische Temperaturen. An der Luftfeuchtigkeit müssen wir allerdings noch arbeiten. Doch wenn wir die Zukunft in die Hände von Leuten legen, die es so gut mit uns meinen wie unsere CO_2-Dealer, kriegen wir das ganz bestimmt auch noch hin. Oder, was meinst du, Eddy?“

Wenn sie etwas nervte, wurde sie sarkastisch, er kannte das schon. „Du bist dir also sicher, dass Pfeffers Spur nicht nach Kuala Lumpur führt, sondern hierher?“

„Was heißt schon sicher? Ja, schon, ziemlich. Mir sind Informationen zugespielt worden, die darauf schließen lassen, dass er nur dort und nur mithilfe seines Komplizen an das Geld kommen kann, um das sie den gemeinen Steuerzahler geprellt haben."

„Bishop?"

„Wenn du es sagst. Ich weiß nur von einer Person, mit der er sich in Singapur treffen will, um das Geld auf eigene Konten umzulenken oder es abzuheben. Um einander nicht zu übervorteilen, sollen sie nur gemeinsam und persönlich an das Geld kommen."

„Von wem hast du diese Information?" Er konnte es nicht lassen. Das war der Polizist in ihm, der diese Frage stellte. Doch er wusste, dass sie nicht darauf eingehen würde.

Sie seufzte. „Eddy, Eddy. Es bringt doch nichts, wenn ich dir sage, wer mich mit Ezzes versorgt. Für deine Arbeit ist es wichtig, dass du handeln kannst und die Fährte nicht aus den Augen verlierst. Ich muss es jedoch wissen, allein schon wegen der Seriosität meiner Arbeit. Ich kann es aber nicht preisgeben, wenn ich je wieder an brisante Informationen kommen will. Es gibt immer Leute, die etwas loswerden wollen, warum auch immer. Meine Aufgabe ist es, zu prüfen, ob es sich dabei um Relevantes handelt ... um etwas, das sich dazu eignet, *Untersuchungen an der Wahrheit* vorzunehmen."

„Kryptisch wie immer", sagte er. Aber er nahm es ihr nicht übel. Er hatte nicht erwartet, dass sie eine ihrer Quellen preisgab.

„So viel nur, Edwin: Pfeffer und der Mann, den du Bishop nennst, sind wahrscheinlich nur Rädchen in einem größeren Getriebe. Du willst an die beiden rankommen, ich hingegen möchte die Zusammenhänge aufdecken. Das ist der Grund, warum für jeden von uns ganz bestimmte Informationen wichtig sind. Und weil, das gebe ich gerne zu, diese sich oft überschneiden, ist es notwendig, dass wir sie fein säuberlich trennen."

Dass sie ihn an dem, was ihr zugetragen wurde, immer wieder mal teilhaben ließ, rechnete er ihr hoch an. Aber war er nicht insgeheim der Überzeugung, dass es ihre Pflicht war, ihn über das, was sie wusste, aufzuklären, fragte er sich. Hatte die Polizei nicht das Recht, und war es nicht sogar seine Pflicht, in Erfahrung zu bringen, was zur Aufklärung eines Falles beitrug? Dass man sich bei der Polizei und Justiz nur allzu gern mit kleineren Fischen zufriedengab und die Haie ziehen ließ, gab Nadja das Recht, so zu handeln. Ob er als Polizist allerdings das Recht hatte, sie im Gegenzug mit Informationen zu beliefern, was sie noch nie verlangt, er aber schon öfter getan hatte, war die Frage, die er sich unbedingt stellen sollte. Aber er kannte die Antwort schon, ohne darüber nachzudenken. Weil er auch nach zwanzig Jahren immer noch nicht aufgehört hatte, sie zu begehren! Kannte etwa auch Marie diese Antwort? Sie war ihr jedenfalls dicht auf der Spur, wenn sie sich stritten. Was Nadja und er beim Studieren aneinander gefunden und gehabt hatten, konnte nun mal nicht einfach ausgelöscht werden. „Das tun wir ja, Nadja", sagte er, aus seinen Erinnerungen hochfahrend. „Was wir auseinanderhalten, schaffen nicht viele. Vielleicht wollen wir uns beweisen, dass es irgendwie passt, obwohl es im Grunde gar nicht stimmt." Es war unsicheres Terrain, auf das er sich gerade begab. Er hatte ihr auch vom

Anschlag auf ihn berichten wollen, hatte es dann aber lieber bleiben lassen.

„Darüber reden wir bei einem Gin Tonic, wenn du wieder da bist. Es gibt jemanden, der bei all dem den Kürzeren gezogen hat, so viel kann ich dir verraten, und diese Person hat auf keinen Fall die Absicht, das noch länger hinzunehmen."

„Ach ja? Die Verratenen, Enttäuschten und Frustrierten", sagte er. „Das sind die besten Zuträger, die uns, ohne das eigentlich zu wollen, helfen, die Welt zu einem besseren Ort zu machen. Am besten ist es, wenn sie am Ende gleich mit eingebuchtet werden."

Nadja musste lachen. „Immer noch ganz der Alte! Aber sag, Edwin, so wie ich dich kenne, liegst du gerade nackt auf deinem Hotelbett, oder?"

„Du kennst mich eben nur zu gut." Er sah an sich hinab. Nacktheit in seinen vier Wänden war für ihn so natürlich, dass er es mitunter sogar vergaß. Einmal hatte er zu Hause nackt die Tür geöffnet, als jemand geklingelt hatte, um sich nach dem Verbleib eines Nachbarn unter ihnen zu erkundigen. Während des kurzen Gesprächs hatte er sich über den verblüfften Gesichtsausdruck des Mannes gewundert. Dieser hatte sich ihm erst enträtselt, als sein Sohn ihn auf die Blöße aufmerksam gemacht hatte. „Willst du etwa Telefonsex mit mir?"

„Zuerst musst du *Vox* lesen, damit du weißt, was wir alles daraus machen können."

„Ich hab's bei mir unten im Capriccio gefunden und gelesen. Es ist großartig!"

„Das ist schon mal ein Anfang", scherzte sie, wurde dann aber gleich wieder ernst. „Weißt du, es ist nicht leicht für mich, ein und dieselbe Sache aus unterschiedlichen Perspektiven zu beleuchten, so wie es mir die Lohnarbeit für Laurids und den *Boten* abverlangt."

„Ich weiß." Er kannte das Dilemma, in dem sie steckte, seit sie mit den *Untersuchungen an der Wahrheit* begonnen hatte. Zu Beginn war sie Interessenskonflikten aus dem Weg gegangen, indem sie sich in ihrem Blog mit anderen Themen befasst hatte als im Wochenmagazin. Die Diskrepanz zwischen dem, was sie wusste, und dem, was sie für Laurids schreiben durfte, hatte sie letzten Endes dazu gebracht, ihren Blog als Missing Link zwischen als Fakten getarnten Meinungen und Tatsachen zu sehen. Dass sie weder ihrem Chefredakteur noch dem Herausgeber und schon gar nicht denen verpflichtet war, die für die Inserate blechten, verstand sich für sie von selbst.

„Wenn es so weitergeht, wird mich Laurids irgendwann rauswerfen. Sobald er zu lesen bekommt, was in meinem nächsten Blog über den Fall Emission Sales steht, bin ich garantiert weg vom Fenster. Er ist sowieso schon dauerbeleidigt, weil ich es kritisiere, dass er Substanzielles immer unter den Redaktionstisch fallen lässt. Wenn er mitkriegt, dass ich ihm Informationen vorenthalte, die ich dann woanders veröffentliche, bin ich geliefert. Er wird zwar mit einem Kater zu kämpfen haben, wenn er sich über meinen Artikeln nicht mehr dem Rausch des Schwärzens und Ausmerzens hingeben kann, aber er wird mich trotzdem feuern. Das ist so sicher, wie dass er beduselt aus seiner Nachmittagspause in die Redaktion zurückkommt."

Die Entfernung konnte ihrer Intimität nichts anhaben. Er wurde das Gefühl nicht los, dass er nur die Tür zum Bad öffnen musste, um ihr zu begegnen. Ihr Atem sickerte aus dem Handy in die Dunkelheit des Zimmers und hüllte ihn komplett ein. Das Panorama hinter dem Glas, durch das er starrte, während sie sprach, schien voller Möglichkeiten zu sein.

„Hast du das ernst gemeint?" Ihre Frage kam plötzlich und hatte nichts mit dem zu tun, was sie soeben besprochen hatten.

Er stutzte. „Was meinst du?"

„Das mit dem Telefonsex." Ihre Tonlage wechselte jetzt von Dur zu Moll.

Er hatte es nicht ernst gemeint, als er es gesagt hatte, aber so wie sie jetzt klang, könnte es durchaus ernst werden. „Schließ die Augen und sag mir, wonach du dich sehnst, Nadja."

Sie ließ sich darauf ein. Abwechselnd beschrieben sie ihr Begehren und gingen auf das jeweils andere ein. Das anfängliche Stocken bei der Suche nach frivolen Worten, die weder derb noch harmlos waren, verlor sich irgendwann im Rhythmus des Redens, Atmens und Tuns. Waren es die Bedeutungen der Worte, die sie einander spüren ließen? Worte, die Reize auslösten, welche wiederum Vorstellungen und Wünsche hervorriefen, die in Worte gehüllt wurden? Worte, die zu Bildern und Bilder, die zu Konsequenzen führten?

Nach einer Weile lagen sie, auf verschiedenen Kontinenten, schwer atmend auf den Betten. Doch mehr als Zehntausend Kilometer zwischen ihnen konnten nicht verhindern, dass sie in ihrer Fantasie vereint waren.

„Edwin."

„Ja?"

„Bist du noch da?"

„Du hörst mich doch, oder?"

Sie lachte auf. „War nur so eine Frage."

„An die Lust in deinen Augen zu denken, hat mich sehr erregt."

„Hast du gerade deine Frau betrogen?"

Diese Frage holte ihn schlagartig aus seiner Trance. Er setzte sich auf und überlegte kurz. „De-fi-ni-tiv nicht!"

„Aha, und weshalb nicht, Eddy? Bist du etwa gerade nicht mit meinem Bild in deinem Kopf gekommen?"

Sie wollte ihn bestimmt nur aufziehen, weil er sich schon so lange nicht mehr dazu hatte hinreißen lassen. „Mylady", sagte er, „geben Sie mir Gedankenfreiheit!"

„Wofür die Klassiker noch alles gut sein können", sagte sie schmunzelnd.

Mit ein paar Scherzen vertrieben sie den Anflug von Peinlichkeit, der sich einstellte, nachdem sie endlich getan hatten, wonach sie sich so sehr gesehnt hatten. Dass sie es sich nicht ganz so vorgestellt hatten, änderte nichts daran, dass sie es schon lange gewollt hatten.

Es war der Zeitunterschied, dachte Anders. Dieses Mal hatten sich ihre Skrupel verflüchtigt, waren zur falschen Zeit am falschen Ort gewesen, während ihre Körper, wenn auch nur im Kopf, einander endlich gefunden hatten. Es gab aber noch etwas, das er wissen musste, bevor sie sich verabschiedeten. „Du hast mir noch nicht verraten, wo ich hier ansetzen muss, um Pfeffer und Bishop auf die Spur zu kommen."

„Das erfährst du beim nächsten Anruf dieser Art, Herr Chefinspektor."

„Machst du Witze? Morgen muss ich wissen, wie der Hase läuft."

„Ist schon gut, du hast es dir verdient. Ich weiß nur, dass du dich am besten ans Hotel Raffles halten solltest."

„Das alte, legendäre Raffles?"

„Ja, genau das. Ob sie dort absteigen, kann ich dir nicht sagen, aber ich bin mir ziemlich sicher, dass sie dort verabredet sind."

„Wann?"

Sie schien kurz nachzudenken, welcher Tag gerade in Wien und welcher in Singapur war. Mitternacht war ja schon vorüber, und dann kam noch die Zeitverschiebung dazu. „Übermorgen wahrscheinlich, von dir aus betrachtet. Es lässt sich nicht hundertprozentig eingrenzen. Pfeffer hat außerdem einen Termin in einer Bank in Chinatown, um an das Geld zu kommen. Mein Informant ahnt, in welcher Bank, weiß aber leider nicht, wann. Morgen kriegst du den Namen der Bank per SMS. Aber es ist besser, du hältst dich vorerst ans Raffles."

Pfeffer würde zu diesem Termin nicht ohne Bishop kommen, wenn sie nur gemeinsam an das Geld kamen. „Okay, das muss erst mal reichen. Ich komm schon klar. Lass dich umarmen, Nadja!"

„Am Telefon? Wie soll das gehen?"

„Ach, da geht noch viel mehr."

„Pass gut auf dich auf", sagte sie. „Im Umfeld von Emission Sales kommt es momentan zu seltsamen Unfällen."

Sie zu fragen, ob sie etwas über das Video *Tod eines Mörders* wusste, sparte er sich fürs nächste Mal auf. Darum würde er sich morgen selbst kümmern, wenn er feststellte, dass Bishop und Pfeffer tatsächlich vor dem Hotel auftauchten.

„Pass du auch auf dich auf", sagte er.

16

Am nächsten Morgen telefonierte Anders mit Clara. Sie sollte ihre Chefin dazu bringen, mit dem Oberst zu reden. Dieser verfluchte Anders' Vorgehen mithilfe ausgesuchter Heiliger in bester katholischer Tradition.

Doch dann unterbrach er den Jagdausflug mit dem Innenminister, ließ seine Beziehungen spielen und setzte einige Hebel in Bewegung, um Singapurs Polizeichef davon zu überzeugen, ihren besten Gaul im Stall bei der Suche nach Pfeffer nicht zu behindern.

Man versprach immerhin, ihn zu unterstützen und Kollegen zur Überwachung des Raffles abzustellen.

Als Anders das Hotel verließ und auf die Straße trat, fühlte er sich dem Ansturm einer Großstadt auf seine Sinne seit dem Anschlag auf ihn zum ersten Mal wieder gewachsen. Bevor er losging, orientierte er sich kurz, indem er sich den Stadtplan, den er sich am Vortag im Zimmer eingeprägt hatte, in Erinnerung rief. Auf dem Weg zum Raffles wollte er noch schnell ein europäisches Frühstück zu sich nehmen.

Er hatte es in Asien immer vermieden, traditionell zu frühstücken, denn das hieße, schon am Morgen dampfende Nudelsuppen mit Fleischeinlage zu schlürfen, anstatt es mit Toast, Butter, Marmelade und Kaffee angehen zu lassen. In einer Milchbar, nicht weit vom Hotel Raffles entfernt, bekam er schließlich, was er wollte.

Mit Blick auf eine belebte Kreuzung, wo sogar das Chaos Disziplin erkennen ließ, überdachte er noch einmal den Stand der Dinge und überlegte, wie er am besten vorging.

Pfeffer und Bishop würden sich laut Nadjas Informanten heute oder morgen im Raffles treffen, und sie hatten einen Termin in einer Bank in Chinatown, um an eine größere Summe Geld zu kommen. Wenn sie nicht im Raffles wohnten, sondern nur dort verabredet waren, würden sie in der Bank Geld abheben und dann vielleicht mit einem Singapore Sling in der legendären Long-Bar des Hotels, wo Hemingway so gern getrunken hatte, auf ihren Coup anstoßen.

Anders' Problem, nicht zur selben Zeit Hotel und Bank observieren zu können, hatte sich ja nun durch die Vermittlung von Oberst Grabowski erledigt. Während von ihm ins Vernehmen gesetzte Kollegen das Hotel im Auge behielten, würde er Pfeffer und Bishop in Chinatown auf den Zahn fühlen ... falls es ihm gelingen würde, sie aufzustöbern. Dazu musste Nadja ihm nämlich erst die Information mit der Adresse der Bank liefern.

Er fragte sich, wer Bescheid wissen und ein Interesse daran haben könnte, Bishop und Pfeffer ans Messer zu liefern. Auftraggeber der CO_2-Deals, die ihnen ans Leder wollten, weil sie das Ganze vermasselt hatten? Der ominöse Hintermann und angebliche Anstifter, mit dem Pfeffer sich vor Hendricks Team aus der Verantwortung ziehen wollte? Oder jemand aus einer Splittergruppe von Extinction Rebellion? Er wurde die Vermutung nicht los, dass der Weg zur Wahrheit über das Video *Tod eines Mörders* führte. Der, der es gemacht und online gestellt hatte, wusste über den Mord und den Toten auf dem Hügel Bescheid. Egal, ob er selbst der Täter war oder nicht.

Tatsächlich hatten sich, im Schatten der Akazie direkt neben dem Eingang des Hotels, zwei Polizisten in Zivil postiert. Bemüht, auf keinen Fall aufzufallen, beugten sie sich konzentriert über einen Stadtplan auf dem Dach eines Hyundai, als Anders geradewegs auf sie zusteuerte. Kriminelle behaupteten oft, Polizisten auf hundert Meter gegen den Wind wittern zu können, doch er selbst hatte tatsächlich einen sechsten Sinn dafür.

Ehe die beiden irgendetwas tun konnten, sprach er sie auch schon auf Englisch an. Er stellte sich kurz vor, wies sich aus und nahm dann auf die kürzlich getroffene Vereinbarung ihrer Chefs Bezug. Sie glichen Fotos von Pfeffer und Bishop auf ihren Handys ab. Zweifellos suchten sie nach denselben Männern.

Anders sah nach, ob Nadja sich gemeldet hatte, doch es war keine SMS von ihr angekommen. Aber dafür eine von seinem Sohn, um die er sich später kümmern würde.

Er ließ sich von den beiden Kollegen beschreiben, wie er in das alte Chinatown käme. Sie versprachen, ihn zu verständigen, sobald sich vor dem Hotel etwas tat. Und nebenbei schoben sie hinterher, als ginge es nur um eine Kleinigkeit, dass einer der beiden, Pfeffer, unter falschem Namen hier im Raffles abgestiegen war. Der Mann hatte das Hotel aber schon früh verlassen.

Anders bedankte sich für ihre Unterstützung und bat sie, mit dem Zugriff zu warten, sollte es sich ergeben.

Er warf einen Blick auf das noble Hotel und marschierte dann los. Hier kommst du nicht mehr weg!, dachte er. Ob mit oder ohne Beute. Mit oder ohne Bishop. Die Aussicht auf eine baldige Verhaftung von Pfeffer ließ ihn das Klima in dieser Stadt sofort leichter ertragen.

Das Raffles lag etwa auf halbem Weg zwischen seinem Hotel und Chinatown. Er ging an der National Gallery vorüber, ließ die Marina Bay links liegen, überquerte den Zufluss der Bucht, dann die Canal Road und hielt, immer geradeaus, auf das chinesische Viertel zu. Er orientierte sich an einem Tempel, der, wie ihm die Kollegen gesagt hatten, am Rande des Viertels lag.

Am Eingang der Tempelanlage legte er eine Pause ein und überprüfte seine Nachrichten. Auf Nadja war Verlass, wenn sie nicht gerade durch den Wind war, weil sie von ihrem Chef daran gehindert wurde, sich mit dem zu beschäftigen, was in ihren Augen wichtig war. In der SMS stand eine Adresse, die, wie er mittels Google Maps eruierte, irgendwo tief im alten Chinatown lag. Dass es sich um eine Bank handelte, bezweifelte er allerdings. Doch das war die einzige Information, die er im Moment hatte, und bis jetzt hatte Nadja fast immer Brauchbares geliefert.

An Pfeffer würden sie jedenfalls herankommen, wenn er in das Hotel zurückkam. Ob Bishop dabei sein würde, stand noch in den Sternen.

Es war jetzt fast zehn Uhr. Anders überlegte, ein Taxi zu nehmen, um der Hitze vorübergehend zu entkommen. Er ließ es bleiben, warf einen Blick auf den Tempel und zog in Richtung Süden los. Aus der Entfernung wirkten die mit knallbunten Figuren aus der buddhistischen Mythologie überfrachteten Dächer des Tempels wie Bilder aus einem Comicstrip.

Es verschlug ihn immer tiefer in ein uraltes Viertel von Chinatown. Hier waren die gekrümmten Häuserzeilen über den Läden nur zwei Stockwerke hoch. Ab und zu verharrte er im Schatten und vergewisserte sich, dass er sich nicht verlief. Nach einer Stunde, er glich die Adresse aus der SMS sicherheitshalber noch einmal mit seinem Standort ab, war er am Ziel angekommen.

Er wischte sich mit der Serviette vom Frühstück den Schweiß aus den Augen, um besser sehen zu können, was in diesem Laden angeboten wurde. Gerahmte Stiche, auf denen Landkarten, Tempel, Pflanzen und Drachen aus dem Reich der Mitte zu sehen waren. Präparierte Tiere ... Falter, groß wie Hände. Skorpione und Frösche in Kästchen hinter Glas. Schlangen und Getier in Flaschen, Phiolen und Gläsern, konserviert in Flüssigkeiten mit einem Grün-, Gelb- oder Rotstich.

Als er entziffern wollte, was auf Latein auf dem ledernen, rissigen Umschlag eines alten Buches stand, trat eine alte Frau aus der dunklen Tiefe des Raumes hinter der Auslage. Sie winkte ihn zu sich hinein. Einen Blick in jede Richtung werfend, betrat er den Laden.

Mit Worten, die er nicht verstand, und einer Handbewegung gab sie ihm zu verstehen, dass er sich nach Belieben umschauen durfte. Sie verschwand im Zwielicht und ließ ihn allein. Aber nur augenscheinlich, denn er spürte ihre Anwesenheit im hinteren Bereich, während er, ohne zu wissen, was er eigentlich suchte, zu stöbern begann.

Er verlor sich in den Artefakten der fremden Welt. Im goldfarbenen Zwielicht tanzte der Staub, wenn er etwas in die Hand nahm, um es genauer zu inspizieren. Als wäre dieser Laden ein Durchgang in eine andere Welt. In eine ferne, fremde Zeit, die mit der Ankunft der ersten Chinesen vor mehr als fünfhundert Jahren stehen geblieben war. Er schüttelte alle Gedanken an den Fall ab und trieb durch Raum und Zeit.

Leonie würde es bestimmt nicht billigen, wenn er ihr, Lukas oder Marie einen der aufgespießten Schmetterlinge mitbrächte, die in Farben schillerten, die er noch nie gesehen hatte.

Als die Frau plötzlich wieder auftauchte, stand er gerade mit einem Buch da, das er nicht mehr aus der Hand geben wollte. Ein gut erhaltenes Exemplar der englischsprachigen Erstausgabe von *Die wundersamen Irrfahrten des William Lithgow.*

Renard, sein Buchhändler vom Karmelitermarkt, hatte von diesem Buch geschwärmt, als es vor Jahren auf Deutsch wieder neu aufgelegt worden war. Es berichtete vom zweiundzwanzigjährigen William Lithgow, der zu Beginn des siebzehnten Jahrhunderts zu einer Reise in den Orient aufgebrochen war, nachdem ihm die Brüder seiner Liebsten beide Ohren abgeschnitten hatten. Unter einem Turban, hoffte der junge Abenteurer in seiner Not, würden seine fehlenden Ohren nicht länger auffallen.

Die alte Chinesin nahm ihm das Buch aus der Hand, lächelte, als ob sie es gelesen hätte, steckte einen Zettel hinein, wandte sich ab und murmelte einen Dollarpreis. Ein Schnäppchen, dachte Anders. Um nicht gegen die guten Sitten zu verstoßen, nannte er einen

Betrag, der etwa um ein Fünftel niedriger war. Die Frau nickte und wickelte das Buch sorgfältig ein. Mit ihrem Dollar-Euro-Kurs von 1:1 war das Buch wieder so teuer, als hätte er gar nicht versucht, den Preis zu drücken.

Mit einem Falten der Hände vor der Brust und einer angedeuteten Verbeugung verließ er den Laden schließlich. Seinen Schatz steckte er in die Tasche seines Sakkos. An der nächsten Kreuzung wickelte er das Buch aus und las, was auf dem Zettel stand. Es war eine Adresse, zum Glück in einem leserlichen Englisch notiert. Bank of East Asia, Robinson Road.

Also nahm er Kurs auf die Bank in der Robinson Road. Der Fund dieser Rarität konnte einem durchaus wie ein Zeichen erscheinen, dachte er. Ein Zeichen, dass dieser Tag noch andere, gute Überraschungen für ihn bereithielt.

Die Bank, in der Pfeffer und Bishop aufkreuzen sollten, wenn an seinen Informationen etwas dran war, befand sich in einem der Hochhäuser, die das Bankenviertel an der Robinson Road prägten.

Auf der Website hatte er gelesen, dass der Kundenverkehr erst ab Mittag losging. Er war, stellte er mit einem Blick auf sein Handy fest, genau rechtzeitig vor Ort, obwohl er beim Stöbern in diesem alten Laden sein Zeitgefühl komplett verloren hatte.

Sich im Foyer der Bank nach den beiden zu erkundigen, wäre zu riskant, denn man könnte sie, falls sie kamen, darauf hinweisen, dass nach ihnen gefragt worden war. Misstrauisch gemacht, würden sie vielleicht etwas tun, was er nicht absehen konnte, und das würde den Erfolg der Jagd gefährden.

Ja, er liebte es, auf die Jagd zu gehen! Obwohl er auf jeden Fall lieber hinter flüchtenden Zweibeinern her war. Jetzt hieß es abwarten und die Augen offenhalten.

So modern konnte ein Viertel in der Stadt gar nicht sein, dass es in der Nähe kein Restaurant gab, in dessen Fenster Pekingenten zum Reifen aufgehängt waren.

Er blickte um sich, entdeckte eine grelle Werbung und schlenderte in diese Richtung. Es war ein Imbiss, kein Restaurant, stellte er fest, als er davorstand. Dennoch, die allgegenwärtigen Pekingenten baumelten auch hier in einer kleinen Auslage von den Haken. Ihr Fett, das abtropfte wie Kalkwasser von Stalaktiten, wurde in Tassen aufgefangen, um das gut abgehangene Fleisch anschließend darin zu braten.

Unter dem Vordach war noch einer der Plastiktische frei, an denen das Personal der Banken, über Schüsseln und Teller gebeugt, das Essen in sich hineinschaufelte, als gelte es um jeden Preis, vor dem Chef wieder zurück am Arbeitsplatz zu sein. Hier schlug die Stunde der Mittagspause offenbar im Sekundentakt.

Er setzte sich so hin, dass er den Eingang der Bank of East Asia im Blick hatte. Der Duft der Speisen, die serviert und verzehrt wurden, entlockte seinem Magen ein Grollen, das erst dann nachließ, als er ein Tiger und eine Portion Ente mit Reis, very spicy, bestellte. Auf seinen Reisen, die oft mit Observationen verbunden waren, hatte er gelernt, Genuss mit Wachsamkeit zu verbinden, sodass ihm weder entging, was er vor sich hatte, noch was sich in der näheren Umgebung abspielte.

Jetzt war er, wo er sein wollte, seit sie Markus Pfeffers Wohnung in Frankfurt verlassen vorgefunden hatten.

Er brauchte nur zu warten. In der Zwischenzeit konnte er etwas essen und die SMS beantworten, die ihm sein Sohn geschickt hatte.

Beim zweiten Lesen fiel ihm auf, dass das, was Lukas ihm geschrieben hatte, ziemlich seltsam klang. Die Nachricht war voller Anspielungen auf etwas, das ihn bei seiner Rückkehr nach Wien erwarten würde. Anders freute es, dass Lukas wieder sprach und sogar schrieb. Als Kind war er mit seiner übersteigerten Redseligkeit vielen auf die Nerven gegangen. Dabei hatte es sich lediglich um Selbstgespräche gehandelt, die jene, die nicht Bescheid wussten, oft ziemlich irritiert hatten.

Anders ahnte, welche Überwindung es ihn nach einer Phase des Schweigens kostete, Gefühle und Gedanken in Wörter zu fassen. Wörter, die alles Mögliche bedeuteten. Wörter, die sich auch missbrauchen ließen. Wörter, die Lukas zu den Werkzeugen der Täter zählte, die damit machten, was sie wollten.

Als Lukas vor Jahren nahezu verstummt war, hatte er erwartet, dass es von selbst vorübergehen würde. Nach einer Anamnese, Lukas war etwa vier, hatte Marie, die auch mit Asperger-Patienten zu tun gehabt hatte, ihm die Krankheit genauer erklärt. Anders hatte Zeit gebraucht, um sich mit der Diagnose abzufinden. Dass es eine Krankheit war und kein gesunder Individualismus, hatte er lange nicht wahrhaben wollen.

Regelmäßig blickte er von seiner Antwort auf und zum Eingang der Bank hinüber, der immer stärker frequentiert wurde. Er tippte mit einer Hand Sätze ins Handy, die, wie er hoffte, seinen Sohn beruhigen würden, während er mit der anderen zu kurze

Plastikstäbchen handhabte. Noch war keiner der beiden Banker, hinter denen er her war, auf seinem Radar erschienen.

Nach dem Essen lehnte er sich zurück, streckte seine Beine von sich und ging online. Er suchte nach dem Video *Tod eines Mörders*. Im Moment interessierte ihn jedoch weniger das Video an sich, sondern dessen Präsenz im Internet.

Mittlerweile verbreitete sich das Video im Netz wie ein Virus. Dass noch immer nicht feststand, um wen es sich bei dem Opfer handelte, befeuerte die Spekulationen natürlich nur noch mehr. Wenn er einmal von den Fake-News der üblichen Spinner absah, die CIA, die Russen, der Mossad oder die Regierung der USA stecke hinter dem Ritualmord, blieben im Wesentlichen zwei Blöcke, die sich gegenüberstanden.

Die einen meinten, Umweltschützer hätten ein nicht länger zu ignorierendes Zeichen gesetzt, um auf den Klimawandel durch CO_2 in der Atmosphäre hinzuweisen. Nun, was tun, wenn man nicht gehört wurde, während die Zukunft den Bach runterging, Küsten im Meer versanken und die Hälfte der Arten vom Aussterben bedroht war! Und was, wenn man gehört, aber zu wenig ernst genommen wurde? Und was erst, wenn man zwar gehört und ernst genommen, aber einfach für dumm verkauft wurde? Weil es ja die am schlimmsten treffen würde, die am wenigsten dafürkonnten.

Anders blickte immer wieder von seinem Handy auf und zum Eingang der Bank hinüber. Bisher hatte sich dort allerdings nichts Auffälliges getan.

Die anderen spekulierten, dass es sich bei dem Toten in dem Glassturz auf dem Hügel um ein Opfer von

Kriminellen handeln müsse. Es sei ein Zeichen! Aber keines, das sich bis zu irgendwelchen Naturschützern zurückverfolgen lasse. Höchstens zu einer Mafia, die ihre Klimageschäfte bedroht sah und daher ein Zeichen gesetzt hatte, um alle abzuschrecken, die vorhatten, ihnen in die Quere zu kommen.

Die Blöcke der Netzmeute deckten sich, mehr als ihm recht war, mit eigenen Überlegungen. Er wurde aber das Gefühl nicht los, dass es sich in diesem Fall weniger um ein Entweder-oder handelte als vielmehr um ein Sowohl-als-auch. Solange das Opfer nicht identifiziert war, und er hatte weder von Hendrick noch von der Kollegin Uhl etwas gehört, tappten sie weiterhin im Dunkeln, und im Dunkeln, das wusste er, wucherten Spekulationen wie Efeu auf schattigen Mauern.

Bishop und Pfeffer zu verhören, könnte Licht in die ganze Sache bringen, dachte er, als er sich plötzlich gezwungen sah, den Eingang der Bank genauer in Augenschein zu nehmen.

An der Peripherie seiner Wahrnehmung erschien auf einmal eine Person, die sich beinahe mit dem Bild deckte, das er von Pfeffer im Kopf hatte. Aber nicht das Gesicht löste einen Alarm in ihm aus, sondern die Gestalt. Denn der Mann lehnte sich, sichtlich erschöpft von der Hitze, neben dem Portal an die Wand. Er blickte auf seine Uhr und sah sich um. Er schien auf jemanden zu warten.

Er hat sich die Haare gefärbt und einen Bart stehen lassen, dachte Anders. Das machte ihn auf den ersten Blick unkenntlich, konnte aber nicht verhindern, dass ihn seine Gestalt verriet. Denn auf jedem Foto, das er von Pfeffer auf seinem Handy hatte, ob dieser saß, stand oder ging, fiel vor allem seine Haltung auf, die auf eine verkrümmte Wirbelsäule schließen ließ. So als wäre es ihm unmöglich, seine Schultern gerade und seinen Kopf aufrecht zu halten.

Anders hatte seine Rechnung noch nicht bezahlt! Er fluchte in sich hinein. Um ja kein Aufsehen zu erregen, steckte er dem Jungen, der den Tisch abräumte, einen Schein zu, dann zog er sich so weit zurück, dass er nicht gesehen werden konnte, die Zielperson aber immer noch gut im Blick hatte.

17

In der Hitze schmolzen die Minuten träge dahin. Aus dem Schatten heraus beobachtete er Pfeffer weiterhin. Dieser bemühte sich sehr, nicht aufzufallen, obwohl er immer wieder auf die Uhr blickte und sich nervös umsah. Mit einem Stecktuch wischte er sich den Schweiß von der Stirn.

Pfeffer hatte sich in Schale geworfen, um die Beute in Empfang zu nehmen. Bei dem, worauf er sich da eingelassen hatte, hatte er von Anfang an riskiert, früher oder später aufzufliegen. Jetzt war er an einem Punkt, an dem es kein Zurück mehr gab.

Das alte Leben war vorbei und den erfolgreichen Banker gab es nicht mehr länger.

An seiner Rechten hing ein Koffer, der, wie Anders schätzte, locker eine Million fasste, wenn er in der Bank gefüllt werden würde. Fürs Erste genug, um unterzutauchen, bis Gras über die ganze Sache gewachsen war. Genug, um sich eine andere Identität zuzulegen. Sich nicht nur die Haare zu färben und einen Bart wachsen zu lassen, sondern sich neue Papiere zu besorgen und vielleicht sogar ein neues Gesicht, wenn er kein Risiko eingehen wollte.

Wer weiß, dachte Anders, wer außer mir noch hinter ihm her ist. Leute, die vielleicht kein Problem damit hätten, ihn zu foltern und ihn am Ende zu töten, weil er bereits zu gefährlich für sie geworden war. Leute, die das Geld beanspruchten, das er mit ihrer Hilfe gestohlen hatte.

Pfeffer telefonierte jetzt. Vielleicht rief er Bishop an, um ihn zu fragen, wo er verdammt noch einmal blieb. Seine Nervosität wich jetzt einer Wut, die ihn laut werden und in sein Handy schreien ließ. Anders war nicht ganz klar, ob er jemanden anschrie, Bishop womöglich, oder einfach nur etwas auf eine Mailbox brüllte.

Er hatte Lust, aus dem Schatten zu treten und Pfeffer direkt an Ort und Stelle zu verhaften, aber er hielt sich zurück. Tauchte Bishop nicht auf, war es ihm nicht möglich, an das Geld zu kommen, hatte Nadja erklärt. Er würde ihn also noch nicht festnehmen, sondern an ihm dranbleiben. Vielleicht führte er ihn ja zu Bishop, der aus irgendeinem Grund nicht hierherkommen konnte.

Nach einer halben Stunde, nachdem er noch ein paar Mal sein Handy gezückt und in Rage geraten war, gab Pfeffer schließlich auf und zog zerknirscht ab. Immer wieder schaute er sich um, ob der, auf den er gewartet hatte, nicht doch noch auftauchte. Als er den Eingang der Bank aus dem Blick verlor, beschleunigte er seine Schritte. Kurz darauf stieg er in ein Taxi und fuhr in Richtung Norden.

Anders nahm in einem weiteren Taxi die Verfolgung auf. Es war nicht allzu schwer, an ihm dranzubleiben, denn der Verkehr auf den Hauptadern zog sich wie in Zeitlupe hin. Sie mussten nur darauf achten, nicht die Ausfahrt zu verpassen, wenn das Taxi vor ihnen plötzlich auf eine Nebenstraße auswich.

Es dauerte nicht lange, und sie fuhren ab. Anders fiel auf, dass sie sich dem chinesischen Viertel näherten, in dem er sich das Buch gekauft hatte, das seine Sakkotasche ausbeulte. Der Taxifahrer fuhr, als wäre er nicht zum ersten Mal hinter jemandem her. So als hätte er nur darauf gehofft, einmal eine Verfolgung aufnehmen zu dürfen, und sich intensiv darauf vorbereitet. Er hielt Distanz, wo es ging, und fuhr näher auf, sobald sie Gefahr liefen, den Wagen, in dem Pfeffer saß, aus den Augen zu verlieren.

Anders war verblüfft, als sie in die Gasse einbogen, wo sich der alte chinesische Laden befand. Er lächelte ungläubig, als das Auto, dem sie folgten, direkt davor hielt. Kurz darauf stieg Pfeffer aus, blickte sich misstrauisch um und verschwand in dem Geschäft. Das Taxi fuhr davon.

Anders bat den Fahrer, auf ihn zu warten. Er näherte sich dem Laden, schirmte seine Augen gegen die Sonne ab und spähte hinein. Es dauerte, bis er etwas erkennen konnte. Soweit er sehen konnte, war im vorderen Teil des Geschäftes niemand. Pfeffer musste sich also nach hinten verdrückt haben.

Vorsichtig schloss er die Tür hinter sich, um zu verhindern, dass die Glöckchen ein Geräusch verursachten, die von der Decke herabhingen. Schritt für Schritt tastete er sich durch das Zwielicht in den hinteren Bereich vor.

Da war es wieder!

Eine Welle schwappte aus seinen Eingeweiden und überflutete seinen ganzen Körper. Er erschauerte, als ihm klar wurde, was das bedeutete. Er fischte hastig eine Tablette aus seiner Tasche. Ein Grand-mal-Anfall war das, was er jetzt am wenigsten brauchen konnte.

Hier war niemand, aber es gab keinen Hinterausgang. Doch er hörte Stimmen. Er entsicherte seine Waffe, hielt den Atem an und versuchte festzustellen, woher sie kamen. Hinter einer Regaltür voller Bücher, die angelehnt war, befand sich eine Treppe. Mit der Glock im Anschlag stieg er hinab. Er kam in einen Lagerraum und spähte vorsichtig umher.

Dann entdeckte er sie. Die alte Chinesin, die ihm das Buch verkauft und den Zettel mit der Adresse hineingesteckt hatte. Sie war mit verbundenen Augen und geknebelt an einen Stuhl gekettet. Ihr Kopf war auf die Brust gesunken. Vielleicht war sie nur bewusstlos, oder aber schon tot.

Pfeffer war mit auf den Rücken gefesselten Händen auf die Knie gezwungen worden. In Erwartung einer Kugel, die jeden Moment in sein Gehirn eindringen könnte, zitterte er am ganzen Körper.

Hinter ihm drückte ihm ein Mann die Mündung eines Schalldämpfers gegen den Kopf und zählte langsam von zehn herunter, und zwar in Cockney-Englisch, wenn Anders sich nicht täuschte.

„... five ..."

In Anders Kopf drängten zwei Möglichkeiten auf ihre Umsetzung.

„... four ..."

Entweder er streckte den Mann mit einem gezielten Schuss nieder, oder er setzte ihn mit dem Knauf seiner Pistole außer Gefecht.

„... three ..."

Wenn er ihn im Halbdunkel des Kellers allerdings nicht richtig traf, könnte es Pfeffer das Leben kosten, oder sogar ihm selbst, wenn er Pech hatte.

„... two ..."

Die Stimme des Mannes zeigte keinerlei Regung. So als zählte er lediglich die Schafe einer Herde.

„Ich weiß nicht", stammelte Pfeffer auf Englisch, „wie ich allein an das Geld kommen kann."

Ein übler Geruch lag auf einmal in der Luft.

„Ein elektronisches ... Schließfach." Pfeffer schluchzte und stotterte. „Nur Bishop und ich ... Zwei elektronische Codes ... die zur selben Zeit am selben Ort ... in das System der Bank eingegeben werden müssen. Bitte! Lassen Sie mich gehen ... wenn ich Ihnen meinen Code verrate ... Den von Bishop ... ich kenne ihn nicht! Kommen Sie mit mir nach Wien ... da lösen wir das Problem bestimmt ..."

„... one ..."

„Eins auf die Birne", murmelte Anders im selben Moment und kam aus seiner Deckung. Er streckte den Mann von der Seite mit einem Schlag auf die Schläfe nieder.

Pfeffer hörte auf zu wimmern und zu zittern. Sein Atem beruhigte sich. Anders erlöste ihn mit dem Schweizermesser von den Kabelbindern, die ihm in die Gelenke schnitten. Er stützte ihn und half ihm auf.

„Wer zum Teufel sind Sie?"

Anders sah, dass er sich eingenässt hatte. „Hat Ihnen Ihre Mutter nie gesagt, dass Sie einen Schutzengel haben?"

Pfeffer stand da, als könnte er jeden Moment umkippen. Er starrte den Chefinspektor an wie einen guten Geist in einem bösen Traum.

„Wie wär's mit einem schlichten Danke?"

„Danke. Aber wer sind Sie? Wie kommen Sie hierher?“

Pfeffer schien sich nicht sicher zu sein, ob er nicht nur vom Regen in die Traufe gekommen war. Er massierte seine wunden Gelenke und sah an sich hinab. Als er den Fleck zwischen seinen Beinen auf dem Anzug bemerkte, drehte er sich beschämt weg.

Anders war schon bei der alten Frau angekommen. Ihr Herz schlug zart wie das der Kanarienvögel seiner Kinder, wenn er sie in der Hand gehalten hatte. Ihr Atem beschlug die Gläser seiner Sonnenbrille, als er sie ihr unter die Nase hielt. Es war also noch Leben in ihr. Er befreite sie aus dem Stuhl, um sie in eine stabile Seitenlage zu bringen, als er Pfeffer über die Treppe nach oben poltern hörte.

Entweder er verfolgte den Mann, den er seit Wochen jagte jetzt, oder er kümmerte sich zuerst um die Alte, bis die Rettung eintraf. Als er das Klingeln der Glöckchen hörte, mit dem Pfeffer auf die Straße hinausstürmte, hatte er sich bereits entschieden.

Sollte er deswegen fluchen oder lachen? Vielleicht nahm Pfeffer, um sich in Sicherheit zu bringen, ja das Taxi, mit dem er hierhergekommen war.

Anders rief die Kollegen an, die am Morgen vor dem Raffles Posten bezogen hatten. Sie versprachen ihm, einen Krankenwagen und einen Wagen der City-Police zu ihm zu schicken. Falls Pfeffer aufkreuzte, würden sie ihn sofort darüber informieren. Und nein, ein Mann mit dem Aussehen von Bishop hatte sich bisher weder im noch vor dem Hotel gezeigt.

Er zog ein paar Kabelbinder aus der Tasche des Bewusstlosen und fesselte ihm die Hände und Füße. Der

Mann schnarchte, als würde er einen Rausch ausschlafen. Nur zu gern hätte er ihn in die Mangel genommen, wenn er wieder zu sich kam, doch die Singapore Police Force würde ihn sich schon vorknöpfen.

Anders setzte sich auf einen Stapel alter Bücher, um auf die Polizei zu warten. Er musste sich zwingen, die Augen offen zu halten, um nicht einzuschlafen.

Wie jemand auf dem elektrischen Stuhl, hatte Oberst Grabowski es vor einer besorgten Runde beschrieben, als es ihn mal im BK niedergestreckt hatte.

18

Trotz der Farbe, die er sich auf der Flucht geholt hatte, färbte sich Pfeffers Nacken rötlich, als die Boeing 777 im Anflug auf ihr Ziel in ein Luftloch abdriftete, bevor sie in den Sinkflug überging.

Seit der Festnahme in Singapur war er zu einem Häufchen Elend mutiert. Aus der First-Class verstoßen, ohne den Fall in der Businessclass abfedern zu können, hatte ihn das Schicksal schließlich in die Holzklasse verbannt.

Zu Anders Verdruss waren sie von einer Horde Touristen aus dem heimischen Hinterland umzingelt, die dem Nahen vertrauter Gefilde mit Anekdoten über Schlitzaugen und Reisfressern entgegenfieberten.

Mit zum Schönsten an der Fremde zählte, dass man, was geredet wurde, meist nicht verstand, dachte er. Er konnte seinen Blick kaum vom Nacken des Mannes vor ihm lösen. In welchem Höllenkreis Dantes, fragte er sich, wurden Heuchler, windige Ratgeber und Fälscher für ihre Taten zur Rechenschaft gezogen?

Und erst Mörder?

Passagiere schoben die Blenden vor den ovalen Fenstern hoch, bis das Innere des Flugzeugs erstrahlte wie ein Kirchenschiff im Morgenlicht.

Manche lüpften ihre Schlafmaske und blinzelten ins Licht des Tages. Andere zupften an ihr herum, weil sie verrutscht war. Sie legten den Kopf in den Nacken oder ließen das Kinn auf die Brust sinken.

Müde von der schlaflosen Nacht und der langen Jagd blickte Anders mit entzündeten Augen auf die Decke der Wolken unter sich. Sie schienen zum Greifen nah zu sein. Wo sie von der Drift zerrissen wurden, gaben sie den Blick auf die Sonne frei. Der Feuerball kroch über den Horizont und tauchte den Himmel in rostrotes Licht.

Beim Stopp in Amsterdam hatte ein Jetlag, wie er ihn bisher noch nicht gekannt hatte, sein Hirn in eine dumpfe Masse verwandelt. Mit Mitte vierzig war man nicht mehr der, der man als junger Mann gewesen war. Waren es die Folgen des wuchtigen Schlags, der ihn in London niedergestreckt hatte, oder der Anflug eines weiteren Anfalls? Manchmal fragte er sich, ob jene Kollegen, die ihn für diesen Beruf nicht geeignet hielten, doch recht hatten.

Nachdem die alte Frau und der Londoner von der Rettung und der Polizei weggebracht worden waren, hatten sie das Raffles weiter observiert. Doch Bishop war nicht aufgetaucht. Anders schloss längst nicht mehr aus, dass diesem etwas zugestoßen war. Pfeffer war erst nach Einbruch der Dunkelheit ins Hotel gekommen. Sie hatten ihn diskret observiert und abgewartet, ob Bishop nicht vielleicht doch noch auftauchte. Dann aber hatten sie zugreifen müssen. Oberst Grabowski hatte es so gewollt und es ihm von seiner Chefin ausrichten lassen. Denn das Risiko, Pfeffer aus den Augen zu verlieren, war einfach zu groß gewesen.

Mit hängendem Kopf hatte Pfeffer bis nach Mitternacht über seinen Singapur Slings gebrütet. Als er an seiner Seite aufgetaucht war und ein Gin Tonic bestellt hatte, hatte dieser sich, nachdem sie ausgetrunken hatten, widerstandslos Handschellen anlegen lassen, ohne mit der Wimper zu zucken.

Er tröstete sich damit, dass es ihm wenigstens gelungen war, einen der beiden zu verhaften. Flüchtige Verbrecher aus dem Verkehr zu ziehen, hatte ihm schließlich einen Ruf eingebracht. Dieser Ruf, der ihn amüsierte, manchmal aber auch nervte, hatte allerdings zwei Seiten. Seine Erfolge sprachen Bände. Andererseits hatte es von der Presse oder aus dem BK auch schon Kritik an seinen Methoden gegeben. Man hatte ihm die Zusammenarbeit mit Nadja vorgeworfen, die rechtlich nicht gedeckt sei. Man warf ihm auch immer noch vor, dass er nicht im Innendienst geblieben war, und dass er sich selbst nicht an Gesetze hielt.

Die Gesetze in allen Ehren, aber diese waren nicht dazu da, Verbrechern das Leben zu erleichtern.

Er dachte an die Worte einer chinesischen Kollegin in Hongkong vor einigen Jahren: „Von oben gibt es Befehle, von unten Methoden!“

Sein Blick folgte dem im Morgenlicht funkelnden Tropfen Schweiß, der sich aus dem fettigen Haar des Finanzgenies, zu dem ihn die Presse erklärt hatte, löste und von der Schläfe aus in Richtung Backe und Hals in den Kragen rann. Er war zu erschöpft, eine Hand zum Mund zu führen, und gähnte daher einfach in sich hinein.

Pfeffer ließ den Kopf noch mehr hängen als sonst. Je tiefer sie flogen und je näher sie der Landung kamen, desto unruhiger wurde er. Bis er, wenn überhaupt, ausgeliefert werden würde, erwartete ihn in Wien U-Haft.

Man erlag nur zu gern der Einbildung, jederzeit ein neues Leben anfangen zu können, doch was sollte das sein? Das Leben war gebraucht, von Anfang an. Die meisten schafften es nicht, ein anderes Leben zu beginnen, mit oder ohne Geld, von einem neuen ganz zu schweigen. Die Naivität dieser Leute verblüffte ihn nach gut zwanzig Dienstjahren immer noch.

Plötzlich rappelte sich Pfeffer aus dem engen Sitz auf und wankte, die Polizistin an ihren Handschellen im Schlepptau, an Anders vorüber in Richtung Toilette.

„Sind gleich wieder da", sagte die Kollegin mit müder Stimme. Sie hatte wachbleiben müssen, während Anders auf Nachtflügen sowieso kaum je ein Auge zukriegte.

Er ahnte, dass etwas passieren würde, war aber zu geschafft, um das Gefühl genauer zu hinterfragen.

Was würde ihn in Wien erwarten? Eine zu stille Wohnung, weil sich seine Tochter nur noch selten blicken ließ, seit sie sich bei Fridays for Future engagierte. Irgendein Fall sicher, wie so oft, wenn er reisemüde war. Er fand sich sogar damit ab, in seinem Büro im BK den Schreibkram von Wochen zu erledigen. Clara, die in Wien geblieben war, um zu recherchieren und ihn auf dem Laufenden zu halten und Marie, immer noch seine Frau und die Mutter ihrer Kinder. Wenn es mit ihnen so weiterging, würde Lukas, der ihr näherstand, bestimmt bei ihr bleiben. Leonie war seit jeher auf ihn zugelaufen, ohne lange zu überlegen.

Dass er so oft unterwegs war, musste stets als Ursache für alle Probleme herhalten. Zuletzt war es aber seine Anwesenheit gewesen, die ihr Probleme bereitet hatte. Dass er zwar da war, aber eben doch nicht ganz *da.*

Allmählich hatte sich Maries Abneigung gegen sein stilles Brüten immer mehr verstärkt. Fifty-fifty, da war es nur gut, wenn zwei Kinder da waren, hatte Nadja gemeint, in dem für sie typischen Tonfall voller Anteilnahme, aber auch Ironie. Dieser alte Fall, sein Fall Nadja, hatte nie restlos aufgeklärt werden können. Er dachte an das Hotel in Singapur, an die Aussicht dort und natürlich an das Bett ... an ihre Stimme, die in der Dunkelheit aus dem Handy gekommen war und die Einsamkeit in etwas Vertrautes verwandelt hatte.

Warum kam die Kollegin mit dem Gefangenen nicht wieder von der Toilette zurück?

Er ließ eine Frist verstreichen, die der Dringlichkeit dieser Situation entsprach, dann kämpfte er sich aus dem Sitz hoch und wankte, vorüber an den Passagieren, die ihre Morgentoilette improvisierten, den schmalen Gang entlang. Einige schliefen immer bis zuletzt und krochen in ihre Schlafsäcke hinein wie Kinder. Nach der Landung mussten sie richtig wachgerüttelt werden.

Die Kollegin klopfte an die Toilettentür und presste ein Ohr dagegen. „Er reagiert nicht!“ Sie sah Anders nervös an. Mit einem Anflug von Ungeduld erhob sie die Stimme: „Öffnen Sie gefälligst die Tür!“

Das Klopfen erinnerte Anders an etwas, an das er sich lieber nicht erinnerte. Weshalb hatte er vor Kurzem, als Marie ihn ausgesperrt hatte, die Tür der Wohnung beschädigt? Er war zu frustriert, gereizt und ausgebrannt gewesen, um klar denken zu können. Er hatte die Vorboten eines Anfalls aus den Eingeweiden aufsteigen gespürt, und er hatte den Vorwurf sattgehabt, mehr Zeit als nötig mit Nadja zu verbringen.

Die Passagiere stauten sich bereits im Gang. Eine Flugbegleiterin drängte sich zur Toilette durch.

Die Polizistin bündelte ihre schlimmsten Befürchtungen in einem Satz: „Er wird sich doch hoffentlich nichts antun, oder?“ Spontan sprang ihre Unruhe auf die bis jetzt so gefasste Flugbegleiterin über.

Jetzt legte Anders sein Ohr an die Tür und lauschte. Nachdem er etwas gehört hatte, das ihn peinlich berührte, sagte er: „Er weiß, dass er alles vermasselt hat.“

„Und wenn er sich etwas antut?“

Die Flugbegleiterin schien sich mehr um das Gelingen der Landung zu sorgen als um den zweifelhaften Passagier.

„Womit denn?“ Anders sah sich nun selbst in einer der zu engen Kabinen. In Gedanken fiel sein Blick auf den Spiegel. Als er das Geräusch berstenden Glases vernahm, befahl er sofort: „Öffnen Sie die Tür!“

Die Flugbegleiterin zerrte daraufhin am Knopf unter dem WC-Schild, mit dem sich die Tür von außen öffnen ließ. Als diese endlich nachgab, klemmte er den Fuß in die Tür. „Lassen Sie das!“ Mit dem Nachdruck eines Torwarts, der sich einen Stürmer vom Leib hält, zwängte er sich in den Spalt hinein.

Was sie erblickten, verblüffte alle, die sich inzwischen vor dem WC versammelt hatten ... bis auf Anders, der wesentlich mehr gehört hatte, als ihm recht gewesen war.

Dort hockte ein Mann mitten in seinem Elend, mit Tränen in den Augen. Er schluchzte und schüttelte seinen Kopf. Der aufgekrempelte Ärmel des Hemdes offenbarte einen halbherzigen Schnitt am linken

Handgelenk. Blut tropfte zu Boden. In seiner rechten Hand zitterte ein Stück des Spiegels.

Handykameras klickten im Stakkato. Anders hatte es längst aufgegeben, die Gaffer vom Fotografieren abzuhalten.

„Kommen Sie!" Er löste Pfeffer die vom Blut rote Scherbe aus der willenlosen Hand und half ihm auf. Die Kollegin sorgte dafür, dass der Gang sich leerte. Sie nahmen ihn in die Mitte und beförderten ihn, ohne ihm erneut Handschellen anzulegen, auf seinen Platz zurück.

Der Kapitän verlautbarte jetzt, dass sie in Kürze den Zielflughafen anflogen, als wäre nichts passiert.

„Musste das sein?" Die Flugbegleiterin kümmerte sich um das mit Blut verschmierte Handgelenk. Sie reinigte es mit Wundspray und Watte aus einem Erste-Hilfe-Koffer und legte ihm dann einen Verband an. Pfeffer starrte vor sich hin, als ginge ihn das alles nichts mehr an. Gerüchte verbreiteten sich von Platz zu Platz und von Reihe zu Reihe.

Anders schaute stoisch aus dem Fenster. In der Ferne zeichnete sich bereits das Weichbild Wiens ab. Von hier oben aus strahlte die Stadt eine Ordnung aus, die leider verflog, sobald man sich in ihren krummen Gassen verlor. Man landet, und alles, was oben noch in der Schwebe zu sein schien, unterliegt mit einem Mal wieder der alten Schwerkraft, dachte er.

19

Anders war erleichtert, als Markus Pfeffer vor dem Flughafen direkt von der Kollegin in einen Streifenwagen verfrachtet wurde. Zu lange hatte er auf den Nacken jenes Mannes gestarrt, den er um die halbe Welt verfolgt hatte. Dabei konnte man schon auf Gedanken kommen, die man besser für sich behielt.

Während er mit einem Taxi in Richtung Stadt fuhr und sich fragte, ob er ins Büro oder nach Hause fahren sollte, wurde er das Gefühl nicht los, dass Pfeffer ihm noch einiges zu sagen hatte.

Er bat den Fahrer, die Klimaanlage auszuschalten und das Fenster auf seiner Seite zu öffnen. Murrend kam dieser dem Wunsch seines Fahrgastes nach. Dass er ihn als Zumutung betrachtete, weil er Forderungen stellte, war kaum zu übersehen.

Doch jede Brise war besser als der Luftzug aus der Klimaanlage. In Singapur hatte er gedacht, einen Kühlraum zu betreten, wenn er vor der schwülen Hitze irgendwo hineingeflüchtet war. Je näher sie dem Zentrum kamen, desto dichter wurde der Verkehr.

„Was ist denn heute los?“ An Sonntagen kam es sonst nie zu Staus vor den Ampeln.

„Eine Demo“, murrte der Fahrer und zog laut die Nase hoch. Anders befürchtete, er könnte ausspucken, um es zu bekräftigen.

„Für was denn?“

„Gegen den Verkehr in der Innenstadt. Gegen Autos und überhaupt alles, was das Leben erleichtert! Und weil die Idioten die Zufahrtsstraßen blockieren, stehen wir bald im totalen Stau!"

Sie näherten sich jetzt der Abzweigung, an der es ins Büro oder nach Hause ging. Wenn er sich vorstellte, was auf dem Gürtel los war, oder auch auf dem Ring, und dass Clara jetzt wohl kaum im BK sein würde, blieb ihm nur, den Gang in die Wohnung anzutreten. Er hatte allerdings kein gutes Gefühl dabei. Wer im Streit ging, musste bei seiner Rückkehr nämlich auf manches gefasst sein.

„Zum Kai", sagte er.

Der Fahrer überquerte im letzten Moment die stark frequentierten Spuren, um die Ausfahrt noch zu erwischen.

„Dort wird aber kein Durchkommen sein! Es gibt Blockaden auf den Brücken über den Donaukanal. Ich würde die ja mit Wasserwerfern einfach von der Straße spülen!"

Willkommen zu Hause, dachte Anders. „Lassen Sie mich einfach raus, wenn wir nicht mehr durchkommen." Mit gemischten Gefühlen, die ihn oft befielen, wenn er von einem Einsatz zurückkehrte, sondierte er die Lage. Zwischen dem Kanal und dem Kai schlossen die Massen, die aus allen Richtungen herbeiströmten, zu einer Schlange auf, die länger und dicker wurde, je näher sie der Salztorbrücke kam.

Parolen, Symbole und Transparente waren zu lesen:

THIS IS OUR FUTURE, DON'T BE A DREAMER, MIND THE KLIMA!, NO PLANET B, STREIKEN, BIS IHR

HANDELT, WAS WIR TIEREN ANTUN, FÄLLT AUF UNS ZURÜCK, DER CO_2-HANDEL VERRÄT EUCH!

Anders fiel auf, dass viele im Alter seiner Kinder waren. Manche von ihnen auch von Mama und Papa oder Opa und Oma begleitet, die damit alte Zeiten aufleben ließen.

„Was die hier zu suchen haben!"

Das Taxi steckte fast in der Menge fest. Um rote Ampeln kümmerte sich niemand mehr. Die Massen schoben sich bis ins Zentrum hinein. Eine Schlange im Paradies seiner Stadt, wie der Fahrer Anders zu verstehen gab.

Beim absichtslosen Betrachten der Gemengelage, wie es der gute, alte Schopenhauer empfahl, entdeckte Anders schließlich ein bekanntes Gesicht.

War das Leonie?

Dort auf der Brücke, das war doch Leonie! Oder war die Sehnsucht nach seinen Kindern schon so groß, dass sie seine Sinne trübte? „Halten Sie an!"

„Hier?"

„So kommen Sie gerade noch raus, bevor Sie für Stunden in der Demo feststecken. Was bestimmt nicht gut fürs Geschäft wäre, aber noch schlechter für Sie."

Das Taxi rollte daraufhin im Schritttempo an den Straßenrand und hielt an. Einige, die ausweichen mussten, trommelten im Vorübergehen mit ihren Fäusten auf das Dach. Der Fahrer wäre zu gern rausgesprungen und hinterhergerannt, entschied sich aber letzten Endes dafür, seinen Fahrgast abzufertigen. Nach einem kurzen Blick auf das Taxameter legte Anders einen Schein auf den Beifahrersitz. „Viel Spaß!"

Der Taxler zog es vor, auf die Demonstranten zu schimpfen, anstatt sich zu verabschieden.

Mit erhobenem Arm drängte Anders sich in die Menge hinein, die sich über die Brücke schob. Er sah Leonie nicht mehr und ahnte nur, wo sie sich befinden könnte. Er versuchte, seinen Kurs zu halten, während ihn die Menge immer weiter mitzog. Alle Versuche, den Schwarm zu überholen, scheiterten. Sobald er Ellbogen, Hüften und Knie einsetzte wie früher als Torwart der U18, kam er zwar voran, musste aber Drohungen und Rempler einstecken. Unterließ er es jedoch, wurde er sofort zurückgedrängt. In der Mitte der Brücke gab er schließlich auf. Rückwärts ließ er sich zum Rand und aus dem Sog des Stroms spülen. Endlich konnte er seine Schritte wieder selbst setzen.

Er wischte sich den Schweiß von der Stirn und aus den Augen und schlug den Weg zum Karmelitermarkt ein. Leonie hatte er auch in den Wochen, bevor er weg gewesen war, kaum zu Gesicht bekommen. Sie zu umarmen, hätte ihm allerdings Mut gemacht für den Streit mit Marie, der ihn unweigerlich erwartete.

Anders wohnte in einem renovierten Altbau über dem Platz, der von einem Geviert aus ähnlichen Häusern eingerahmt wurde. Je näher er dem Markt kam, desto mehr dünnte die Demo aus. Hier gingen Passanten und Demonstranten ineinander über.

Er holte sich im Pippos zwei Focaccias, die der Chef persönlich für ihn mit Olivenöl beträufelte. Filippo, der von denen, die ihn näher kannten, Pippo genannt wurde, war einer der Händler und Gastronomen, die den Platz bevölkerten. Ein Leben als Dienstleister hatte ihm tiefe Einblicke in die Verfassung des Homo sapiens gewährt.

Studenten, Migranten, Künstler, Alteingesessene, orthodoxe Juden, in der Leopoldstadt ging alles seinen eigenen Gang. Die Gentrifizierung hielt sich hier noch in Grenzen, obwohl das Viertel fast boomte.

Der Lift war wieder einmal außer Betrieb. Hier stimmte einfach die Mischung, dachte Anders, während er sich die ausgetretenen Stufen unters Dach hochschleppte. Einheimisch oder ausländisch, auf keinen Fall aber zu viel vom Selben.

An der Tür waren noch die Spuren seiner Wut zu erkennen. Sie war versperrt, er wurde also nicht erwartet. Es war stickig und schwül. Offenbar war länger nicht gelüftet worden.

Kam er von einer Dienstreise nach Hause, inspizierte er zuerst alle Räume. Eine Marotte von Polizisten, pflegte Marie zu bemerken, wenn sie dabei war. Dass sie jetzt nicht nur nicht da, sondern offenbar komplett verschwunden war, musste er zur Kenntnis nehmen, als er las, was auf einem Zettel stand, der auf dem Spiegel im Bad klebte.

So, lieber Edwin, kann es mit uns nicht weitergehen!

Lieber Edwin nannte sie ihn nur, wenn Ungemach drohte.

Er ließ die Hand mit den Focaccias sinken.

Ich denke, es ist besser, wenn wir uns eine Weile nicht sehen. Aber wie ich dich kenne, hast du bereits geahnt, dass es irgendwann so weit kommen würde. Ich mache nur, wovor ich dich schon seit einiger Zeit warne. Bis auf Weiteres bleibe ich mit Lukas im Haus meiner Schwester, die den Sommer über auf Paros ist. Leonie wollte in der Wohnung bleiben. Sie ist allerdings kaum zu Hause, weil sie bekanntlich die Welt retten muss, wie du ja weißt.

Mach's besser, Chefinspektor! (D)eine Marie.

In der Wohnung, dachte er, nicht *bei Dir.* Das war so typisch Marie, dass ihm ein Stoßseufzer entfuhr. Der Jetlag-Sumpf im Kopf zog ihn immer mehr runter. Er brauchte dringend ein Gin Tonic.

Er schlurfte in die Küche und legte die Focaccias beiseite, denn ihm war der Appetit gründlich vergangen. Marie hatte recht. Mit dem Alltag war über die Jahre hinweg etwas zwischen sie geraten. Es hatte harmlos mit Neckereien begonnen, die dann mit der Zeit aber immer giftiger geworden waren.

Es gab Zweifel an zu vielem ... wer was sagte und wer was tat. Lustlosigkeit, von Müdigkeit kaschiert. Es war mühsam geworden, den Anforderungen ihrer Berufe und ihrer Familie zu genügen. Dass Marie als Therapeutin arbeitete, hatte es nicht gerade leichter gemacht. Die Pubertät der Kinder hatte die Misere der Eltern gnadenlos zum Vorschein gebracht. Als ob sie durch deren Probleme ihre eigenen Unzulänglichkeiten wahrnahmen, vergrößert wie durch eine Linse.

Über die Wendeltreppe stieg er zur Terrasse hinauf, das Glas in seiner Linken. Jetzt lag der Markt tief unter ihm, wie ein Wimmelbild. Drehte er den Kopf, konnte er bis zu den Weinbergen in den Außenbezirken sehen. Mittlerweile verstopfte die Demo die Gassen und Plätze im ersten Bezirk. Leonie war wohl irgendwo darunter.

Ameisenstraßen, dachte er.

Der Gin tat gut, stieg ihm aber sofort zu Kopf. Doch er ordnete das Chaos, bevor er ihm in die Glieder fuhr.

Allmählich sah er die Dinge wieder aus der richtigen Distanz. Während er einen kriminellen Banker verhaftet hatte, war ihm seine Frau abhandengekommen. Eine Auszeit ... dabei klang es eher wie eine Eiszeit. Sollte er sie anrufen?

Er suchte in dem Weichbild der Stadt, über der die Hitze waberte, nach der Gegend, in der sich das Haus ihrer Schwester befand. Am Komplex der Justizanstalt Josefstadt, wo man Pfeffer jetzt gerade einsperrte, blieb er hängen. Er durfte ihm keine Zeit lassen, sich von den Strapazen seiner Flucht zu erholen, und ihm vor allem keine Chance geben, Komplizen zu kontaktieren.

Einem Neuzugang würde es allerdings nicht sofort gelingen, sich ein Handy zu verschaffen, denn Neuen begegnete man dort grundsätzlich immer misstrauisch.

Ob er sie anrufen sollte? Nicht, nachdem sie sich nach nur einigen Sätzen auf einem Zettel einfach aus dem Staub gemacht hatte.

Er stieg die Treppe zur Wohnung hinab, nahm sein Handy zur Hand und rief einen Kontakt auf. Während er den Tönen in der Leitung lauschte, stahl sich ein Lächeln in seine müden Züge.

„Ruhig Blut, Eddy!“ Nur sie nannte ihn Eddy. Oft auch nur, wenn er etwas zu ernst nahm. „Marie wird zurückkommen, ob es dir nun passt oder nicht.“ Um ihre Mundwinkel herum zeichnete sich leichter Spott ab, doch er erkannte die alte Zuneigung in ihrem Blick.

Anders kannte keine andere Frau, deren Attraktivität sich mit den Jahren derart entfaltet hatte. Während des Studiums hatte er in diversen Fächern gewildert, die ihn interessierten. Sie hatten sich beim Seminar Medientheorie kennengelernt. Dort war sie noch so unscheinbar gewesen, dass man sie glatt hatte übersehen können. Doch schon bald hatte ihm gedämmert, dass die graue Fassade von Nadja einen scharfen, witzigen Geist verbarg. Mit der Zeit, ihren Tiefschlägen und Erfolgen, war sie schließlich aufgeblüht.

Wenn er sie jetzt anschaute, wie sie an dem Strohhalm saugte, der in ihrem Mojito steckte, während sie seine Lage analysierte, fiel es ihm genauso schwer, seine Gefühle für sie zu sortieren wie vor zwanzig Jahren. „Es geht im Moment gar nicht darum, wann sie zurückkommt", sagte er. „Ich weiß einfach nicht, wie es mit uns weitergehen soll."

„Du weißt, dass ich euch immer beneidet habe, wenn es bei mir mal wieder nicht so gut gelaufen ist. Dieses Durchhaltevermögen in einer Beziehung fehlt mir einfach komplett. Im Rückblick betrachtet, könnte ich es allerdings auch Verbissenheit nennen." Nadja hörte auf, mit ihrem Halm in der Minze zu stochern. Sie blickte ihm tief in die Augen.

Er hätte zu gern gewusst, ob ihr Blick noch immer mehr als nur die Summe verpasster Gelegenheiten verschleierte. „Die Kinder ..." Er wusste einfach nicht weiter. Die Kinder waren zurzeit extrem anstrengend. Aber was hatte er eigentlich sagen wollen? Dass sie nur noch wegen der Kinder zusammengeblieben waren? Bis vor Kurzem war es jedenfalls so gewesen.

„Die Kinder", sagte Nadja. Dann bestellte sie nach, indem sie dem Kellner mit ihrem Glas zuwinkte, in dem das Eis klackerte. „Sie sind aber nicht die Ursache, und das weißt du."

Er ächzte. „Es ist wohl alles zusammen. Die Kinder, und die Arbeit, die verhindert, dass wir mehr miteinander teilen als nur hin und wieder ein Bett, in dem jeder für sich schläft und träumt. Doch vielleicht ist es einfacher, als wir wahrhaben wollen. Das Begehren vergeht oft, früher oder später, und wir wissen nicht, wie uns geschieht. Dann drängen sich Probleme an die Oberfläche, die zuerst von der Liebe unter Verschluss gehalten worden sind."

Nadja lächelte. „Du wirst poetisch, wenn du erschöpft bist, Eddy. Es ist eine Krise, nicht mehr, aber auch nicht weniger. Eine, wie sie uns von Zeit zu Zeit nun mal heimsuchen. Die Ursachen sind vielfältig und nicht leicht zu durchschauen."

Anders zog ein Gesicht. Es war sein Metier, verborgene Ursachen ans Licht zu bringen. „Marie ist der Meinung, dass du etwas damit zu tun hast, dass ich sie nicht mehr so liebe, wie sie es verdient. Sie glaubt, dass ich nicht aufgehört habe, dich zu begehren, und sie uns nur dazwischengekommen ist, damals. Dass sie mich dir wegschnappen konnte, weil du unfähig warst, eine Beziehung einzugehen. Sie befürchtet, dass du es dir, aus Angst vor der Einsamkeit im Alter, noch einmal anders überlegen könntest."

„Hört, hört!"

Dies war ein Thema, bei dem er sich nicht wohlfühlte. Ob er Nadja nach zwanzig Jahren immer noch begehrte, war hier nicht die Frage. Die Frage war eher, was daraus folgte. Freundschaft, ja. Doch mit oder ohne Eros? Diese Frage überforderte ihn nach dem dritten Gin Tonic deutlich. Oder war es schon der vierte? Er wechselte lieber das Thema. „Ich habe mich noch nicht für den Tipp bedankt. Hast du eine Ahnung, warum sein Komplize nicht aufgetaucht ist? Und welche Fäden in dem kleinen Laden in Chinatown in Singapur zusammenlaufen? Woher hast du deine Informationen?"

„Ich schütze meine Quellen, das weißt du doch! Wenn die nicht mehr sprudeln, muss ich mich nämlich bei der Konkurrenz mit Copy-Paste-Orgien und gefakten Storys verdingen. Was das angeht, wirst du von mir immer ein Nein zu hören bekommen. Ich weiß auch nicht mehr, als dass sie zusammen in die Bank wollten und im Raffles verabredet waren. Meine Informationen sind von jemandem, der enttäuscht darüber ist, wie sich die ganze Sache entwickelt hat."

Er hörte aus ihren Worten etwas heraus, was sie vielleicht gar nicht meinte. *Von mir immer nur ein Nein!* Und: *Weil du es bist.* Wovon redete sie eigentlich? Er sollte besser nach Hause gehen und sich ausschlafen!

„Der Chefredakteur will schon nächste Woche den Artikel zum Fall Emission Sales rausbringen."

„Und das gefällt dir nicht?"

„Ganz und gar nicht! Nicht, bevor ihr Pfeffers Komplizen habt. Denn was zu früh veröffentlicht wird, spielt diesem unweigerlich in die Hände."

Das stimmte, Anders wusste das. Doch welches Motiv konnte es geben, eine, die davon lebte, Brisantes zu veröffentlichen, davon abzuhalten, mit der Hälfte einer Story an die Öffentlichkeit zu gehen, wenn unsicher war, ob die andere Hälfte je aufgedeckt werden würde? „Morgen spreche ich mit Clara und dann noch einmal mit Pfeffer. Vielleicht macht ihn die ungewohnte Umgebung ja mitteilsamer." Wenn der erste Schock der

Verhaftung vorüber war, entschieden sich viele zur Zusammenarbeit, um zu retten, was noch zu retten war.

Nadja winkte ab, als er noch eine „jetzt aber wirklich letzte“ Runde bestellen wollte.

Unterwegs begegneten sie den letzten versprengten Demonstranten, Schilder und Transparente auf halbmast oder unter den Armen, auf der Suche nach dem Ort, wo sie ihren rebellischen Durst löschen und Pläne zur Rettung einer kranken Welt schmieden konnten. Für die sie ja gar nichts konnten. Die sie geerbt hatten wie einen Berg Schulden.

Wie früher, wenn Marie nicht zu Hause gewesen war, gab es diesen einen Moment, als er sie umarmte. Als er sich fragte, ob er sie bitten sollte, noch mit hochzukommen. Der Druck ihres Körpers an seinem weckte unwillkürlich Erinnerungen in ihm, die älter als zwanzig Jahre, aber von der Zeit nicht ausgelöscht worden waren. „Man hört und sieht sich“, murmelte er, während der Schlüssel erst beim dritten Versuch ins Schloss fand.

Er fragte sich, warum sie das Telefonat nicht einmal in Anspielungen erwähnt hatten.

20

Von den beiden Extremen, nach einem Rausch zu erwachen, vollkommen verkatert oder wie neugeboren, hatte Morpheus ihm das zweite beschert.

Anders stieg mit diesem Gefühl aus dem Bett, dass der Tag mit einer Chance beginnen würde. Noch wusste er allerdings nicht, ob sich das auf Marie, auf Nadja oder auf Pfeffer und den Fall bezog. In der Realität sah alles ganz anders aus. Seine Frau war ausgezogen. Nadja hatte das spezielle Telefonat einfach ignoriert. Leonie machte, was sie wollte. Lukas hatte er noch nicht einmal gesehen, und Pfeffer würde im Verhör, obwohl man es ihm nicht zutraute, nur äußerst schwer zu knacken sein. Dennoch würde sich alles fügen, wenn er nur dranblieb, das spürte er.

Nach einem Frühstück in Shorts und T-Shirt an der Kücheninsel, stehend, klaubte er seine Sachen zusammen. Den Dienstausweis, die Glock, die er wegsperren müsste, die Sonnenbrille und sein Schweizermesser.

Die Dienstvorschriften in Gestalt von Oberst Grabowski zwangen ihn dazu, auch in der Hitze dieser Hundstage ein Sakko zu tragen. Dazu noch ein hellgraues Leinenhemd, und darüber ein Leinenanzug, blau wie der Himmel zur nämlichen Stunde.

Mit einem Blick in den Spiegel vergewisserte er sich, dass die Farbe der Schuhe zu seinem angegrauten Haar passte, das einst kastanienbraun gewesen war, und die des Anzugs zur Farbe seiner Augen. Beim zweiten Blick war plötzlich eine junge Frau an seiner Seite, die ihn aus dem Spiegel ansah.

„Leonie!“

Sie hatte lila und grüne Strähnen in ihrem kupferfarbenen Haar.

„Du gehst schon wieder?“ Ohne auf die Antwort zu warten, machte sie zwei Schritte nach vorn und drückte sich kurz an ihn. „Papa, bleib doch noch, bis ich gefrühstückt hab. Ich muss danach auch gleich wieder weg.“

Er stellte sich noch einmal an die Kücheninsel, sah ihr zu, wie sie ihren Fairtrade-Tee aufgoss und, während der Tee zog, ihr Bio-Müsli mit Bio-Bananen vermischte, bevor sie es mit Sojamilch flutete.

Leonie hatte seit Jahren ein eigenes Regal mit ihren Lebensmitteln, an die sie niemanden ranließ. Er, der sich etwas darauf zugutehielt, beim Kauf von Fisch und Fleisch im Supermarkt oder Restaurant immer darauf zu achten, ob die Tiere artgerecht gehalten wurden, biss damit bei ihr auf Granit. Nachsicht wurde ihm bisweilen nur dann zuteil, weil er, wie sie fand, noch kein vollkommen hoffnungsloser Fall war. Einer, der es gut meinte, aber nicht sah, wie er von der Lebensmittelindustrie über den Tisch gezogen wurde.

Sie war nicht mehr sein kleines Mädchen, das wurde ihm klar, wenn er sie beobachtete. Sie war auf dem Weg, ein Mensch mit einem eigenen Willen und eigenen Ansichten zu werden, die sich leider nur selten mit seinen deckten.

„Falls du dich fragst, wo Lukas und Mama geblieben sind, soll ich dir ausrichten, dass sie bis auf Weiteres im Haus meiner Tante wohnen."

„Ich weiß. Sie hat's mir aufgeschrieben."

Als ob das als Beweis einer noch funktionierenden Ehe durchgehen könnte.

„Lasst ihr euch scheiden?"

Typisch Leonie, nie drum herumreden, immer geradeaus drauflos. Anders fühlte sich bemüßigt aufzulachen, bevor er sagte: „Davon kann gar keine Rede sein!" Er hatte noch keine Zeit gehabt, sich in Ruhe mit der neuen Situation zu beschäftigen. Später würde er jedoch Marie anrufen und mit ihr ein paar Dinge klären.

„Die Ehe wird überschätzt", sagte Leonie nur und schaufelte weiter Müsli in sich hinein.

Mit diesem Tonfall konnte er sich kaum anfreunden. Sie hatte nicht einmal einen festen Freund. Aber was wusste er denn schon! Bevor sie zu Fridays for Future gegangen war, hatte sie einen Freund gehabt. Er war schwarz gewesen, und ebenfalls ein Aktivist für die grüne Sache.

Er hatte sie nicht gefragt, ob er auch ein Sexfreund gewesen war. Er war sich nicht sicher gewesen, ob sie nur testen wollte, wie er auf diese Nachricht reagierte. Solche Taktiken wandten sie auch bei Verhören an.

Das sei schon okay, hatte er gesagt. Später hatte er ihn dann auch kennengelernt. Jetzt fiel ihm der Name wieder ein, den er vergessen hatte. Felix Simba Azikiwe. Der Sohn eines Afrikaners und einer Österreicherin, der schließlich nach Afrika gegangen war, um nach seinen Wurzeln zu suchen. Seit sie sich Fridays for Future und er sich Extinction Rebellion angeschlossen hatte, hatten sie einander, soviel er wusste, nicht mehr gesehen.

„Bleibst du dieses Mal länger?“

Diese Frage erstaunte ihn, denn es war normal, nicht über sein Kommen und Gehen zu sprechen. Das war nun mal Teil seines Berufs, daran war nicht zu rütteln. Während es Lukas kränkte, wenn er so oft unterwegs war, hatte Leonie irgendwann offenbar beschlossen, so zu tun, als ob nichts wäre. Kam er von der Verfolgung eines Kriminellen zurück, begrüßte sie ihn freundlich, als wäre er nur auf einen Caffè im Pippos gewesen. Sein Sohn hingegen schmollte manchmal, bis er erneut wegmusste.

Anders schüttelte diese Gedanken ab und sah beiläufig auf die Uhr an seiner Linken. Bis wann konnte er sich Markus Pfeffer vorführen lassen? „Kann sein, hängt ganz davon ab“, sagte er dann doch noch, um auf ihre Frage zurückzukommen.

Leonie wusste, wovon es abhing, und fragte daher nicht nach. „Mit dem CO_2-Abdruck, den du hinterlassen wirst, darfst du in deinem nächsten Leben nur noch zu Fuß gehen und Rad fahren!“

Es klang wie ein Scherz, doch er wusste, sie meinte es todernst. Er hatte keine Lust auf das Gespräch, bei dem er als Vielflieger grundsätzlich den Kürzeren zog. Dass er oft beruflich flog, wurde ihm von ihr widerstrebend angerechnet. Doch unterm Strich stand immer ein fettes Minus. „Du warst auf der Demo gestern?“

„Wer oder was hätte mich davon abhalten können?“

„Ich hab dich gesehen ... auf der Brücke über den Donaukanal.“

„Schon möglich.“

„Im nächsten Schuljahr steht die Matura an." Er wollte ein anderes Thema anschneiden.

„Sicher, Papa. Aber darüber zu reden, ist gerade in den Ferien nicht so cool."

„Aber es ist wichtig."

„Ja, die Matura ist bestimmt das Wichtigste, auch wenn das Ökosystem bald kollabiert!"

„Bis es so weit ist, ja!"

„Ich will mir ein Tattoo stechen lassen. Erlaubst du´s?"

„Frag Mama, die weiß immer besser als ich, was erlaubt ist und was nicht." Was für Worte aus dem Mund eines Polizisten!, dachte er.

„Mama hat schon nein gesagt."

Er gab ihr einen Kuss auf die Wange und drängte sie zum Aufbruch. „Ich überleg's mir, in Ordnung?"

Auf dem Weg ins BK wurde er das Gefühl nicht los, die Begegnung mit Leonie sei missglückt. Alles, was er gesagt hatte, war nicht so rübergekommen, wie er es gewollt hatte. Verdächtige beklagten sich mitunter, dass dies der Fall sei, wenn Clara und er sie verhörten.

Warum hatte er seiner Tochter sein Wort gegeben, in der Stadt auf das Auto zu verzichten? Weil er sich nicht vorstellen hatte können, dass nur ein Teil der U-Bahnen klimatisiert war, wie dicht gedrängt man dort stand und dass es in der Stadt schon am Vormittag so unfassbar heiß werden würde.

Am Schottenring wechselte er aus der U2 in die U4 und fuhr bis zur Station Spittelau. Von hier aus waren es nur ein paar Hundert Meter ins BK. Der von einem

Künstler entworfene Schlot der Müllverbrennungsanlage glänzte im Licht wie ein goldenes Ufo.

Wenn er Marie nicht bald anrief, würde sie es als Bestätigung nehmen, dass sie richtig gehandelt hatte. Er aktivierte daher ihre Nummer und tippte auf den grünen Telefonhörer. Sie nahm das Gespräch an, sagte aber nichts.

Er räusperte sich, sagte, dass es ihm leidtat, dass er nicht mitgekriegt hatte, dass sie es mit ihm gar nicht mehr ausgehalten hatte.

„Ich will das nicht am Telefon besprechen", sagte sie nach einer Weile.

Er fragte sich, ob sie das Gespräch abbrechen wollte.

„Wenn du mal da bist, verstehen wir uns nicht und reden nur noch aneinander vorbei."

„Was schlägst du vor?"

„Was ich dir schon einige Male vorgeschlagen habe und du bis jetzt mit allen möglichen Ausreden verschleppt hast."

Eine Paartherapie! Dass er ihr Vertrauen in diese Maßnahme nicht teilte, hatte schon mehrmals zu Streit geführt. Aber sie war noch nie so weit gegangen, ihre Sachen zu packen und zu verschwinden. Oder hatte er die Hinweise einfach nicht richtig gedeutet? Gab es vielleicht einen anderen Mann in ihrem Leben? Aber er wagte es nicht, Marie diese Frage zu stellen. „Wie geht`s Lukas?"

„Lenk gefälligst nicht vom Thema ab!"

„Also gut, ich denk darüber nach."

„So kann es mit uns jedenfalls nicht weitergehen."

„Sobald dieser Fall, an dem wir dran sind, gelöst ist, könnte ich mir Zeit für uns nehmen."

„Das kommt mir bekannt vor."

„Dieses Mal meine ich es ernst."

„So lange sollten wir aber nicht warten. Ich sende dir Terminvorschläge, sobald ich selbst welche bekomme."

Sie war anscheinend zu Fuß unterwegs, denn er konnte sie atmen hören. Das Atmen erschien ihm vertrauter als die Person, die gerade mit ihm sprach.

„Ich werde tun, was ich kann."

„Wenn du wissen willst, wie`s Lukas geht, ruf ihn doch einfach an."

„Das mach ich. Bis bald."

„Bis dann."

Der Portier, ein ehemaliger Streifenpolizist, der humpelte, seit er bei einer Demo niedergetrampelt worden war, setzte die Kappe auf, als Anders ihm zunickte. „Morgen, Chefinspektor! Wie geht's? Verdammt heiß, was?"

„Morgen Fiebich. Geht so. Jetzt schon so heiß, ja", erwiderte Anders und winkte mit einer Hand ab, als würde das sowieso nichts mehr werden mit dem Wetter. Fiebich gehörte zu jenen Exemplaren der Spezies, die es ja immer schon gewusst hatten, egal, worum es auch ging. Bisweilen hatte er ihn im Verdacht, jeden zu bespitzeln, der hier ein und aus ging.

Im Büro schienen sie nicht gerade auf ihn gewartet zu haben. Er warf nur einen kurzen Blick hinein, dann ging er hinüber zu Clara, die mit ins Haar gesteckter Sonnenbrille hinter dem PC saß und am Bericht über Pfeffers Verhaftung schrieb. Die Jalousien waren geschlossen, konnten aber nicht verhindern, dass ein Muster aus gleißendem Licht in den Raum hineinfiel.

Dass sie ihm diese Schreibarbeit abnahm, stimmte ihn so dankbar, dass er sie am liebsten umarmt hätte. Er wusste, dass sie die physische Nähe von Frauen bevorzugte, also ließ er es auch dieses Mal bleiben. Sie pflegten andere Rituale, um sich einander zu versichern.

Er legte einen Baumkuchen aus Singapur vor sie auf den Tisch, den er im Duty-Free-Shop erstanden hatte, verpackt wie ein Schmuckstück. „Das wolltest du doch unbedingt probieren, oder?"

Clara begutachtete das Geschenk von allen Seiten und freute sich darüber wie ein Kind. „Das hast du dir tatsächlich gemerkt?"

Sie kamen jetzt sofort zur Sache. Er klärte sie über Einzelheiten auf, die er ihr am Telefon nicht gesagt hatte, und sie machte sich Notizen für ihren Bericht. Dabei wurde deutlich, was er ohnehin schon geahnt hatte, seit er im Flugzeug zu lange auf Pfeffers Nacken gestarrt hatte: Dass es zu früh war, diesen Fall ad acta zu legen.

Sie hielt es ebenfalls für keine schlechte Idee, Pfeffer im Gefängnis einen Besuch abzustatten, bevor dieser die Gelegenheit erhielt, seinen Anwalt zu konsultieren.

Sie vermuteten, dass er, trotz der Entgleisung auf der Toilette des Flugzeugs, nicht alle Hoffnung aufgegeben hatte. Bishop war verschwunden, die Beute steckte in den Speichern der Computer der Bank of East Asia und ließ sich, weil er in Haft war, nicht materialisieren. Seit er aus Frankfurt und vor der Vernehmung geflohen war, war einiges aus dem Ruder gelaufen. Dennoch würde er nicht so schnell aufgeben, dachte Anders. Dass er in Singapur hatte verhindern können, dass

Pfeffer erschossen wurde, hieß nicht, dass dieser in Sicherheit war. Ganz im Gegenteil. Das Gefängnis war ganz und gar kein sicherer Ort. Das wusste Pfeffer hoffentlich so gut wie er.

Die Konten, auf denen das Geld aus den Geschäften mit dem CO_2 gelandet war, waren von Lis Abteilung für Cyberkriminalität noch nicht entdeckt worden. Immerhin konnte Anders ihnen nun einen Tipp geben, wo sie nach dem Geld suchen sollten. Aus Frankfurt waren noch keine neuen Erkenntnisse gekommen, um wen es sich bei dem Toten auf dem Hügel handelte.

Clara stopfte gerade alles, was sie benötigte, in ihre Umhängetasche, als ihr Telefon vibrierte. Während sie mit Ja oder Nein antwortete, warf sie Anders Blicke zu, die andeuteten, dass es bei dem Gespräch um ihn ging. „Grabowski und Kranebitter wollen mit dir reden", sagte sie, nachdem sie aufgelegt hatte.

„Das hat doch bestimmt Zeit, bis wir mit Pfeffer gesprochen haben." Denn er wollte endlich los.

„Die sehen das nicht so", sagte Clara, hob ihr Kinn und verdrehte die Augen zur Decke.

Anders unterdrückte einen Fluch, den er ihr nicht zumuten wollte. Er schaute auf die Uhr. „Warte auf mich. Ich eise mich so schnell los, wie es geht."

Während er in den siebten Stock hinaufstieg, weil der Lift gerade besetzt war, sank seine Laune in den Keller. Dass die Abteilungsleiterin ihn im Büro des Vizedirektors erwartete, verhieß nichts Gutes. So sehr sie ihn oft auch in Schutz nahm, so wenig vermochte sie auszurichten, wenn der Oberst mit dem falschen Fuß aufgestanden war, oder dem Innenminister im Wort, einem

Du-Freund des Direktors, mit dem sie auf die Jagd gingen.

Die Karten waren ausgeteilt, aber noch keineswegs aufgedeckt. Das spürte er sofort, als er mit einem Klopfen eintrat. Seit der Direktor krankgeschrieben war, was jetzt schon eine ganze Weile der Fall war, angeblich wegen etwas Ernstem, residierte Oberst Grabowski in dessen Büro.

„Manieren bedeuten Ihnen ja nichts, das weiß ich", sagte der Oberst in einem beleidigten Tonfall. „Genauso wenig wie Hierarchien."

„Wie bitte?"

„Man klopft an und wartet, bis man hereingebeten wird", schaltete sich nun Anders' Chefin ein. Es klang so, als wollte sie sich für ihn entschuldigen wie für ein ungezogenes Kind.

„Aber jetzt zur Sache, Anders." Der Oberst wischte sich mit einem Tuch Schweiß von der Stirn. „Ich vertrage Klimaanlagen nicht", ächzte er. „Der Luftzug macht mich jedes Mal krank! Wie ich gehört habe, sind Sie nicht umsonst nach London und Singapur geflogen, obwohl Sie wieder einmal vergessen haben, sich diese Reisen bewilligen zu lassen. Jedenfalls wird es den Minister freuen, dass dieser Fall geklärt werden konnte." Er tat, als suche er nach etwas. „Was unsere Beteiligung angeht zumindest", fügte er hinzu.

Kranebitter nickte verbindlich, aber auch zögerlich, wie Anders bemerkte.

„Die deutschen Kollegen werden sich gedulden müssen", fuhr der Oberst fort, „bis wir diesem Pfeffer den Prozess gemacht haben. Danach können sie ihn gerne haben! Inzwischen sollten sie sich um den anderen kümmern, diesen Toten auf dem Hügel. Was der mit der ganzen Sache zu tun hat, wissen die Kollegen in Frankfurt nämlich immer noch nicht!"

„Den Namen des Opfers kennen wir leider noch nicht", unterbrach Anders ihn. Namen, auf die man andernorts in ähnlichen Zusammenhängen gestoßen war, waren von Hendricks und Lis Leuten durch die Datenbanken von Europol gejagt worden, aber ohne Erfolg bislang. „Die deutschen Kollegen sind sich noch immer nicht ganz sicher, ob Pfeffers anonymer Komplize überhaupt existiert." Bei diesen Worten fiel ihm ein, dass er Hendrick dringend ein paar Infos darüber zukommen lassen musste, was ihm in London passiert war.

„Ein Phantom also?"

Anders dachte daran, wie er in Bishops Gesellschaft in der Themse versenkt worden war. „Ein Phantom, Herr Oberst, das mir ab und zu Kopfschmerzen bereitet."

Sie sahen dem Oberst an, dass er das nicht witzig fand. Obwohl es beinahe so klang. Sie verzichteten auf ein Lächeln. Anders warf einen Blick auf die Uhr über der Tür. Er fragte sich, ob sie Pfeffer heute wohl noch zu Gesicht bekommen würden.

„Kann man aber schon so sehen", versuchte Kranebitter bei der Sache zu bleiben. „Nach allem, was wir und die Deutschen jetzt wissen, hat er sich offenbar in Luft aufgelöst. Es würde mich nicht wundern, wenn nicht einmal Pfeffer den Mann persönlich kennt, der hinter dem Betrug mit dem CO_2 steckt."

Anders erinnerte sich aber nur zu gut an London, an Bishop und seinen Chef Burnside. Und an den

Handlanger, den er zwar nicht gesehen, aber umso intensiver gespürt hatte. Ihm platzte nun der Kragen. „Also gibt es den Hintermann gar nicht und wir lassen uns von Pfeffer nur verarschen?“ Dass Bishop ihm durch die Lappen gegangen war, setzte ihm noch immer zu. Er zweifelte weder an den Hinweisen von Nadja noch daran, dass Bishop Pfeffers Komplize ist … oder gewesen war. Was er unterwegs erlebt hatte, hatte ihm die Augen gerade so weit geöffnet, dass sich eine vage Vorstellung von dem Ganzen in ihm abzeichnete. Aber leider ein zu unscharfes Bild, um sich sicher sein zu können. Theorien machten sich nicht nur in der Wissenschaft am besten, wenn sie von Beweisen gestützt wurden, sondern auch vor Gericht. Ob der Tote im Glassturz als Komplize infrage kam, konnte im Moment jedenfalls noch niemand sagen und auch nicht, was es mit den Aktivisten auf sich hatte. So wie sie den Fall nun im Internet instrumentalisierten, konnten sie durchaus ihre Finger im Spiel haben.

„Der Vogel sitzt jedenfalls endlich im Käfig“, sagte der Oberst und erhob sich, um das Gespräch zu beenden.

„Wo ich ihn zum Zwitschern bringen werde“, versicherte Anders in einem Tonfall, bei dem sich auch die Chefin angesprochen fühlte.

„Lassen Sie die Finger von ihm“, zischte sie, als der Oberst wieder kurz abgelenkt war, weil er seine Zigaretten verlegt hatte.

Mit der Verdrängung aller offenen Fragen stand, wie Anders wusste, dem Spaziergang des Obersts in sein Kaffeehaus am Alsergrund nichts mehr im Weg.

„Um Ihren ominösen Komplizen sollen sich gefälligst die Deutschen kümmern, wenn es ihn überhaupt gibt.

Ehe ich's vergesse, Anders", sagte der Oberst und räusperte sich, „wir sind alle froh, dass Sie in London mit dem Schrecken davongekommen sind."

Der ist auf jeden Fall nicht mein Komplize, dachte Anders, und war außerdem der Meinung, dass dem Oberst auch in diesem Fall mal wieder der Durchblick fehlte. Dass er beinahe in der Themse versenkt worden war, bewies doch, dass er in London schlafende Hunde geweckt hatte. Der Oberst gab sich oft mit dem Naheliegenden zufrieden, wenn es nur seinen Intentionen auf das Amt des Direktors entgegenkam, das bald vakant sein würde. Was sich jenseits von Österreichs Grenzen tat, wo sein Zielfahnder meistens operierte, tat er daher gern mit einem Lächeln ab. Es war schon wichtig, gewiss, aber für ihn war es lange nicht so wichtig wie die Einladung zu einer zünftigen Jagd, wo die Politik gemacht wurde, von der im Parlament die Rede war. Er, Anders, konnte sich zwar, wenn es darauf ankam, auf Oberst Grabowskis Unterstützung verlassen, aber auf Verständnis für seine Arbeit zu hoffen, die seine Familie immer mehr zerstörte, war dann doch zu viel verlangt.

21

Clara zeigte dann ebenfalls wenig Verständnis für den von der Tochter geläuterten Chefinspektor.

Widerstrebend verzichtete er auf die Öffis und ließ sich dazu überreden, zu ihr ins Dienstauto zu steigen. Sie mussten sich nämlich beeilen, wenn sie sich Pfeffer noch vor dem Mittagessen vorführen lassen wollten. Danach schaltete die Justizwache auf stur und ließ sie nur mit einer Genehmigung in den halbgesperrten Bereich.

Er dachte an den Kollegen Hendrick und aktivierte das Blaulicht. Es taten sich daraufhin plötzlich Wege auf, wo sonst kein Durchkommen war. Kurz darauf parkte Clara an der Rückseite des Landesgerichts, auf dem Gehsteig, direkt vor dem Zugang zum Gefängnis.

„Dienstausweis oder Polizeimarke!" Sie durften am Scanner und am Portier vorüber, ohne ihre Utensilien abgeben zu müssen.

Danach eilten sie in den dritten Stock. Bevor sie in den halbgesperrten Bereich konnten, deponierten sie ihre Handys und Waffen in einem Münzsafe.

Nach dem zweiten Blick auf die Uhr veranlasste der Diensthabende die Vorführung von Markus Pfeffer. In einem fensterlosen Raum standen ein paar Stühle wie hingewürfelt da.

Er und Clara griffen sich je einen davon. Einen dritten platzierten sie so, dass Pfeffer mit dem Rücken zur

Wand sitzen musste. Wenn der Ausgang blockiert war, konnten sie ihn leichter in die Enge treiben.

Der Justizwachebeamte führte ihn am Arm wie einen Blinden. Mit einer Warnung, sich ruhig zu verhalten, nahm er dem Gefangenen die Handschellen ab und schob ihn in den Raum hinein.

„Sie schon wieder!"

Anders erwiderte, dass man sich oft schneller wiedersehe, als man denke. Pfeffer lächelte nur. Er schien sich erholt zu haben.

Am linken Handgelenk befand sich ein frischer Verband, den er erstaunt ansah, nachdem er Claras Blick gefolgt war. Mit der Miene eines Tennisspielers, der wegen einer Zerrung ein Spiel abbrechen musste, hob er den Kopf und sagte: „Haben wir in Singapur nicht schon alles besprochen?"

„Sind Sie schon einem Haftrichter vorgeführt worden?"

„Was habe ich davon, ohne Anwalt mit Ihnen zu reden?"

„Sie können Ihre Situation nur verbessern. Kooperieren Sie mit uns, dann werden wir Ihnen ebenfalls entgegenkommen." Clara versuchte es auf die gute Tour.

„Am Nachmittag wird eine Haftrichterin entscheiden, ob ich hier in U-Haft komme oder nach Deutschland ausgeliefert werde."

„Die Kollegen aus Deutschland haben zwar ein Rechtshilfeersuchen gestellt, aber noch keinen Antrag auf eine Auslieferung, soviel ich weiß", sagte Anders.

„Mein Hauptwohnsitz war schon immer in Österreich", sagte Pfeffer. „Ich bin österreichischer

Staatsbürger!" Es klang, als würde er lieber hier vor Gericht gestellt werden.

Es mochte durchaus sein, dass es besser war, in einem Land vor Gericht zu kommen, wo man noch kein Verbrechen begangen hatte, dachte Anders. Dennoch wurde er das Gefühl nicht los, dass Pfeffer schon keine weiße Weste mehr gehabt hatte, als er von der Zweigstelle der Broker Bank in Wien in die Frankfurter Zentrale gewechselt war. Eine Karriere wie seine reichte meist weiter zurück, als selbst Staatsanwälte Angeklagten unterstellten.

„Wir nehmen an, dass Sie hier in U-Haft kommen, und wie es dann weitergeht, werden wir erst noch sehen müssen. Es hängt, wie gesagt, auch von Ihrer Bereitschaft zu kooperieren ab."

Clara appellierte an das Gute in ihm, Anders kannte das schon. Manchmal führte die Nummer mit dem Einsicht-Heucheln, um Nachsicht zu erlangen, tatsächlich zum Erfolg. In Pfeffers Grinsen könnte man Münzen stecken. Sie würden ihn öffnen müssen, wie ein Sparschwein, um an die Wahrheit und an das Geld zu gelangen.

„Wo ist das ganze Geld?"

„Das habe ich Ihnen doch schon gesagt. Aber noch einmal, und zwar zum Mitschreiben: Ich weiß es nicht!" Er kippte seinen Stuhl gegen die Wand und breitete seine Arme aus, wie um zu zeigen, wie unbedarft er in dieser Sache war. „Ich weiß nicht, mit wem ich vor der Bank of East Asia verabredet war. Aber auch ich mache mir natürlich meine Gedanken. Ich vermute, dass es derselbe war, der mich zu diesen Geschäften mit den CO_2-Zertifikaten überredet hat. Chefinspektor, glauben

Sie mir, ich hatte keine Ahnung davon, dass es sich dabei um etwas Illegales handelt, bis diese Steuerprüfer in meine Abteilung eingefallen sind wie die Termiten. Es war an der Grenze zur Legalität, das war mir schon klar. Aber das sind doch die meisten Geschäfte heutzutage, die eine anständige Rendite abwerfen und für die es sich lohnt, aktiv zu werden. Dass es bereits die falsche Seite der Grenze war, habe ich nicht erkannt, oder vielleicht auch ausgeblendet. Es war einfach, in Gesetzeslücken vorzustoßen und sich die Taschen zu füllen, solange es ging. Persönlich habe ich mit dem Mann keinen Kontakt gehabt. Fragen Sie Ihre Kollegen in Frankfurt. Denen habe ich ja wieder und wieder erzählt, wie das Ganze gelaufen ist. Woher haben Sie überhaupt gewusst, wann ich wo sein werde, wenn ich fragen darf?"

„Sie dürfen fragen", sagte Anders, „aber auf keine Antwort hoffen."

Anders rieb sein Ohrläppchen und warf Clara einen Blick zu, der Pfeffer zeigte, was sie davon hielten.

„Für wen arbeitet der Mann, der Sie zu diesen Geschäften überredet hat?"

Pfeffer zuckte mit den Schultern. „Dass mich das nicht interessieren darf, war ein Teil der Abmachung. Bei der Summe, die ich erhalten sollte, ist es mir auch nicht schwergefallen, nicht alles zu wissen." Er lachte auf. „Damit wollte ich mich zur Ruhe setzen. Irgendwo, in Buenos Aires vielleicht." Kurz schien er in Träumereien vom freien Leben in der nicht vorbelasteten Fremde zu schwelgen.

„Erzählen Sie uns etwas über Bishop", sagte Clara ganz nebenbei, so als erwartete sie Anekdoten einer Freundschaft unter Kollegen.

Er wirkte etwas irritiert. Aber nicht wie jemand, dem man eröffnete, dass man seinen Komplizen ausfindig gemacht hatte, sondern vielmehr wie einer, der sich fragte, warum ausgerechnet er hier saß. „Wir sind uns über die Arbeit nähergekommen."

„So nahe, dass Bishop damit einverstanden war, die Handelsfirmen zu gründen, über die Emission Sales weltweit CO_2-Zertifikate aufkaufen konnte?"

Anders Frage kam so scharf und direkt, dass Pfeffer sich an sein Recht auf einen Anwalt erinnerte.

„Sie wissen, dass ich nicht mit Ihnen reden muss!"

„Wenn Sie so viel zu verbergen haben!"

Pfeffer überlegte kurz und sagte: „Bishop und ich, wir sind Freunde, und ich möchte ihn nicht in diese Sache hineinziehen."

„Wie nett von Ihnen", sagte Clara. „Aber verdächtig gemacht hat er sich schon längst selbst. Er steckt nämlich bereits bis über beide Ohren in der Sache drin, wie Sie es nennen. Er wollte meinen Kollegen sogar aus dem Weg schaffen, und dann ist er abgetaucht. Sie wissen nicht zufällig, wo er sich jetzt aufhält?"

Schweigen erfüllte den Raum.

„Haben Sie vor der Bank auf Bishop gewartet?"

„Warum ist die Person, auf die Sie dort gewartet haben, die mit der zweiten Hälfte des Schlüsselcodes zu einem elektronischen Konto, nicht zur vereinbarten Zeit aufgetaucht?"

„Was wollten Sie in dem Laden in Chinatown, nachdem Sie nicht an das Geld herankamen?"

„Warum sind Sie nicht zur Vernehmung in Frankfurt erschienen, wenn Sie nur der Handlanger eines Unbekannten sind?"

Ohne ihm Zeit zum Überlegen oder zum Antworten zu geben, schossen sie ihre Fragen auf ihn ab. Beim nächsten Mal, wenn sein Anwalt dabei wäre, würde es nämlich weitaus schwieriger sein, etwas aus ihm herauszukriegen.

„Max“, sagte er seufzend, „also Max Bishop, der wusste gar nicht, was ich mit den Firmen vorhatte, die er in London für mich gegründet hat.“

Als würde einer mit Schrot auf eine Mücke schießen, dachte Anders. Er stellte sich vor, er spähte durch ein Zielfernrohr und nehme das Schwarze in der Mitte der Tafel ins Visier. „Warum haben Sie einen Mann aus Ihrer Wohnung verschleppt und ihn so grausam getötet?“ Er glaubte gar nicht, dass Pfeffer selbst Hand angelegt hatte. Oh nein, das war nicht die Handschrift dieses Mannes. Aber es war unwahrscheinlich, dass sich alles nach seinem Verschwinden ereignet hatte und er nichts davon wusste. Der Kampf in der Wohnung ... das Blut ... der betäubte Mann, der weggeschafft worden war. Er war sich fast sicher, dass Pfeffer wusste, um wen es sich dabei handelte. Daher wollte er den Eindruck erwecken, dass auch sie wussten, wer das Opfer war.

Kurz verlor Pfeffer seine Beherrschung. Er riss Augen und Mund auf, um laut zu werden, hielt sich dann aber im letzten Moment zurück. Er atmete tief ein und aus und zischte dann: „Sie wollen mir doch keinen Mord anhängen, weil Sie in Ihrem Fall nicht weiterkommen, oder Chefinspektor? Ich denke, wir beenden das Gespräch lieber, bevor Sie mich noch für irgendeinen Terroranschlag verantwortlich machen.“

„Was sollte die Nummer im Flugzeug?“

Pfeffer hatte aufstehen wollen, kippte jetzt aber noch einmal seinen Stuhl an die Wand, bis nur noch die Fußspitzen den Boden berührten. „Ich habe fast alles verloren. Freunde. Reputation. Geld. Die Flucht habe ich mit Geld aus Börsengeschäften finanziert, mit legalem Geld. Ich wusste einfach nicht mehr weiter."

„Inspektorin Fürpass, nehmen Sie ihm das ab?"

Bei Befragungen und Verhören per Sie zu sein, hatte sich bewährt. Es wiegte Verdächtige in dem Glauben, sie würden einander schon auf die Finger schauen, wenn jemand zu weit ging.

Clara nahm Anders' Spiel an. „Ich war nicht dabei und werde mich daher hüten, einfach irgendetwas zu glauben."

„Aber ich war dabei", parierte Anders den Aufschlag. „Ich werde den Eindruck nicht los, dass Sie auf der Toilette nur eine Show abgezogen haben. Ja, Sie waren verzweifelt, und wer wäre das nicht gewesen an Ihrer Stelle. Im Anflug auf Wien, wo sie dieses Mal eine Zelle erwartet hat. Statt der Journaille, an die Sie sich schon gewöhnt hatten, weil sie Ihrem angeblichen Genie in Finanzdingen gehuldigt hat."

Er kippte den Stuhl wieder in die Horizontale. „Es ist heiß hier", sagte er. „In zehn Minuten sollte ich im Speisesaal sein, wenn ich noch etwas von dem Fraß bekommen will, den sie einem hier vorsetzen. Konnten Sie die exzellente Küche Singapurs genießen?"

Täuschte Anders sich, oder hörte er aus dieser Frage irgendetwas heraus, was sie noch nicht thematisiert hatten?

„Ihre Verhaftung habe ich im Chef's Table gefeiert. Sie können, was das angeht, also beruhigt sein."

„Wenn das schon alles war, was Sie wollten."

Pfeffers Süffisanz ging ihm gewaltig auf die Nerven. Da war dieser Unterton, der darauf anspielte, dass er in Singapur gescheitert war, obwohl es ihm gelungen war, ihn zu verhaften.

„Bevor Sie abgehauen sind, haben Sie, wenn ich mich nicht irre, den Frankfurter Kollegen etwas von dem Mann erzählt, mit dem Sie nur telefonisch in Kontakt gewesen sein wollen. Mittlerweile denken die aber auch, dass es nur der Versuch war, die Hauptlast der Schuld auf jemand anderen abzuwälzen", sagte Clara.

„Das wurde aber fallen gelassen, weil es, wie zu erwarten war, zu nichts geführt hat. Ich bin, wie man unschwer erkennen kann, von jemandem hereingelegt worden."

Da war es wieder, dieses Sparschweinschlitz-Grinsen, dachte Anders.

„Das werden wir noch sehen", sagte Clara. „Die deutschen Kollegen finden, dass wir uns, was diesen Fall angeht, um unsere Staatsbürger selbst kümmern sollten."

Pfeffer wirkte auf einmal, als wäre ihm nicht mehr ganz klar, wo er lieber vor Gericht stehen würde. In Deutschland, wo man geneigt gewesen war, seiner Version der Geschichte zu glauben, oder aber hier, wo man ihm seinen ehemaligen Erfolg neidete.

Anders konnte förmlich hören, worüber Pfeffer nachdachte: Es war ein Riesenerfolg, obwohl es schiefgegangen ist. Wenn es einer Regierung nicht gelingt, Steuerschlupflöcher zu stopfen, was geht mich das dann an! Ich mache nur kreativ von Möglichkeiten Gebrauch, die andere schaffen.

Anders riss ihn abrupt aus seinen Betrachtungen. „Nehmen wir einmal an, es gäbe einen Komplizen und irgendwelche Hintermänner, die es auf Sie abgesehen haben, um an das viele Geld zu kommen, mit dem Sie sich aus dem Staub machen wollten. Allein oder zusammen mit Bishop, ganz egal. Diese Leute werden Ihnen garantiert keine Ruhe lassen, egal, ob Sie nach Deutschland ausgeliefert werden oder hier in Haft bleiben. Und diese Leute, glauben Sie mir, Pfeffer, schrecken vor nichts zurück." Malte er gerade den Teufel an die Wand, um Pfeffer dazu zu bringen, endlich auszupacken? Wenn er an das Video dachte, das er sich im Pub angesehen hatte, musste er die Frage mit einem deutlichen Nein beantworten.

Die Vorstellung, er könnte zum Ziel unkontrollierbarer Ereignisse werden, setzte Pfeffer anscheinend so zu, dass er lieber auf eine Frage antwortete, die niemand gestellt hatte, als auf Anders' Warnungen einzugehen. „Geld besteht mittlerweile vor allem aus Zahlen auf Bildschirmen, das wissen sogar Sie, und Sie wissen auch, wie schnell etwas wieder weg sein kann, das nur in den Speichern von Computern existiert und auf Bildschirmen erscheint, damit wir glauben, es sei wirklich da."

Das war sein Metier. Bei diesem Thema blühte er auf.

„Aber es ist doch auch so", warf Clara ein, „dass nichts vollkommen verschwindet und alles stets eine Spur hinterlässt."

„Viel Glück beim Suchen", sagte Pfeffer grinsend und wollte sich erheben.

Clara gab ihm mit einer Handbewegung zu verstehen, dass sie noch nicht fertig waren.

Anders sah, dass er ihm im Moment nicht beikam. Er wollte daher ein paar Zweifel säen. „Ich glaube Ihnen ja sogar, Pfeffer. Es gibt da diesen Unbekannten, irgendwo. Nur weiß ich noch nicht, wer vorhat, wen reinzulegen. Es fällt ihm womöglich sehr leicht, sich damit abzufinden, dass Sie gefasst worden sind, und jetzt kann er tun, was er will, ohne dass Sie etwas dagegen unternehmen können. Ist es nicht so?"

Pfeffer lachte auf. Aber es klang nicht überzeugend.

Anders hinderte ihn am Aufstehen. Er langte über den Tisch, legte ihm eine Hand auf die Schulter und drückte ihn auf den Stuhl zurück. „Ich sehe nur einen Grund, der einen Komplizen daran hindert zu tun, was Komplizen eben so tun, sobald sie in der Lage sind, es zu tun." Er wartete nicht, ob Pfeffer ihn fragen würde, was das sei, sondern fuhr fort: „Und zwar die Furcht des Komplizen vor dem, der ihn kennt. Der, der weiß, wie er heißt, wie er aussieht, was er getan hat und wo er sein könnte."

„Sie sprechen in Rätseln, Chefinspektor", sagte Pfeffer. „Aber ich danke Ihnen dafür, dass Sie mir etwas Gesellschaft leisten. Das Essen habe ich schon verpasst. Aber ich nehme Ihnen das nicht übel. Ich werde einfach meinen Anwalt bitten, mir etwas Essbares zu bringen. Unter diesen Umständen wird man mir das bestimmt kaum abschlagen."

„Denken Sie über das nach, was wir gesagt haben", entgegnete Clara.

Anders musste plötzlich an Leonie und an ihr Engagement denken. „Es ist Ihnen egal, wenn Sie Ihr Geld auf Kosten der Zukunft unserer Kinder machen, das ist mir schon klar", knurrte er.

Clara musterte ihn erstaunt. Was war denn in den Chef gefahren, dass er sich zu einer solchen Bemerkung hinreißen ließ?

Pfeffer antwortete nicht. Er blickte kurz zur Seite und dann wieder auf die Ermittler. Sein Blick fragte, warum sie noch immer da waren, wo sie ihm doch offenbar nichts von Bedeutung zu sagen hatten.

Sie ließen ihn sitzen und teilten dem Beamten, der vor der Tür wartete, mit, dass sie mit ihm fertig waren. Vorerst zumindest. Anders nahm den Mann zur Seite und schärfte ihm ein, Pfeffer, abgesehen von seinem Anwalt, keine Kontakte nach draußen zu ermöglichen.

Es amüsierte Clara, dass sie nicht einmal ein Strafmandat bekommen hatten, obwohl sie direkt vor der Justizanstalt auf dem Gehsteig parkten.

„Der tote Winkel im Auge des Gesetzes“, meinte Anders.

Er fragte sich, wo sein Sohn gerade steckte, was er machte und ob er ihn anrufen sollte. Nur selten wusste Anders, was in Lukas vorging, und er musste genau auf seine Worte achten, wenn er mit ihm zusammen war. Leonie hatte ein zu lockeres Mundwerk, Lukas hingegen sagte nur dann etwas, wenn es spruchreif war. Doch dann stachen seine Worte wie Nadeln ins Bewusstsein der anderen. So ein Typ wie sein Sohn konnte einen im Verhörraum auf die Palme bringen. Aber er liebte ihn so, wie er war. Er nahm sich vor, ihn bald anzurufen.

Clara unterbrach sein Grübeln. „Kommst du?“

Sie wollten die Befragung von Pfeffer noch in Ruhe besprechen. Am besten in einem der Schanigärten, die in den Hinterhöfen der Josefstadt zu finden waren. Auf jeden Fall aber im Schatten, bei einem leckeren Menü und einem gepflegten Pilsener.

22

Felix wusste seit Tagen nicht, was er tun sollte. Er warf sich vor, die Suche nach dem Gast einfach abgebrochen zu haben. Trotz allem hatte er nicht gewollt, dass ihm etwas zustieß, aber das Wetter hatte sich nicht gewendet. Er war gezwungen gewesen, sich in Sicherheit zu bringen und die Suche nach Bishop aufzugeben.

Er hörte sich diskret bei anderen Guides und in Bishops Lodge um. Doch niemand wusste, wo dieser abgeblieben sein könnte. Sein Gepäck war noch da. Nach ein paar Tagen wurde es ins Depot der Lodge gebracht für den Fall, dass er noch auftauchte. Dass er nicht bei einer der Agenturen gebucht, sondern Thabo ihm die Tour vermittelt hatte, ließ ihn hoffen, dass man nicht so schnell auf ihn kommen würde.

Thabo hatte ihm versprochen, nichts zu sagen, wenn er im Gegenzug über jene Nacht schwieg, in der er geholfen hatte, den Löwen zu wildern. Der Partner, mit dem Bishop auf Safari gewesen war, war längst nicht mehr vor Ort.

Er fragte sich oft, weshalb er am Londorossi-Gate darauf verzichtet hatte, die Tour anzumelden, so wie es eigentlich Pflicht war. Etwas hatte ihn dazu gebracht, sich alle Möglichkeiten offenzuhalten. Dass Bishop dann ohne sein Zutun verschwunden war, sollte er als Erleichterung empfinden und nicht als Last. Thabo grinste immer nur vielsagend, wenn sie sich über den

Weg liefen. Seit dessen Mutter nicht mehr in Lebensgefahr schwebte, dachte er, dass es in Ordnung gewesen war, den Löwen zu töten.

Felix wurde von Tag zu Tag trübseliger. Er nahm keine Aufträge mehr an, hielt sich von allem fern und meldete sich schließlich krank. Ende Juli, der verschollene Gast war nicht mehr aufgetaucht, entschied er sich dazu, mit dem Besuch in Österreich nicht bis Weihnachten zu warten. Er musste dringend an einen Ort, an dem er sich von dem ablenken konnte, was hier geschehen war. Dass er das virtuelle Gepäck, jenes Video, das den Tod des Löwen zeigte, und das andere, auf dem Bishop im Nebel verschwand, so kaum hinter sich lassen könnte, ahnte er, schob es aber beiseite.

Die Reisevorbereitungen nahmen ihn ganz in Anspruch. Er redete sich ein, vor dem, was ihm zusetzte, einfach wegfliegen zu können.

Am zweiten August, einem Freitag, verließ er, nach einem Nachtflug mit einem Zwischenstopp in Addis Abeba, zerzaust und unausgeschlafen das Flugzeug. Schon auf der Gangway, am frühen Vormittag, schlug ihm ein Schwall schwüler Luft entgegen. Transferbusse, Flugzeuge und Pisten waren, soweit er es sehen konnte, mit Saharastaub überzogen.

Afrikanische Winde hatten kleine mineralische Teilchen, sogenannte Aerosole, hinauf in die Troposphäre und dann bis nach Europa befördert. Hier waren sie über Nacht niedergegangen, nachdem sie beinahe dieselbe Strecke hinter sich gebracht hatten wie er.

Er nahm die S-Bahn in die Stadt. Ein flaues Gefühl stellte sich bei ihm ein, als er sich Wien näherte. Ob wegen der Freude, heimzukommen, oder wegen der Skepsis, sich dem alten Trott zu nähern, war ihm selbst nicht ganz klar. Wie ein Koloss stand er mit dem Standbein in Europa und dem Spielbein im Osten Afrikas, auf dem Kibo. Blickte er in Gedanken an sich hinunter, wurde ihm schwindlig.

Er wusste noch nicht, wen er besuchen sollte. Fuhr er zuerst zu seinem Vater in die Obersteiermark, wäre seine Mutter gekränkt. Stieg er in die U1 und fuhr zu seiner Mutter, die um diese Zeit bestimmt noch auf der Arbeit war, würde ihn sein Vater damit aufziehen, ein Muttersöhnchen zu sein. Das war sein ständiges Dilemma, seit sie getrennt waren und an verschiedenen Orten lebten.

Wie so oft, wenn ihm dieses Dilemma zusetzte, schlug er schließlich einen dritten Weg ein. Er antwortete auf eine SMS, die er von Leonie bekommen hatte, und schlug ihr ein Treffen im Prater vor. In den Ferien könnte sie mittags Zeit haben. Falls sie ihn überhaupt sehen wollte.

So ganz hatte sie es ihm nämlich nicht verziehen, dass er ohne sie nach Afrika gegangen war. Es stand zwischen den Zeilen der SMS und der Chats. Dass er es zu Weihnachten verabsäumt hatte, sie zu treffen, hatte die Chats sogar zum Erliegen gebracht. Es war ihm aber gelungen, ihr klarzumachen, dass er sie nur nicht hatte treffen wollen, weil er es kaum ertragen hätte, sich erneut von ihr zu trennen. Nach dem Abschied damals war es ihm ziemlich schlecht gegangen. Erst die Konzentration auf das Bergsteigen hatte ihm aus diesem Tief geholfen.

Mit dem typischen Geräusch poppte eine SMS auf dem Display des Handys auf, das er gar nicht erst weggesteckt hatte. Mit einem mulmigen Gefühl starrte er auf die Nachricht. Er fürchtete, nun die Rechnung für sein Verhalten von früher präsentiert zu bekommen.

Lieber Felix, ich werde da sein. Ich freue mich echt, dich zu sehen. Du kannst es dir nicht vorstellen! Leonie.

Er atmete erleichtert auf. Womöglich verstand Leonie doch, was ihn umtrieb. Vielleicht hatte er das nie sehen können, oder sehen wollen, weil er sonst nicht in der Lage gewesen wäre, alles hinter sich zu lassen.

Er fuhr mit der U1 zum Praterstern und wechselte dann in die U2. Danach verließ er die U-Bahn an der Haltestelle Stadion. Mit seinem Rucksack auf dem Rücken wirkte er, als käme er aus den Bergen.

Nach dem Bad in der Menge genoss er die Stille im Prater. Obwohl es in Moshi turbulenter zuging als hier, musste er sich an diese Art des Trubels erst wieder gewöhnen. Denn hier herrschte eine Betriebsamkeit, die schon beinahe an Hektik grenzte. Dort handelte es sich mehr um eine Betriebsamkeit des Müßiggangs. Uhren, so sie nicht längst zum Stillstand gekommen waren, schienen dort irgendwie immer nachzugehen. Stets war genug Zeit da. Vor allem dann, wenn man etwas versäumt hatte.

Er erkannte Leonie erst auf den zweiten Blick, denn sie war inzwischen eine junge Frau geworden. Er unterdrückte den Impuls, aus dem Schatten zu treten und zu ihr zu eilen. Zu beobachten, wie sie, ohne ihn zu bemerken, aus dem Bus stieg und zum Lusthaus ging, ließ die Sorgen, die mitgeflogen waren, auf einmal verblassen. Die bunten Haare standen ihr gut! Sie war kurviger geworden und hatte das Unrunde der Pubertät hinter sich gelassen. Sie wiegte sich in den Hüften. Sogar ein wenig größer erschien sie ihm als vor drei Jahren. Was nicht nur an den Plateausohlen ihrer Sandalen lag.

Er trat aus dem Schatten und machte ein paar Schritte auf sie zu. Er gab sich mit einem Winken zu erkennen, doch Leonie hatte ihn schon entdeckt. Auf den letzten Metern beschleunigten sie beide ihre Schritte. Nach einem Moment, in dem sie nicht wussten, ob sie sich die Hände geben sollten, umarmten sie einander kurzerhand. Es war nicht so wie früher. Es war besser.

Auf dem Weg zu einem Gastgarten an der alten Galopprennbahn, wo Leonies Vater früher immer an den Sonntagen gewesen war, um zu wetten, setzten sie sich an den Tisch unter einem Nussbaum.

Einander in die Augen zu blicken und mit Geschichten zu füttern, war etwas vollkommen anderes, als nur zu simsen. Nach der Begeisterung über das Wiedersehen ließ Leonie ihn, als er näher rückte, spüren, dass sie noch nicht bereit dazu war, so zu tun, als ob nichts gewesen wäre.

Er nahm sich vor, ihr zu beweisen, dass alles einfach nur blöd gelaufen war. Damals, als er sich Hals über Kopf aus dem Staub gemacht hatte, weil ihm alles so sinnlos erschienen war. Vor allem die Streitereien seiner Eltern, die sich um ihr Recht auf ihn beflegelt hatten.

Irgendwann kamen sie auf das Video zu sprechen, das Felix ihr geschickt hatte.

„Hast du die Typen denn nicht angezeigt, die den Löwen gewildert haben?“

„Ich wollte es tun“, sagte er. „Aber es hätte Thabo den Job und die Freiheit gekostet.“ Er erzählte ihr, dass Thabo es für seine kranke Mutter getan hatte.

Es leuchtete ihr ein, machte sie zugleich aber auch wütend. „Die Touristen denken, mit ihrem Scheißgeld können sie sich alles kaufen!“

Im Zeitraffer ließen sie die letzten Jahre Revue passieren. Leonie schwärmte von ihrem Einsatz bei Fridays for Future. Von den Demos, die sie davon ablenkten, dass die Familie zerbrach, weil ihre Mutter nicht mehr länger mit einem Mann leben wollte, der kaum zu Hause war, und wenn er mal da war, brütete er vor sich hin und dachte mehr an seine Fälle und an eine Frau, die ihm dabei half, als an sie und ihre Kinder.

Felix erzählte ihr von Afrika als seiner zweiten Heimat. Aber auch von den Nachteilen des Tourismus, der immerhin Tansanias Wirtschaft wieder auf die Beine half. Ein Phänomen, von dem noch nicht klar war, ob auf lange Sicht die Vorteile die Nachteile überwogen. Er teile die Meinung von Kollegen bei XR nicht, sagte er, dass Safaris verboten gehörten und der Kibo für Touristen tabu sein sollte.

„Apropos Kibo“, unterbrach ihn Leonie. „Was war denn los auf dem Berg mit dem Gast, der auf dem Video im Nebel verschwindet?“ Sie stellte fest, dass sie mit der Frage einen wunden Punkt traf.

Felix druckste eine Weile herum, bevor er damit rausrückte, dass der Gast kurz darauf einfach verschwunden und bis zu seiner Abreise nach Wien nicht mehr aufgetaucht war.

„Und jetzt machst du dir Vorwürfe?“

„Der Typ war ein Arschloch, der einen Löwen gewildert und mich am Berg immer wieder beleidigt hat. Also sollte ich ihn so schnell wie möglich vergessen, doch als Bergführer habe ich die Verpflichtung, mich auch um solche Typen zu kümmern. Und damit auch um Leute, die es richtig finden, Großwild ganz einfach abzuknallen, weil die Zukunft dieser Tiere in ihren Augen ohnehin bald nur noch in Zoos liegt."

„Das setzt dir so zu?"

„Es ist leicht, idealistisch zu denken, aber ziemlich schwer, richtig zu handeln."

Später schauten sie sich die Videos noch einmal gemeinsam an. Es war deprimierend, den Löwen sterben zu sehen. Bei dem Video, das zeigte, wie Bishop im Nebel verschwand, legte sie den Arm um ihn.

Danach zeigte sie ihm das Video, das vor Wochen viral gegangen und nicht mehr aus dem Netz zu kriegen war. Es wunderte sie, dass er davon noch gar nichts mitbekommen hatte. Immerhin schlachtete XR das Video für Propagandazwecke aus. Zuerst war es Aktionskunst gewesen, um darauf hinzuweisen, dass die Erde sich in ein Treibhaus verwandelte. Dann hatte jene Story am meisten Likes bekommen, die mit der Version eines Opfertodes spekulierte. Denn ein Umweltmärtyrer habe sich geopfert und dabei filmen lassen, um die Welt wachzurütteln. Klimawandelleugner, Politiker, die Wirtschaft! Das war nur zu gern geglaubt worden, bis dann in den Medien von einem Mord an einem Unbekannten berichtet worden war.

Felix hatte nichts davon mitbekommen, obwohl er nur ein paar Clicks auf dem Handy davon entfernt gewesen war.

„An genau diesem Punkt“, sagte Leonie, „verbreiten PR-Leute von Extinction Rebellion, dass der Mann getötet wurde, weil er in Verbrechen an der Umwelt verwickelt war. Manche sind sogar der Ansicht, der Tote selbst sei Aktivist gewesen und ein Opfer von Verbrechern, die aus der Zerstörung der Umwelt Profit schlagen.“ Dann sagte sie: „Deine Leute hängen aber auch nur ihre Fähnchen in den Wind, wenn man es näher betrachtet.“

Beide starrten noch immer auf das Standbild des Videos *Tod eines Mörders.* Leonie hatte auf Stopp getippt, als der Tote in der verrenkten Position erschlafft war, in der man ihn gefunden hatte. Obwohl es brutal war, konnten sie ihre Blicke kaum davon abwenden.

„Ich treffe mich bald mit Grünauer“, sagte Felix nun.

„Der ist doch jetzt Chef bei XR in Österreich, oder?“

„Seit Kurzem, ja. Er hat sich gegen zwei moderatere Konkurrenten durchgesetzt. Die Zeit verlangt nach spektakulären Aktionen.“

„So wie in dem Video?“

„Was denkst du denn?“ Dieser Gedanke empörte Felix. „Gewalt gegen Menschen war und bleibt tabu. Es geht doch nur darum, die öffentliche Aufmerksamkeit zu erregen.“

„Kennst du ihn denn so gut, dass du weißt, wie er wirklich tickt?“

„Ich kenne ihn kaum.“

„Dann lass dich in nichts hineinziehen!“

„Ich will doch nur mit ihm reden.“ Er stupste Leonie mit der Schulter an und lächelte, um ihr zu zeigen, wie harmlos das alles war. „Ich will wissen, ob ich diesen neuen Weg, den die Bewegung einschlägt, mitgehen kann."

„Mach doch einfach bei uns mit."

Der Gedanke, dass Felix von XR zu FFF überlief, gefiel ihr.

„Was ihr wollt und tut, ist schon okay, Leonie, aber ihr seid doch nur ein Haufen naiver Kids, die quengeln, bis die Erwachsenen entnervt nachgeben und wenigstens einen Teil ihrer Versprechen einlösen, die sie in der Hoffnung gemacht haben, nie beim Wort genommen zu werden."

Sie schubste ihn etwas von sich und boxte ihm gegen den Oberarm. „Macho!"

„Anwesende natürlich ausgenommen."

Er rückte wieder an Leonie heran, bis sie ein Stück von ihm abrückte, um ihre Unabhängigkeit zu wahren.

„Dann frag diesen Grünauer wenigstens, was ihr mit diesem Video zu tun habt."

„Damit du es deinem Vater stecken kannst? Der benutzt dich doch nicht, um was für ihn rauszukriegen, oder?"

Diese Vorstellung amüsierte sie beide. Dass der Chefinspektor auch davor nicht Halt machen würde, wenn es ihm half, seinen Fall aufzuklären, war ihnen durchaus bewusst.

Felix erinnerte sich daran, wie dieser Mann Leonie mal als Köder benutzt hatte, um Mädchenhändler aus der Ukraine in eine Falle zu locken. Natürlich war alles abgesichert gewesen und für Leonie war es wie ein Spiel gewesen. Eine Rolle in einem schrägen Stück. Ihn aber hatte es daran erinnert, wie ihn sein Vater zum ersten Mal am Dachstein vorsteigen hatte lassen. Es war Winter gewesen, der Fels an vielen Stellen mit einer glasklaren Eisschicht überzogen. Er war fast noch ein Kind gewesen. Um dieser Erinnerung das damit verbundene Unbehagen zu nehmen, kam er schnell auf das zurück, worüber sie gesprochen hatten.

„Bei XR meint man, dass die Zeiten des gewaltlosen Widerstands vorüber sind. Ist man zu nachgiebig, wird man nur vertröstet, betrogen und am Ende ausgelacht, weil man daran geglaubt hat, dass sich das Gute mit guten Mitteln durchsetzen lässt."

„Du solltest uns lieber beim Sitzstreik in der Lobau unterstützen", sagte Leonie, „als dich mit diesem Kerl zu treffen."

Sie blieben unter dem Nussbaum hocken und redeten, bis die Sonne unterging. Leonie überzeugte ihn schließlich davon, noch mit ihr um die Häuser zu ziehen. Die Ferien waren bald zu Ende, und im nächsten Jahr müsste sie ohnehin für die Matura arbeiten.

Felix dachte an die Vorwürfe seiner Mutter, wenn er sie an seinem ersten Tag in Wien versetzte. Aber Leonie übte noch immer einen Reiz auf ihn aus, dem er sich nicht entziehen konnte.

Seine Mutter müsse er einfach anrufen, um ihr zu sagen, dass er später oder erst morgen kommen würde, sagte sie, als würde sie seine Gedanken erraten.

23

Anders betrat Claras Büro, als sie gerade mit Li telefonierte. Im Lift, auf dem Weg aus dem siebten Stock, war seine ohnehin schon nicht gute Laune weiter abgesackt. Immer die alte Leier. Er hatte es gründlich satt.

Weil sie Pfeffer viel zu hart befragt hatten, war der Oberst aus dem Lamentieren fast nicht mehr herausgekommen. Pfeffers Anwalt hatte, wie zu erwarten gewesen war, Beschwerde eingereicht, weil er nicht verständigt worden war. Hätte Kranebitter die Situation nicht entschärft, hätte Anders für nichts mehr garantieren können. Was ihm auf der Zunge lag, hätte ihn Kopf und Kragen kosten können. Pfeffers Anwalt kannte in dieser Stadt anscheinend Leute, die sich gegenseitig auf die Füße traten, um einander einen Gefallen zu tun.

Clara legte auf. Ihre Miene zeigte, wie leid es ihr tat, dass ihm vom Oberst der Kopf gewaschen worden war. Immerhin hatte sie ihm geholfen, Pfeffer in die Enge zu treiben. Dass dieser noch nicht auspackte, hatte wohl damit zu tun, dass er in etwas drinsteckte, das mit seiner Verhaftung nicht zu Ende war.

„Woran hast du dieses Mal gedacht?" Sie versuchte, ihn aufzuheitern. Wenn er mal wieder Opfer der Laune des Obersts wurde, dachten sie immer an etwas, das nichts mit der Sache zu tun hatte. Sie nannten es Guerillataktik.

Abtauchen, wenn es eng wurde, um woanders wieder aufzutauchen.

Anders war aber nicht bereit für die gute Laune, mit der Clara den Tag begonnen hatte. Marie, die mit Lukas im Haus seiner Tante wohnte, hatte ihn bereits frühmorgens am Telefon mit Vorwürfen traktiert, weil er seinen Sohn noch nicht getroffen hatte, seit er zurück war. Und weil er mit ihr noch keinen Termin für die erste Sitzung einer Paartherapie zustande gebracht hatte. Vor allem aber, weil Marie mitbekommen hatte, dass Leonie ihren Ex-Freund mit nach Hause gebracht hatte.

In seinen Eingeweiden braute sich etwas zusammen, das ihm schnell zu Kopf stieg. Er drückte hastig eine Tablette aus der Blister-Verpackung und spülte sie mit einem Schluck Wasser aus Claras Glas hinunter. Reine Prävention, dachte er. Und nur eine Ausnahme, denn er hatte das Gefühl, dass jede Tablette, die er nahm, eine zu viel war.

Aber was zum Teufel sollte er tun?

Leonie war jetzt eine junge, selbstbewusste Frau, die sich nicht mehr sagen ließ, mit wem sie sich einlassen durfte, und schon gar nicht von ihren Eltern. Er hatte ja mitbekommen, dass sie diesen Burschen nie ganz abgeschrieben hatte. Dass er, ohne Leonie miteinzubeziehen, nach Afrika abgehauen war, hatte sie ihm damals sehr übel genommen. Inzwischen hatte sie ihm aber, so wie es aussah, verziehen.

Die Großmut der Frauen, dachte Anders, sofern sie liebten, kannte kaum Grenzen. Aber wehe, diese Liebe wurde enttäuscht!

„Ich habe mir die ganze Zeit vorgestellt, wie er leiden wird, falls er nicht nachrückt, wenn unser Direktor in Pension geht“, sagte er und kam damit auf Claras Frage zurück.

Der Direktor, der Krebs hatte und schon ewig im Krankenstand zu sein schien, hatte seinem Vize Grabowski zwar alle Agenden übertragen, hielt sich aber weiterhin damit zurück, ihn als seinen Nachfolger zu proklamieren. Es hieß, der Direktor habe jedes Vertrauen in den potenziellen Nachfolger verloren, seit dieser sich in seiner Abwesenheit in seinem Büro eingenistet hatte. So als würde er nicht mehr zurückkommen und wäre bereits ein toter Mann.

„Komm“, sagte Clara, „wir schauen mal nach, ob Li was herausgekriegt hat.“

In der Abteilung 5 im fünften Stock, wo die IT-Forensik Daten auswertete, war es so ruhig, als wäre niemand dort.

Erst vor dem Hintergrund des Rauschens der Kühlaggregate im Serverraum, dessen Tür offen war, ist die Stille wirklich zu hören, dachte Anders.

Während sie sich umsahen, weil keiner an seinem Arbeitsplatz war, kam Jonas Li aus dem Serverraum. Er murmelte etwas vor sich hin. „Für euch habe ich was“, sagte er. Er wirkte, als sei er ganz woanders und müsste sich erst wieder an das erinnern, was hier Sache war. Mit einem Kopfrucken beförderte er eine Strähne seines glänzenden, pechschwarzen Haares aus seinem Gesicht. Die auf seine Nasenspitze gerutschte Nerd-Brille schob er mit dem Zeigefinger an ihren Platz zurück. Seine Mandelaugen starrten zwischen Anders und Clara vorbei ins Leere.

Clara sah sich fragend um. „Sind alle ausgeflogen?"

„Polizeigewerkschaft. Sitzung." Er war dafür bekannt, immer kurz angebunden zu sein.

Im BK wusste man längst, dass Jonas Lis Einsilbigkeit nichts mit Unfreundlichkeit zu tun hatte, sondern vielmehr mit dem Hang zum Multitasking. Li hatte immer mehrere Dinge zugleich im Kopf. Wenn ihm die Probleme auszugehen drohten, wurde er sofort trübsinnig und dann stellte er vieles infrage. Die Stadt, in der er lebte, seinen Job, sein Leben als alternder Single und Recht und Ordnung sowieso.

Anders wusste, dass Li in Tokyo ein im wahrsten Sinne des Wortes gesuchter Hacker gewesen war, der seine Dienste an den Meistbietenden verkauft hatte. Es war lange her, die Pfründe genialer Informatiker waren noch nicht abgesteckt gewesen, die Grenzen zwischen Recht und Unrecht durchlässig. Er hatte sich als junger Mann vor den Schikanen der Partei von Shanghai nach Tokyo abgesetzt. Dort hatte er schließlich für die IT-Security von Firmen gearbeitet, die Sportwetten im Internet anboten, bis er nach Wien emigrierte, um, wie er Anders auf einem Polizeifest nach ein paar Gläsern Sake erzählt hatte, seriös zu werden. Jonas Li hatte ihm geholfen, ein paar offiziell vergriffene Bücher zu beschaffen, die ganz oben auf seiner Most-wanted-Liste standen. Er freute sich noch immer jedes Mal, wenn er Fritz Mauthners Philosophisches Wörterbuch zur Hand nahm oder es auch nur im Regal stehen sah.

Wie um sich zu entschuldigen, dass er die Gewerkschaft im Stich ließ, sagte Li: „Ich helfe der Gewerkschaft ja. Was okay ist, unterschreibe ich." Gegen das Klischee von dem mit der Zunge über alle R stolpernden Asiaten, sprach er diesen Buchstaben aus wie ein Mime im Burgtheater vor hundert Jahren.

Clara lächelte. „Das ist okay, Jonas. Deswegen sind wir nicht hier.“ Seinen Vornamen verdankte er angeblich dem Faible seiner Mutter für die Geschichte von Jonas und dem Wal.

Er sammelte sich. „Pfeffer, nicht wahr?“

„Ja.“

„Sein Handy. Einiges darauf ist wohl für immer weg. Es gab zwei Tiefenbereinigungen. Eine schon vor Wochen, ungefähr zu der Zeit, als er in Frankfurt ins Visier der Finanzbehörden geraten ist. Die zweite jedoch erst vor Kurzem. Vor ein paar Tagen, würde ich sagen. Kurz bevor du ihn in Singapur gestellt hast, Edwin.“

„Was ist dann überhaupt noch drauf?“

Li grinste. „Das wollt ihr nicht unbedingt alles sehen. Jede Menge Dick-Pics. Eine Manie des Mannes offenbar. Einige erst gemacht, seit er auf der Flucht ist. Pornos mit einem Fokus auf Teens und Praktiken an der Grenze zum, sagen wir mal Ungewöhnlichen. Aktienkurse und Infos über den Handel mit CO_2-Zertifikaten. Diverse Screen-Shots eines Traders.“

Clara wurde immer unruhiger. „Sonst nichts? Fast nur Sexkram? Das gibt‘s doch nicht.“

„Das“, sagte Li gedehnt, „und Fotos von einer Safari in Afrika. Der Typ war dabei, als sie nachts einen Löwen abgeknallt haben. Ich glaube nicht, dass diese Jagd legal war. Wenn ihr sonst nichts habt, was vor Gericht hält, könnt ihr ihn vielleicht deswegen drankriegen.“ Er lachte.

„Diese Safarifotos, schick uns die, bitte.“

„Dann waren da noch Spuren, die zu Frauen in Frankfurt führen. Prostituierte vermutlich vor allem, soweit ich es sehen konnte. Wer rund um die Uhr im Geschäftsmodus ist, muss sehen, wo er sich hin und wieder erleichtern kann."

Clara schmunzelte. „Damit scheinst du dich ja offenbar auszukennen. Sonst noch was?"

„Ach ja, die Bank of East Asia."

„Kommst du hinter deren Firewall?" Clara hatte ihn gebeten, es in diesem Fall mit der Gesetzeslage nicht allzu ernst zu nehmen.

Li seufzte. „Wenn ich nur könnte, wie ich wollte. Doch diese Zeiten sind für mich vorbei, Leute. Grabowski hat mich im Visier, seit ich für euch die Konten dieses korrupten, hochrangigen, luxemburgischen Politikers durchleuchtet habe. Sowas könnte uns, wenn es rauskommt, in Teufels Küche bringen. Aber ich habe ein wenig in der Kundendatei der Bank geblättert. Markus Pfeffer und Max Bishop, das sagt euch doch was, oder?"

Clara und Anders sahen ihn erwartungsvoll an.

„Die beiden haben dort ein gemeinsames Konto."

Viel war es nicht, das hatte ihm ja Nadja bereits gesteckt. Pfeffer hatte das gemeinsame Konto geleugnet. Dass er in dieser Bank über ein Konto verfügte, hatte er auch nur unter dem Druck der Ereignisse zugegeben. Es erklärte auch, warum er dort gewesen war. Angeblich ein Konto für die Gewinne aus seinen Börsengeschäften.

Das Konto des Kunden einer Bank in Singapur öffnen zu lassen, wäre ohnehin nicht möglich, ohne so viel Staub aufzuwirbeln, dass am Ende ein Politikum daraus würde. In einem solchen Bankenstaat standen die

Bankgesetze stets über allen anderen Gesetzen. Wenn das Geld derer, die es immerhin hatten, nicht mehr sicher war, stand das Funktionieren des ganzen Systems auf dem Spiel.

Bishop und Pfeffer, schwarz auf weiß also! Wenn auch leider vor Gericht kaum zu verwenden. Aber die Spur hatte sich jedenfalls noch nicht als Flop erwiesen.

„Noch was?"

„Der Kerl, der Pfeffer töten wollte, ist englischer Staatsbürger und heißt Mickey Rooney."

Es war nicht das, was sie sich erhofft hatten, aber auch nicht nichts.

„Danke dir, Jonas."

Das könnte der Typ sein, der ihn am Ufer der Themse bewusstlos geschlagen hatte. Anders dachte an den Cockney-Akzent, die Waffe an Pfeffers Kopf und an den Countdown, um ihn zum Reden zu bringen. Er konnte damit leben, wenn der Schädel des Typen nach dem Schlag, den er ihm im Laden im Chinatown verpasst hatte, so lädiert war wie sein eigener, und auch damit, wenn ihm die City Police in Singapur den Rest geben würde.

Später klinkten sie sich auf Anders' PC in eine Videokonferenz mit ihren Frankfurter Kollegen ein. Clara stellte sich Kriminaloberkommissar Hendrick und seiner Kollegin Dorit Uhl kurz vor, dann überließ Hendrick es mit einem gönnerhaften Lächeln seiner Kollegin, die gute Nachricht zu verbreiten.

„Wir wissen endlich, um wen es sich bei dem Opfer im Glassturz handelt", sagte Hauptkommissarin Uhl.

Sie schien erleichtert und auch ein wenig stolz zu sein, dass zumindest dieser Knoten endlich gelöst war. Sie war es auch, die mit der Rechtsmedizinerin Völler die Leiche noch einmal unter die Lupe genommen hatte. Weder Gebiss noch Fingerabdrücke des Toten hatten Erkenntnisse geliefert, die seine Identifizierung ermöglicht hatten.

„Es war der Herzschrittmacher des Mannes, der uns letzten Endes verraten hat, wer er ist. „Kollegin Völler hat ihn entnommen und mithilfe seiner Seriennummer konnten wir die Firma ausfindig machen, die ihn an ein Londoner Krankenhaus geliefert hat. Und mit dem Krankenhaus“, sagte sie, „hatten wir auch den Namen des Patienten.“

Clara und Anders gratulierten ihnen zum Durchbruch. „Um wen handelt es sich denn?“

Nun konnte Hendrick nicht mehr länger an sich halten. Er wollte diesen Elfmeter, den ihm die Kollegin so exakt auf den Punkt gelegt hatte, unbedingt verwandeln. „Der Tote ist Österreicher!“

Anders hätte gern seinen Namen gewusst, seinen Beruf, und wo er gelebt hatte, ohne den Kollegen alles aus der Nase ziehen zu müssen. „Es wundert mich, dass niemand den Mann erkannt hat. Ihr habt doch schließlich Fotos von ihm in den Nachrichten gebracht.“

„Uns wundert es nicht“, konterte Hendrick. „Denn dieser Mann, er heißt übrigens Viktor Winter, war nicht einmal vorbestraft. Er hat seit Jahren in England gelebt und war, wie wir wissen, vom Todeskampf so entstellt, dass ihn, wie Sie doch selbst gesagt haben, selbst seine Mutter kaum hätte wieder erkennen können.“

Anders nickte. Ja, das hatte er so oder so ähnlich tatsächlich gesagt. An einem Tag wie diesem verzichtete er gern darauf, von der Stürmernatur Hendricks unter Beschuss genommen zu werden.

„Und jetzt kommt's", setzte Hendrick seinen Lauf auf Anders' Tor fort: „Pfeffer und Winter haben gemeinsam in der Wiener Zweigstelle der Broker Bank begonnen, vor etwa fünfzehn Jahren!"

Anders sah keinen Grund, sich in Sippenhaft nehmen zu lassen, nur weil ein weiterer Landsmann in den Fall verwickelt war und parierte daher den Vorstoß von Hendrick: „Die bösen Buben aller Länder haben eines sicher nicht gemein, nämlich ihre Nationalität!"

Clara wollte sich diesen Tag auf keinen Fall vermiesen lassen. Um die beiden ehemaligen Wettkampfsportler zur Räson zu bringen und endlich zur Sache zu kommen, dämpfte sie die Rivalitäten daher mit einer Frage nach dem, was über Winter sonst noch bekannt war. Sie richtete ihre Frage außerdem explizit an die Kollegin.

„Wir wissen bis jetzt, dass Winter schon ein paar Jahre vor Pfeffer in die Frankfurter Zentrale gewechselt ist, und danach ist er bald in die Londoner Filiale abgewandert", erklärte Dorit Uhl.

„In die Handelsabteilung", warf Clara ein.

„Ganz genau. Diese hat er sogar geleitet, bis er vor fünf Jahren gekündigt hat, obwohl er sich dort eine goldene Nase verdient hat."

Anders schaltete sich ein. „Ich denke, dass ihm ein gewisser John Burnside als Chef der Handelsabteilung nachgefolgt ist."

„Kann gut sein, das wissen wir nicht. Was wir aber wissen, ist, dass der Mann für Umweltschützer so etwas wie ein rotes Tuch gewesen ist."

„Die konnten aber zum Zeitpunkt seines Todes noch kaum ahnen, dass er etwas mit dem Fall Emission Sales zu tun haben könnte", sagte Clara. „Dieser Betrug ist ja erst vor Kurzem publik geworden, und wenn es, gegen jede Wahrscheinlichkeit, doch so wäre, müsste das Opfer Markus Pfeffer heißen und nicht Viktor Winter."

Hendrick konnte nicht länger von der Außenlinie aus zusehen. „Viktor Winter", meldete er sich mit einem Räuspern zurück, „war nach seinem Ausscheiden aus der Bank weiterhin dick im Geschäft, von da an aber nur noch auf eigene Rechnung."

„Was soll das heißen?"

„Es gibt kaum Umweltsünden, wo er nicht seine Finger drin hatte. Aber immer schön aus dem Hintergrund heraus, ohne sich persönlich zu sehr zu exponieren. Finanzierungen diverser Abbauvorhaben in Asien und in Afrika. Sogar in der Antarktis, auf Grönland und auf dem Grund der Tiefsee."

„Worum geht's da?"

„Öl, Erdgas und Kohle. Alles, was längst viel zu ungesund ist für den Planeten und für uns. Aber auch Kupfer, Platin, Nickel, Mangan, Kobalt und sogenannte seltene Erden, deren Abbau ganze Ökosysteme in den Ruin treiben kann."

„Dann war er für Aktivisten kein unbeschriebenes Blatt", schlussfolgerte Clara.

„Vermutlich nicht", sagte Hendrick. „Ihr denkt an das Video, nicht wahr? Wir haben es inzwischen analysiert."

„Wie sieht das Ganze für euch aus?“, mischte sich Anders wieder ein.

„Anfangs waren wir der Meinung, dass es bei der ganzen Sache nur um Pfeffers Konkurrenten ging. Den ominösen Hintermann, auf dessen Hauptschuld er bis zu seiner Flucht beharrt hat.“

„Und die grausame Inszenierung? War das auch ein Werk von Pfeffer? Das hat ihm doch kaum jemand zugetraut.“

„Wir erleben viel zu oft, wozu Menschen fähig sind, denen wir kaum etwas zutrauen“, sagte Hendrick.

„Vielleicht gerade deshalb“, warf Clara ein.

„Was soll das heißen?“

„Je weniger man einem zutraut, desto mehr fühlt er sich vielleicht provoziert, das Gegenteil zu beweisen.“

„Ja, kann schon sein“, brummte Hendrick, dem diese Sicht auf die Dinge zu abgehoben erschien. „Jedenfalls können wir nicht mehr länger ausschließen, dass Pfeffer auch ein Mörder ist.“

„Oder Bishop“, murmelte Anders in die Faust hinein, auf die er sein Kinn stützte.

„Bishop?“ Hendrick und seine Kollegin horchten auf.

„Ja, Max Bishop. Burnsides rechte Hand in der Handelsabteilung in London.“

Mit einem kurzen Exkurs brachte Anders Hendrick auf den Stand seiner Ermittlungen. Aber er gab nur preis, was Hendricks Team früher oder später ohnehin herausfinden würde. Das ihm und seiner Abteilung entgegengebrachte Vertrauen stimmte Hendrick wieder etwas milder. „Wo hält sich dieser Bishop jetzt auf?“

„In Singapur ist er jedenfalls nicht aufgetaucht“, sagte Anders.

„Wir werden die Londoner Kollegen bitten, ihn zur Fahndung auszuschreiben“, kam ihm Hendrick entgegen.

„Das habe ich bereits vom Krankenhaus aus veranlasst, bevor ich nach Singapur geflogen bin“, erklärte Anders.

„Bis jetzt allerdings ohne Ergebnis“, fügte Clara hinzu. „Bishop scheint längst abgetaucht zu sein.“

„Wenn dem so ist, bleibt euch nichts anderes übrig, als Pfeffer in die Mangel zu nehmen.“

Clara sah, wie gern es Hendrick selbst in die Hand nehmen würde, Pfeffer zum Reden zu bringen. Dass ihn die Haftrichterin, wie Anders ihr erzählt hatte, nur auf freiem Fuß angezeigt hatte, setzte ihm immer noch zu. „Wir bleiben dran“, versicherte sie dem Kriminaloberkommissar. Sie hatte den Eindruck, dass dieser am liebsten durch die Zoom-Leitung nach Wien kommen würde, um sich der Sache persönlich anzunehmen. „Pfeffer bleibt vorerst hier in U-Haft“, sagte sie, um seine Hoffnung, er bekäme den in Deutschland straffällig gewordenen Pfeffer bald in die Finger, direkt im Keim zu ersticken.

„Wir werden sehen, was wir hier über den Toten noch herausfinden können. Ihr kümmert euch derweil um Pfeffer. Falls wir was haben, tauschen wir unsere Ergebnisse aus. In Ordnung?“, fragte Dorit Uhl.

„Das nenne ich Kooperation im Sinne der Ermittlungen“, stimmte Hendrick dem Vorschlag seiner Hauptkommissarin zu. Sein Blick auf sie ließ jedoch vermuten, dass das Angebot der Kollegin noch ein Nachspiel haben würde, sobald das Zoom-Meeting beendet wäre.

Clara und Anders stimmten mit einem ungefähren Nicken zu, auf das sie später niemand festlegen konnte, sollte es je darauf ankommen.

„Sonst noch was?"

Sie schwiegen, bis Anders schließlich das Wort ergriff. „Wenn es weder Bishop noch Pfeffer war, der da auf dem Hügel die Kamera geführt hat, während Winter krepiert ist ..."

„... sondern ein zu allem entschlossener Umweltschützer?", ergänzte und beantwortete Clara die Frage ihres Kollegen.

Vielleicht, dachte Anders. Vielleicht aber auch nicht.

„Auch das behalten wir im Blick", sagte Hendrick, „und wir werden es rauskriegen."

24

Als Anders am Nachmittag das BK verließ, leckte die Hitze nach ihm wie der Hauch eines Drachen. Der Asphalt unter seinen Sohlen war zäh und klebrig. Er warf sich sein Sakko so über die Schulter, dass die Waffe nicht zu sehen war, und krempelte die Ärmel seines Hemdes hoch, dann nickte er Fiebich zu, als er die Portierloge passierte.

Fiebich stand gerade auf einer Leiter und putzte sein gläsernes Häuschen mit einem schäumenden Schwamm. An einem kühlen Tag hätte er wahrscheinlich sogar auf der Leiter noch Haltung angenommen, wenn der Chefinspektor sein Areal verließ. Nun hob er nur müde die Hand mit dem Schwamm und winkte, während er sich mit einem Ärmel den Schweiß von der Stirn wischte. „Diese Hitze bringt uns noch um, und dann auch noch dieser Saharastaub, der alles mit einer feinen Schicht überzieht."

„Servus Fiebich", sagte Anders und blickte skeptisch auf den auf der Leiter balancierenden Portier.

„Der Putztrupp hat hitzefrei", erklärte Fiebich. „Und unsereiner darf sich die Seele aus dem Leib schwitzen!"

„Sie werden doch kein Leib-Seele-Problem haben, Fiebich. Genauso wie die Philosophen in den alten Zeiten." Anders' Stimme klang nicht ganz ernst.

„Wie bitte?"

„Ach nichts. Sie machen Ihre Sache nicht schlecht."

„Was soll man denn sonst machen?“

Anders schlug den Weg zur U-Bahn ein. Er hörte den Portier noch räsonieren, in sich selbst verstrickt, als er schon ein Stück weit weg war. Am goldenen Glanz des Ufos an der Müllverbrennungsanlage las er den Stand der Sonne ab und schloss so auf die Uhrzeit, ohne den Arm mit der Uhr heben zu müssen. Wenn er eine dieser Tabletten nahm, die ihn vor Anfällen schützen sollten, vor denen im Kopf und vor denen des Obersts, kam er irgendwie leichter ins Schwitzen, und dann noch diese Hitze!

Obwohl er spät dran war, ließ er eine nicht klimatisierte U-Bahn aus und nahm stattdessen die nächste. Im Unterschied zu Singapur kühlten sie hier das Innere der Waggons nicht so extrem herab, dass man jeden Moment mit Schneefall rechnete.

Er war mit Marie und Lukas im Pippos auf dem Platz vor ihrem Haus verabredet. Ginge es nach seinem Sohn, würden sie dort jeden Tag Parmigiana di Melanzane alla Napolitano futtern. Er hätte ein Treffen auf neutralem Terrain vorgezogen, aber Marie hatte darauf bestanden. Um ihm nur ja keine falschen Hoffnungen zu machen, hatte sie direkt gesagt, dass sie danach noch ein paar Sachen holen wollte, die sie in der Wohnung gelassen hatte.

Marie und Lukas saßen, gemeinsam über die Tageskarte gebeugt, an einem der Tische auf dem Platz vor dem Pippos, als Anders dort ankam.

Ein Kind in diesem Alter, das man einige Wochen lang nicht sah, konnte sich so verändern, dass man nicht wusste, wie man sein Erstaunen verbergen sollte. Lukas ließ sich umarmen, was nicht so oft der Fall war,

Marie wich seinem Küsschen mit einer Drehung ihres Kopfes aus, sodass es auf der Wange und nicht auf ihrem Mund landete.

Aha, dachte Anders, so ist das jetzt also!

Pippo brachte Getränke für Mutter und Sohn. Als er Anders sah, begrüßte er ihn etwas zu überschwänglich. „Ciao Ispettore! Lange nicht mehr gesehen! Wie geht's?" Er klopfte ihm auf den Rücken, als wolle er ihn trösten oder seine Moral stärken. Anders war klar, dass er, und mit ihm das halbe Viertel, darüber Bescheid wusste, dass Marie mit Lukas ausgezogen war.

Lukas bestellte, was er meistens bestellte. Marie wollte ein Risotto mit roter Rübe. Anders wusste, dass frischer Fisch geliefert worden war, also nahm er die Spaghetti Vongole. Mit dieser Pasta konnte Pippos Schwester Livia, die in der winzigen Küche hantierte wie eine Artistin, überall Karriere machen, war er sich sicher. Dazu orderte er noch eine Halbflasche Pinot Grigio aus dem Collio.

Als Pippo abzog, um die Bestellung aufzugeben und die Getränke zu bringen, breitete sich ein Schweigen am Tisch aus, das nach ein paar Erklärungen verlangte. Lukas, der wusste, worauf das Treffen hinauslief, zog sich vorsorglich seinen Kopfhörer über die Kappe und die Ohren. *Gott glaubt nicht an unseren Gott.* Das stand auf seiner Kappe.

Pippo erkannte, dass es sich bei diesem Treffen um das handelte, was man eine Aussprache nannte. Nachdem er die Getränke auf dem Tisch platziert hatte, zog er sich schnell wieder diskret zurück.

Am frühen Nachmittag, als die Mittagspausen zu Ende gingen, leerte sich der Platz allmählich. Nebenan machten sich ein paar deutsche Touristen über den Buchstand Capriccio her. Anders hoffte, dass sie ihm das fleckige Exemplar der Zweitausgabe der *Zimtläden* nicht wegkauften, während er versuchte, seine Ehe zu retten. Er hatte nur gesagt, dass er sich den Kauf noch überlegen wollte, weil er sich sicher gewesen war, dass dieses Buch nur Eingeweihte interessierte.

„Hast du dir Gedanken über uns gemacht?“

Marie verstand es, das Selbstverständliche mit Fragen infrage zu stellen. Es gehörte nun mal zum Handwerk der Therapeutin. So wie es zu seinem Vorgehen gehörte, Verbrechen zu analysieren, auch wenn er sie nicht verhindern konnte. Weil er bestenfalls nur verhindern konnte, dass es noch einmal passierte.

„So wie es aussieht, werde ich in der nächsten Zeit in der Stadt sein. Ich nehme mir die Zeit für diese Paarberatung. Zwei Mal in der Woche sollte ich es hinkriegen, wenn nichts Neues in dem Fall passiert, an dem wir gerade dran sind. Ich könnte mir auch Urlaub nehmen, sobald der Fall abgeschlossen ist, und wir könnten verreisen ... ohne die Kinder.“ Er schaute auf Lukas neben sich, der von dem, was aus dem Kopfhörer kam, vollkommen absorbiert wurde. Was um ihn herum passierte, drang nicht zu ihm durch. „Nach Kopenhagen vielleicht? Du magst die Stadt doch sehr. Oder in den Süden?“

Alles an ihr zeigte ihm, dass diese Idee eine der schlechtesten sein musste, um ihre Probleme zu entwirren. Ihr Sphinx-Lächeln, das er eigentlich immer gemocht hatte, verunsicherte ihn nun. Früher hatte es Dingen gegolten, die Marie amüsierten. Wenn sie etwas absichtlich nicht genau so verstand, wie es gemeint war. Doch jetzt schien es sich gegen ihn zu richten.

Livia brachte ihnen jetzt das Essen. Auch sie verströmte etwas Tröstliches um sich herum. Wobei ihre Anteilnahme eher Marie und dem Kind galt, während die von Pippo sich über Anders ergossen hatte. Diesen nervte es, familiäre Interna so zur Schau gestellt zu sehen, und er nahm daher einen großen Schluck vom Pinot Grigio, um sich den Mund zu verschließen. Für Marie war es garantiert so etwas wie ein geschützter Rahmen. Hatte er nicht fast die Wohnungstür eingetreten, vor ein paar Monaten? Dass er einen Anfall kommen gespürt und Zuflucht gesucht hatte, ließ er mittlerweile nicht einmal mehr vor sich selbst als Rechtfertigung gelten. Er hatte seine Familie in Angst und Schrecken versetzt, weil er die vorgeschriebene Einnahme seiner Medizin zu lange verzögert hatte.

Für ihn war es purer Exhibitionismus, Privatangelegenheiten in der Öffentlichkeit zu besprechen. Für Lukas war es eine Gelegenheit, an seine Lieblingsspeise zu kommen und Vorurteile über seine Eltern bestätigt zu sehen. Anders legte, was er aus Singapur mitgebracht hatte, neben ihn auf den Tisch. Marie hatte noch nie ein Problem damit gehabt, ihre Probleme mit aller Welt zu teilen.

So schnell konnten sie gar nicht schauen, da hatte er „Super, Papa!“ gerufen und sich das Teil geschnappt, ein faltbares Handy. Eines lag auch in Leonies Zimmer für den Fall, dass sie mal nach Hause kam, wenn von der Rettung der Welt etwas Zeit übrig blieb.

Marie hielt kurz inne mit dem Essen, das alle aufzuheitern schien. Im Pippos konnte man sich darauf verlassen, dass die Sorgen abnahmen, wenn man sich dem Essen widmete. Sie lächelte sogar, als sie ihm einen Zettel zusteckte. „Hier sind die Termine für die nächsten Wochen, Edwin, und die Adresse, wo wir uns treffen."

Anders warf einen Blick auf den Zettel, bevor er ihn einsteckte. So wie der dort lag, störte er das Stillleben, in das sich ihr Tisch vor seinen Augen verwandelte. Die glänzenden Vongole, der Duft der Parmigiana, das Rot des Risottos ... wie Blut. Im Glas funkelte der goldfarbene Wein.

Sie aßen im gleißenden Licht dieses Nachmittags, im Schatten des Sonnenschirms, umgeben vom Treiben des Marktes.

Lukas grinste, als Anders den Zettel wegsteckte, nachdem er Frau Doktorin Inge Strohheim, Psycho- und Familientherapeutin, gelesen hatte. Lukas hatte in diesem Augenblick dasselbe gesehen und gefühlt wie er! Anders fragte sich, ob das einer dieser Tage war, an dem er eine weitere Tablette brauchte. Aber vielleicht war es nur dieser Zettel, der ihn an etwas erinnerte, dachte er. Wie ein Déjà Vu, das ein Stillleben in ein Kunstwerk verwandelte. Ein Kunstwerk, das ihn an den Fall erinnerte und an den Zettel auf dem Tisch von John Burnside, mit dem Namen, den er nicht hatte entziffern können.

Beim Dessert redeten sie über allerhand. Das Haus der Schwester, die mehr auf Reisen als zu Hause war, seit sie geschieden und in Pension war. Mit erst fünfzig! Die Bank, für die sie in der Kreditabteilung gearbeitet hatte, war so großzügig gewesen, sie und noch andere in ihrem Alter mit einem Golden Handshake ins pralle

Leben zu entlassen. Seither war keine idyllische Insel mehr vor ihr sicher. Sie redeten über die Fortschritte, die Lukas gemacht hatte. Wenn es so weiterging, würde er vielleicht sogar die Matura machen können. In einem geschützten Rahmen natürlich, wo auf all seine Besonderheiten Rücksicht genommen wurde. In Mathe war er seinem Alter sogar voraus, und tadellos in den meisten anderen Fächern, wenn man sich mit einer schriftlichen Arbeit zufriedengab. Sie redeten außerdem über den Fall und das Video *Tod eines Mörders*, das mittlerweile so populär war wie einst die Mördervideos des IS.

Anders dachte, dass er es sich noch einmal ansehen musste, und zwar nur mit den Augen des Kriminologen. Aus der Distanz! Er hatte es ja nicht mehr gesehen, seit es ihm in diesem Londoner Pub den Appetit verdorben hatte. Die Masse sah immer das Falsche. Es musste etwas geben, das alle anderen nicht sahen! Nur das konnte der Grund für ein derart hysterisches Interesse sein.

Nachher kam Marie noch mit hoch, um ein paar Sachen zu holen. Lukas setzte sich währenddessen auf eine Bank in einer Ecke des Platzes, um das neue Handy in Betrieb zu nehmen.

Wie bei einem Gast fühlte Anders sich bemüßigt, an Maries Seite zu bleiben, während sie Dinge zusammensuchte, die sie brauchte. Er gab ihr unnötige Tipps, wo was zu finden war.

„Ich benötige keinen Personenschutz, Edwin!" Sie lachte.

Ein wenig, war es fast wie früher, als dieses Lachen ganz selbstverständlich in den Räumen ertönte.

Nachdem sie ihn noch einmal auf den ersten Termin hingewiesen hatte und gegangen war, begab er sich unter die Dusche.

Manchmal täte es gut, dachte er unter dem kühlen Strahl, sich in einen Fluss tauchen zu lassen, um dann wie neugeboren wieder aus den Fluten aufzutauchen.

25

Nadja ließ ihn mal wieder warten. Sich nach der Arbeit zu treffen, hieß bei ihren Berufen automatisch, dass einer warten musste. Meist war es Anders, der auf sie wartete. Nach der Aussprache mit Marie war er noch einmal ins BK gefahren, um mit Clara Fragen zu besprechen, die sich ihm nach dem Zoom-Meeting mit den Frankfurtern gestellt hatten. Dass die Identität des Toten im Glassturz jetzt bekannt war, zog irgendwie mehr Fragen nach sich, als es beantwortete.

Sie waren im Wein & Co verabredet. Dichte Reihen Kirschlorbeer an einer Ecke des Karlsplatzes trennten die Gäste vom tosenden Verkehr einer mehrspurigen Fahrbahn.

Die meisten kamen wegen der Karte mit den Weinen aus aller Welt, die auch glasweise ausgeschenkt wurden. Touristen kamen wegen des Blicks auf die goldfarbene Kuppel der Secession, die im Volksmund Krauthappel genannt wurde. In dieser frugalen Bezeichnung entlud sich die Hassliebe der Wiener auf das Schöne. Was nur schön war, stand im Verdacht, eigentlich unnötig zu sein.

Zuerst kam das Fressen, anschließend die Moral, und dann lange nichts mehr! Und danach erst das Schöne, das man so nötig hatte wie einen Kropf.

Bei einem Glas Riesling aus der Pfalz las er den Artikel von Nadja, der soeben im *Boten* erschienen war. Doch nichts, was er nicht schon wusste. Vier Zitate von Aussagen, die Pfeffer im Verhör gemacht und die er, Anders, selber an die Pressesprecherin des BKs weitergegeben hatte, damit sie vor der Öffentlichkeit nicht ganz so nackt dastanden. Das meiste stand ähnlich auch in anderen Zeitungen, die er überflogen hatte. Mehr oder weniger raffinierte Aufgüsse von APA-Artikeln.

Das Handwerk der Recherche war aus der Mode gekommen. Einer Recherche jedenfalls, bei der man sich vom Bildschirm loseisen und seinen Hintern hochkriegen musste, um sich in die Abgründe der Wirklichkeit zu begeben.

Nach einigen Takten von Billie Hollidays *A foggy day* griff er nach seinem Handy.

„Ich bin schon unterwegs, Eddy!"

„Lass dir Zeit. Ich suche uns schon mal eine Flasche aus."

„Rot oder weiß?"

„Was möchtest du denn?"

„Es ist zu heiß für Rotwein."

Anders wusste, wie sehr es Nadjas Selbstverständnis kränkte, nur schreiben zu dürfen, was dem Chefredakteur genehm war. Der wiederum anderen verpflichtet war, die auch nicht frei entscheiden konnten. Das Resultat war eine sich selbst lähmende Hierarchie, in der jeder der Meinung war, dass nur die anderen daran schuld waren, wenn die Wahrheit auf der Strecke blieb. Am Ende schob es ein Chef einer Praktikantin in die Schuhe. Ein Minister seinen Subalternen. Eine Partei den Wählern. Ein Papst seinen Schafen. Ein Diktator seinem Volk. Und das, dachte Anders, konnte nur so lange gut gehen, bis es das Volk dem Diktator in die Schuhe schob.

Wenn er also wissen wollte, was sie wirklich wusste, musste er in ihren Blog hineinlesen. Er öffnete die *Untersuchungen an der Wahrheit* auf dem Handy. Er wollte sich vor ihr nicht blamieren, sollte sie, wie schon früher, besser auf dem Laufenden sein als er, was die Hintergründe eines Falles anging.

Sie wusste bereits, dass das Opfer auf dem Hügel vor Jahren ein Kollege von Pfeffer gewesen war, und dass der Mann aus dem Off auf Kosten der Umwelt horrende Profite gemacht hatte. Dass er Österreicher war wie Pfeffer, dass er von London aus operiert hatte, und dass der Typ ein rotes Tuch für Organisationen und Aktivisten war, die sich gegen einen Raubbau an der Natur engagierten. Und sie wusste auch, wie er hieß, obwohl sie den Namen des Toten kein einziges Mal erwähnte, das konnte Anders zwischen den Zeilen lesen.

Was wusste sie noch?

Wieder fragte er sich, von wem Nadja diese Informationen hatte. Er konnte sie ja bald selbst fragen, dachte er mit einem Blick auf die Uhrzeit, als sie plötzlich, wie aus dem Nichts, neben ihm stand.

„Du arbeitest?"

So schnell, dass sie nicht mitkriegte, was er da gerade las, konnte er die Seite gar nicht schließen. Er sprang auf und verbarg, dass er auf frischer Tat ertappt worden war, in einer ungeschickten Umarmung.

Sie lächelte nachsichtig, als er von ihr abließ. „Wo ist denn der Wein?"

„Komm, setz dich", sagte er, „wir suchen ihn gemeinsam aus."

„Du warst wohl zu beschäftigt, mit deinem oder meinem Fall, um zu bestellen."

„Du kennst mich doch."

„Das ist es ja gerade."

Sie rückten zusammen und studierten die gut sortierte Weinkarte. Seltsam, dass ich mich an ihrer Seite so gut fühle und an der Seite meiner Frau so überflüssig.

„Was hast du da im Glas?"

Er sagte es ihr.

„Und?"

„Ist nicht übel, aber jetzt brauche ich mal was Besonderes."

Ihr taubenblauer Fingernagel tippte auf eine Rarität in der Karte.

Ein Veltliner, Smaragd, aus der Wachau, von FX Pichler, aus dem Jahr 2011, getauft auf den Namen Unendlich.

Anders riskierte einen vorsichtigen Blick auf den Preis. Er pfiff leise durch die Zähne.

„Komm, wir teilen uns die Kosten", sagte sie. „Da du Familie hast und vielleicht bald Alimente zahlen musst, verzichte ich auf meine Rechte als Frau." Sie winkte eine Kellnerin herbei, bestellte den Wein und dazu Oliven, etwas Baguette und ein Schälchen Olivenöl, erste Pressung.

Anders rang sich ein Lächeln ab. Der Humor dieser Frau erinnerte ihn immer wieder an Lichtenberg, dessen *Sudelbücher* er vor Kurzem auf dem Markt erstanden hatte. Auch wenn sie einen Scherz machte, lag oft ein Problem dahinter verborgen.

Im Glas sah er die Reflexe des Lichts auf dem goldgelben Wein, als sie vor dem Hintergrund der Abendsonne anstießen. Der Klang der Gläser hallte in Anders Ohren wider und etwas löste sich in seinen Eingeweiden. Während er in Nadjas Augen und auf die Farbe des Weins starrte, wenn sie das Glas an ihre blutroten Lippen hob, tastete er unauffällig nach den Tabletten in der Brusttasche seines Sakkos, das über dem Stuhl hing.

Doch es ging vorüber. Der Glanz, der auf der Welt lag, verblasste wieder.

Nadja ließ ihn die ganze Zeit nicht aus den Augen.

„Alles okay?"

„Es geht schon. Ich sollte nicht trinken, wenn ich die Tabletten nehme."

Sie wusste, dass er oft gegen die Warnungen seiner Ärztin und der Beipackzettel verstieß. „Wie ist er denn?"

„Eine Reise in eine tropische Wachau", sagte er. „Mit Aufenthalt im Obst- und Kräutergarten und einem Finish im Schotterbett eines Bachs."

Nadja tat, als spürte sie dieser Beschreibung tatsächlich nach. Sie bestätigte es mit einem Nicken. „Kann man so sehen."

Sie redeten eine Weile über dies und jenes. Über den Klimawandel, die Hitze, die brennenden Wälder im Süden. Sintflutartige Überflutungen im Norden und untergehende Küstenstriche. Die Auswirkungen auf diese Welt und was das für die Zukunft, auch für die des Weines in Europa bedeutete. Dabei kreisten sie um ein Zentrum, das nicht nur aus ihrer Arbeit bestand.

Emission Sales?

Mit der nächsten Flasche, die sie sich aussuchten, kehrten sie auf den Boden ihrer finanziellen Möglichkeiten zurück. Es war ja nicht so, dass es im unteren Preissegment keine Weine gab, die entdeckt werden wollten.

„Was wolltest du mich fragen?"

Er wollte sie gar nichts fragen. Er wollte sie umarmen, küssen, und sie dazu verführen, ihm auf die Toilette oder hinter das nächste Gebüsch zu folgen, um mit ihm Sex zu haben. Aber er musste sie jetzt einfach fragen, woher sie über die Identifizierung des Toten in Frankfurt Bescheid wusste.

„Woher hast du die Informationen in deinem Blog, Nadja?"

Sie schlug die Beine auf eine Art übereinander, die ihn wünschen ließ, er wäre es, um den sie sie schlang.

„Sage ich dir, von wem ich sie habe, laufe ich Gefahr, an keine mehr ranzukommen."

Das war es nicht, was er wollte.

„Sage ich dir, dass es sich um einen anonymen Informanten handelt, glaubst du mir nicht, oder? Wenn ich dir meine Quellen verrate, verliere ich, so oder so. Das haben wir doch schon geklärt, Eddy, und wir haben abgemacht, dass wir einander nur zukommen lassen, was wir mit unserer Arbeit und", sie lachte leicht angewidert, „mit unserem Ethos vereinbaren können."

„Ich habe schon gegen Gesetze verstoßen, um dir zu helfen", sagte er mit leicht enttäuschter Stimme.

„Das hast du", erwiderte sie und seufzte. „Wenn wir schon dabei sind, uns gegenseitig vorzurechnen, was wir füreinander getan haben, sollten wir nicht aus den Augen verlieren, warum wir das überhaupt tun."

Er runzelte die Stirn und sah sie fragend an.

„Jetzt sag nicht, du weißt es nicht, mein alter Freund."

Er dachte an das Hotelzimmer in Singapur. An die bunte Skyline vor dem Fenster und an die Dunkelheit im Raum, in der es ihre Stimmen miteinander getrieben hatten. Er dachte an die Worte, die er wieder hören wollte, wenn sie ihm sonst schon nichts sagen wollte.

„Ich weiß, dass du den Namen des Opfers kennst, obwohl du ihn in deinem Blog nicht nennst."

„Du weißt immer mehr, als du siehst oder hörst oder liest. Und ich weiß, dass dir das oft nicht guttut."

„Was, wenn dein Whistleblower nicht bloß ein Informant ist, sondern selbst in den Betrug und diesen Mord verwickelt ist?"

„Welches Interesse sollte denn jemand haben, mich auf eine Spur zu bringen, die am Ende zu ihr selbst führt? In diesem Fall könnte sie sich ja kaum sicher sein, dass ich damit nicht zur Polizei gehe."

„*Sie?* Du sprichst von einer Frau?"

„Sollten wir das andere Geschlecht nicht einfach mitdenken, um für Gerechtigkeit zu sorgen? Was von uns Frauen schon immer verlangt wird, sollte doch von euch Männern auch nicht zu viel verlangt sein, oder?"

Nadja, wie sie leibte und lebte! Aber er hatte gerade andere Probleme.

Kam Pfeffer etwa doch für diesen Mord infrage? Es wurde Zeit, ihm im Beisein seines Anwalts genauer auf den Zahn zu fühlen, um zu sehen, ob sich daraus neue Erkenntnisse einstellten, jetzt, wo sie wussten, wer der Mann war, der aus seiner Wohnung entführt und zu Tode gefoltert worden war. Und dieser Bishop? Der war wie vom Erdboden verschluckt. Falls Viktor Winter der war, der Pfeffer, ohne sich zu erkennen zu geben, in die Sache hineingezogen hatte, dieser unbekannte Steuerberater, hatten beide ein Motiv, sowohl Pfeffer als auch Bishop. Vielleicht steckte sogar John Burnside in dieser Sache mit drin.

„Woran denkst du gerade, Edwin?"

Und der Kameramann auf dem Hügel? Falls es ein Mann war. Eine Statistik über diese Kategorie von Verbrechen, würde mit großer Wahrscheinlichkeit zeigen, dass es ein Mann sein musste. Hier kamen aber auch die Radikalen ins Spiel. Ein Snuff-Video brachte mehr Aufmerksamkeit als alle Sitzstreiks, Aktionen und Demonstrationen der letzten Zeit zusammen.

„Edwin!"

Klicks auf Links, die einen Zusammenhang zwischen dem Tod des Umweltmörders und XR konstruieren, werden, sobald die Identität des Opfers bekannt wird, nicht nur durch die Decke schießen, sondern durch die Thermosphäre in achtzig Kilometern Höhe, wo dieser ganze Weltraumschrott herumfliegt. Der Mann hatte so viel von unserem kleinen, blauen, verletzlichen Planeten auf dem Gewissen, dass sein Tod in gewissen Kreisen wahrscheinlich als Erlösung von großem Übel gefeiert wurde. O Herr, erlöse uns von dem Klimaübel!

Er horchte auf. „Hast du was gesagt?"

Inzwischen war es dunkel geworden und die Rush-Hour war vorüber. Der goldene Krauthappel der Secession glänzte vor dem indigofarbenen Himmel wie ein Trabant, erhellt von den Lichtern der Stadt. Die Flasche war mittlerweile so leer, wie eine Flasche nur sein konnte.

„Was hältst du davon, wenn wir noch zum Donaukanal gehen, ans Wasser? Zu dir ist es dann auch nicht mehr weit."

Zu ihm? Da hatte sie nicht unrecht. Sie zahlten und gingen los. Er mochte es, wenn sie sich bei ihm einhakte. Er spürte sie kaum, doch was er spürte, weckte süße Erinnerungen in ihm.

26

Natürlich war seine Mutter eingeschnappt, weil er nach der Ankunft in Wien nicht sofort zu ihr gefahren war. Dass er sie vor seinem Vater, ihrem Ex-Mann, aufsuchte, brachte ihm aber immerhin mildernde Umstände ein. Die wiederum dadurch getrübt wurden, dass Felix nicht hatte widerstehen können, diese alte Liebelei wiederzubeleben, die ihm ihrer Meinung nach schon früher nicht gutgetan hatte.

Seine Mutter zu versetzen, um mit Leonie um die Häuser zu ziehen, ging nun mal gar nicht.

Mit dem Gesetz hatten die Azikiwes kaum je etwas zu tun gehabt, und das sollte, wenn es nach ihr ging, auch so bleiben. Das schloss auch die Tochter dieses Kriminalisten mit ein, so konsequent musste eine Mutter schon sein. Dass sie früher, als Simba, Felix und sie noch eine beinahe schwarze Familie gewesen waren, manchmal einfach so von der Polizei kontrolliert worden waren, rechtfertigte ihre Einstellung durchaus, wie sie fand.

Wer fürchtet sich vorm schwarzen Mann?

Niemand!

Niemand!

Niemand!

Ihre Eltern hatten dieses Spiel unter der Aufsicht eines Pädagogen noch auf dem Schulhof gespielt.

„Dieses Mal übernachtest du aber hier." Jolanda Azikiwe machte sich vor dem Spiegel im Flur zurecht, um nach der Mittagspause wieder in ihr Geschäft zu fahren. Sie trug das Outfit ihrer Firma. Ein rosa Kleid, eine weiße Schürze, rosa Schuhe und eine blendend weiße Kappe auf ihrem blonden Haar, das zu einem Knoten hochgesteckt war. Azikiwe hieß sie, obwohl sie längst geschieden war, noch immer, um sich gegen Zumutungen zur Wehr zu setzen, wenn dieser Name zur Sprache kam. Sie legte es nur zu gern darauf an, sich gegen etwas oder jemanden zur Wehr zu setzen. Das Gefühl, gegen überall lauerndes Unrecht im Recht sein zu müssen, füllte ihr Leben komplett aus, seit sie von ihrem Mann und dann auch noch von ihrem Sohn im Stich gelassen worden war.

„Vielleicht, Mama, keine Ahnung", sagte Felix. Sie tat ihm leid, weil sie am Vergangenen festhielt und darüber die Gegenwart aus den Augen verlor. Von der Zukunft erst gar nicht zu reden, um die es doch vor allem ging. Die Zukunft der Erde, der Pflanzen und Tiere, aber auch der Menschen und der ganzen Welt. Wobei er auch Aktivisten kannte, die der Überzeugung waren, Menschen sollten gar keine so große Rolle mehr auf Erden spielen.

„Was soll das heißen, du weißt es nicht? Wenn du schon bald zu deinem Vater in die Steiermark fährst, kannst du doch auch mit mir noch Zeit verbringen, solange du in Wien bist, oder etwa nicht?"

Felix verdrehte die Augen und seufzte leise. „Ich werd's versuchen."

„Der Vater von dieser Leonie sieht es bestimmt nicht gern, dass seine Tochter mit einem Schwarzen abhängt."

„Dem ist das vollkommen egal, Mama. War es schon immer."

„Einem Polizisten? Dass ich nicht lache!"

„Er ist Zielfahnder."

„Na und? Ein Polizist ist und bleibt ein Polizist, ob nun Zielfahnder oder Verkehrspolizist, merk dir das."

„Mama, du nervst."

Sie malte sich die Lippen im selben Rosa an, das auf ihren Nägeln prangte. Es war die Signalfarbe des Geschäfts, in dem sie arbeitete. Eine Filiale einer stadtbekannten Konditoreikette. Hinter der Vitrine, in der die Kuchen, Petit Fours und Torten lagerten, sah sie selbst wie eine zum Anbeißen süße Köstlichkeit aus. Aber nur, bis sie ihren süßen Mund öffnete, aus dem bisweilen scharfe und spitze Bemerkungen kamen, die ein Idyll in Stücke zu schneiden vermochten.

„Nächstes Jahr besuche ich dich", sagte sie, „und du bringst mich auf den Kilimandscharo, hörst du?" Sie schirmte ihr Gesicht mit einer Hand ab und sprühte mit der anderen Haarspray über Kopf und Kappe.

„Hör doch auf damit", sagte Felix. „Du verpestest die Atmosphäre!" Er hustete demonstrativ, während er sich neben ihr die Sneakers band.

„Ach was, sei doch nicht so zimperlich. Komm doch nachher bei mir im Geschäft vorbei."

„Mit Leonie? Spendierst du uns dann was Süßes?"

Er war mit Josef Grünauer verabredet, dem neuen Chef von XR. Er wollte seine Mutter nur ein wenig aufziehen, weil sie ihn so nervte.

„Soweit kommt's noch! Eine Polizistentochter am Tisch. Da sag ich doch immer noch gern: Nein danke!"

Langsam reichte es ihm. Wozu war er überhaupt nach Wien gekommen? Um sich von seiner Mutter angiften zu lassen, die noch immer nicht darüber hinwegkam, dass sie verlassen worden war? Am Dachstein könnte er mit dem Vater ein paar Bergtouren machen. Doch wenn er sie nicht in die Schranken wies, nahm das hier kein Ende, solange er blieb.

„Kein Wunder, dass Papa nicht länger bei dir geblieben ist." Er sah, wie sie zurückzuckte von dem Kuss, den sie ihm auf die Wange drücken wollte, bevor sie ging.

Ihre soeben noch vom Spiegel gefällig reflektierte Miene entgleiste und sie zischte: „Macht doch, was ihr wollt! Warum sorge ich mich überhaupt noch um euch, nach dem, was ihr mir angetan habt. Der eine in Schladming, der andere in Afrika! Bleibt doch, wo ihr seid, und lasst mich gefälligst in Ruhe!"

Die Tür der Gemeindewohnung fiel mit einem lauten Knall hinter ihr ins Schloss. Einen Moment lang überlegte er, ihr hinterherzulaufen und sie um Verzeihung zu bitten und zu besänftigen, wie er es schon so oft getan hatte. Aber er hielt sich zurück, murmelte nur einen Fluch in die Hand, mit der er sich gerade Rasierwasser auf seine Backen tätschelte, und verließ das Haus.

Josef Grünauer saß, die Füße auf dem Tisch, in seinem Büro, als er Felix empfing. Die Wände waren bis auf den letzten Fleck mit Werbung für die gute Sache tapeziert. Plakative Aufrufe für eine bessere Welt. Vor allem aber Fotos von Naturkatastrophen. Waldbrände am Amazonas, in Kalifornien und in Südeuropa. Vom Aussterben bedrohte Arten, ins Meer berstende Gletscher, durch Tagebau verwüstete Landstriche. Mit Plastik überschwemmte Strände, überflutete Dörfer, Städte, Küsten und Inseln. Ölverklebte Vögel und Fische, Hungerbäuche und von Fliegenschwärmen traktierte Kinderaugen.

An der Wand hing außerdem eine alte, früher bestimmt sehr teure Kamera. Ob Grünauer damit das eine oder andere Foto selbst geschossen hatte?

Unsere Welt im Untergang, dachte Felix, während er sich umsah. Er nahm auf der anderen Seite des mit Papierkram überladenen Tisches Platz. Inmitten dieser apokalyptischen Szenerien schien Grünauer seine gute Laune aber noch nicht ganz verloren zu haben.

Er lächelte. „Es ist nur das, was man sieht. Was wir nicht sehen, ist noch viel schlimmer. Du lebst in Tansania und arbeitest dort als Ranger und Bergführer am Kilimandscharo, habe ich gehört?"

„Seit drei Jahren", sagte Felix. „Jetzt bin ich bei meiner Mutter zu Besuch. Ich bin seit der Gründung Mitglied, war aber noch nie hier." Er trank einen Schluck von dem Wasser, das ihm Grünauer hingestellt hatte. „Du bist jetzt also der, der bestimmt, wo's langgehen wird?"

Grünauer lachte auf. „Wenn's nur so wäre. Nein, wir sind ja ein basisdemokratischer Verein, nur keine Sorge. Was die Zukunft bringt, bestimmen jene, die für das globale Desaster verantwortlich sind. Uns bleibt nur noch, die Entscheidungsträger wachzurütteln und auf die Misere zu reagieren. Es geht doch alles immer schneller den Bach hinunter. Oder findest du nicht?"

Das konnte Felix nicht bestreiten. Sie unterhielten sich eine Weile über das, was zu tun war, um das Schlimmste noch zu verhindern. Felix gewann, je länger das Gespräch dauerte, den Eindruck, dass Grünauer selbst nicht mehr so richtig daran glaubte, dass sich das Schlimmste noch abwenden ließ. Der totale Klimakollaps war unausweichlich und unabwendbar. So sicher wie das Amen im Gebet. Was noch möglich war, entpuppte sich vielleicht bald als unzureichend, um das Klima einzuhegen, wenn es erst mal total außer Kontrolle geriet.

„Wir kennen uns bisher nur vom Sehen, Felix", sagte Grünauer in den sich aufgrund dieser Tatsachen ausbreitenden Pessimismus hinein, „aber ich schätze, du bist ein Kämpfer, den wir gut gebrauchen können."

Eine Feststellung, die Felix keine Antwort entlockte.

„Ich meine, wie oft warst du auf dem Gipfel des Kilimandscharo?" Grünauer wartete keine Antwort ab. „Ich denke, jemand, der nach Afrika geht, um Touristen in die Savanne zu führen, und auf den Gipfel dieses Berges zu bringen, muss doch ein Kämpfer sein."

Felix dachte unwillkürlich an Bishop und an die Strapazen auf dem Berg. Grünauer hatte nicht ganz unrecht.

Je länger das Gespräch dauerte, desto mehr stellte Grünauer mit seinem geschickten Frage-Antwort-Spiel Felix' Loyalität infrage. Nur um ihm dann, als er ihn so weit hatte, die Gelegenheit zu offerieren, ihm und ihrer Bewegung zu beweisen, wie engagiert und loyal er wirklich war.

„Für einen Mann wie dich habe ich eine ganz spezielle Aufgabe. Du bist doch noch eine Zeit lang in Wien, oder?“

Felix zögerte zu lange, um den Besuch bei seinem Vater als Ausrede ins Treffen zu führen. Er war sich außerdem noch gar nicht sicher, ob er überhaupt für eine spezielle Aufgabe infrage kommen wollte.

In dieses Zögern stieß Grünauer blitzschnell hinein, wie ein Falke, der seine Beute ausgemacht hatte, und erklärte ihm, ohne Wenn und Aber, was er zu tun hatte, um seinen Beitrag zu leisten. Es hörte sich so an, als handele es sich dabei um eine kleine, tatkräftige Unterstützung einer längst fälligen Aktion. Nicht ganz legal, aber auch nicht wirklich kriminell. Eine Aktion, deren Legalität jedenfalls keine Rolle mehr spielte, wenn sie glückte und in der Öffentlichkeit für Aufsehen sorgte. Irgendwie mussten den Massen und Institutionen doch die Augen geöffnet werden!

Gegen etwas Nervenkitzel war nichts einzuwenden, wenn es der guten Sache diente, dachte Felix. Leonie fuhr in die Lobau streiken. Er hingegen würde sich an einer richtigen Aktion beteiligen.

Grünauer machte einen zufriedenen Eindruck. Felix war also nicht nur einer von denen, die es cool fanden, der Bewegung beizutreten, weil es dem Zeitgeist entsprach, er war auch einer, der bereit war, sich seine Hände schmutzig zu machen, wenn es darauf ankam.

„Wir brauchen solche wie dich“, sagte er. „Mit den Weicheiern von Fridays for Future gewinnst du keinen Blumentopf. Dieser Verein ist nur das Feigenblatt des Establishments, das uns die Scheiße überhaupt erst eingebrockt hat.“

Wie wahr, dachte Felix. Ein Haufen verzogener Wohlstandskinder, die einen Lebensstil pflegten, der im Gegensatz zu vielem stand, was sie predigten. Die Annehmlichkeiten eines privilegierten Lebens in Anspruch nehmen, aber gleichzeitig den großen Verzicht propagieren! Mit dem goldenen Löffel und exotischen Köstlichkeiten im Mund, deren CO_2-Bilanz zum Himmel stank, nach Brot und Wasser verlangen.

„Wasser predigen und Wein trinken", sagte Grünauer, als hätte er seine Gedanken erraten. „Wir machen den Unterschied zwischen Theorie und Praxis aus, Felix! Uns vereint zwar die Sache, umso mehr trennt uns aber unsere Praxis von einem Idealismus, der das Handeln verlernt hat. Ob die in ihren Kinderzimmern rumhocken oder irgendwo in der Lobau, um ein Bauprojekt zu verhindern, wen kümmert's schon. Das sind nicht mal Tropfen auf dem heißen Stein des Profits. Das echte Handeln, das allein hat Zukunft. Ein Handeln aus tiefster Überzeugung. Ein Handeln, das nicht nach den Folgen fragt, sondern die Ursachen beseitigt. Schau dir diese FFF-Clique doch mal genau an, Felix, und dann finde den Fehler!"

Grünauer redete sich so in Rage, dass Felix schon bald nicht mehr zuhören konnte und sich ausklinkte. Finde den Fehler? Er musste an Leonie denken und an die Zeit, die er mit ihr seit seiner Ankunft verbracht hatte. Er konnte keinen Fehler finden. Er fand es okay, dass sie sich bei FFF engagierte und half, die Welt ein wenig besser zu machen.

„Apropos Profit", raunte Grünauer und wechselte blitzschnell vom Moralisten zum kühlen Analysten, als müsste er bloß einen Schalter in seinem Kopf umlegen.

„Hast du das Video gesehen, das zeigt, wie einer, der mehr Umweltsünden auf dem Kerbholz hat als die Regierung von Brasilien, in einer Art Treibhaus stirbt?"

„Was ist damit?"

„Du hast es also gesehen. Es gibt ja auch fast niemanden mehr, der es inzwischen nicht kennt. Was hältst du davon?"

Er wusste nicht, was er davon halten sollte, seit Leonie es ihm im Prater gezeigt hatte. Es schien sich dabei um einen grausamen Mord zu handeln, und um einen Voyeurismus, der den zeitgeistigen Voyeurismus noch weiter auf die Spitze trieb. „Weiß man denn schon, wer den Mann umgebracht hat?"

„Das ist nicht der Punkt", sagte Grünauer. Er blickte ihn skeptisch an, so als wäre Felix zu blöd, um zu verstehen, worum es dabei ging. „Es ist die falsche Frage, mein Freund! Der Punkt ist nämlich, dass dieses Video uns in die Hände spielt, ob wir es ablehnen oder nicht. Verstehst du? Der Typ hat gekriegt, was er verdient, und er verdient mindestens das, was er durch sein Handeln über andere bringt. Die er nicht kennt und die ihm deshalb vollkommen egal sind. Die Opfer, die er verursacht. Indirekt nur, mag schon sein, aber dennoch! Arme Schweine in der zweiten, dritten und vierten Welt, die keine Lobby haben und nie eine haben werden. Die Frage ist also nicht, ob unsere Bewegung an dem Zustandekommen des Videos in irgendeiner Form beteiligt war, die Frage ist vielmehr, warum wir es bestreiten sollten, wenn es uns nutzt. Ob wir es waren oder nicht, ist in diesem Fall vollkommen nebensächlich."

„Und?"

Grünauer grinste. So wie einer grinst, der mehr weiß, als er zugeben will, kann oder darf! „Was und?"

„Hat XR etwas damit zu tun?"

Grünauer erhob sich und gab ihm zu verstehen, dass er sich nur keine Sorgen machen sollte. „Manchmal spielen einem die Dinge in die Hände und dann erübrigen sich solche Fragen. Das Kleine muss im Großen aufgehen, dann passt es. Wir kämpfen für das Richtige, und am Ende sehen wir, ob die Rechnung stimmt. Es gibt verschiedene Möglichkeiten, Gleichungen zu lösen. Oder aber auch Ungleichungen."

Er begleitete Felix hinaus, nachdem er sich die Handynummer und Mailadresse notiert hatte. Er werde demnächst, wenn die Vorgangsweise feststehe, Post mit den nötigen Details bekommen.

27

Nachdem sie von Hendricks Team erfahren hatten, wer das Opfer auf dem Hügel war, beschlossen sie, Markus Pfeffer noch einen weiteren Besuch abzustatten. Inzwischen war die U-Haft von einem Haftrichter verlängert worden. Dieses Mal rechneten sie damit, dass ihnen Markus Pfeffers Anwalt die Worte im Mund umdrehen würde.

Auf der Fahrt in die Justizanstalt sprachen sie die Rollen ab, die sie im Verhör spielen würden, sollte es nötig sein.

Weit und breit war kein Parkplatz frei, also parkte Clara erneut auf dem Gehsteig.

„Es gefällt dir wohl, gegen das Gesetz zu verstoßen", sagte Anders grinsend.

„Ich könnte mich daran gewöhnen", sagte sie.

Sie brachten das übliche Prozedere hinter sich, sperrten Waffen und Handys in den Münzsafe, um in den halbgesperrten Bereich eingelassen zu werden. Sie setzten sich in denselben Raum, wechselten aber dieses Mal ihre Plätze. Was die Erwartungen eines Gefangenen ins Wanken brachte, verschaffte ihnen vielleicht einen kleinen Vorteil.

Wie zu erwarten, hatte Pfeffer sich einen der Promianwälte der Stadt genommen.

Ein aufgeblasener Gigerl, dachte Clara, den Hendrick einen Fatzke nennen würde. In einer Art grellbunten

Harlekin-Anzug stolzierte er vor seinem Mandanten einher wie ein Pfau.

Anders wusste, dass dieser Mann auf hiesige Politiker spezialisiert war, die wegen Korruption vor Gericht standen. Das verschaffte ihm eine Menge lukrativer Aufträge. Aufgrund erdrückender Beweislagen schaffte er es fast nie, einen dieser Mandanten rauszuhauen. Was er aber bis zur Perfektion entwickelt hatte, war, die Verfahren mit allen nur möglichen juristischen Finten und Tricks zu verschleppen, bis die Mandanten eines natürlichen Todes starben oder aber die Verbrechen, deren sie vor zehn, zwanzig, ja mitunter sogar dreißig Jahren angeklagt worden waren, endlich der Verjährung anheimfielen. Sie kannten einander bereits.

„Ah, Anders, was für ein Vergnügen, dich mal wieder zu sehen!"

Er schüttelte die Hand des Staranwalts. War an diesem Mann vieles auch nur Staffage, so durften sie ihn dennoch nicht unterschätzen.

Doktor Svoboda war nämlich mit allen Wassern gewaschen. Mit Wasser aus dem Taufbecken ebenso wie mit den Wassern der Flüsse Lethe, Acheron und Styx. Vielleicht war er sogar schon ins verseuchte Wasser des Ganges eingetaucht, um sich von dem reinzuwaschen, was er im Namen des Gesetzes aufführte ... die Tatsachen verdrehen, Fake News verbreiten, Zeugen unter Druck setzen und Opfer manipulieren. Kausalitäten in Zweifel ziehen, bis das Gegenteil wahr sein könnte. Ein zweifelhafter, erfolgreicher Profi in der Kunst, einen Bock zum Gärtner zu machen.

„Dieses Mal haltet ihr euch aber an die Regeln", sagte der Anwalt an Pfeffers Seite, als sie einander gegenübersaßen.

Sie überhörten die Anspielung auf die vorherige Vernehmung und kamen gleich zur Sache.

„Ich gehe davon aus", sagte Clara, an Pfeffer gerichtet, „dass Sie von Ihrem Anwalt inzwischen erfahren haben, dass es uns gelungen ist, das Opfer zu identifizieren."

„Man erfährt hier mehr, als einem lieb ist", sagte Pfeffer ausweichend. „Aber ich habe mit dem Tod dieses Mannes nichts zu tun."

Clara fiel auf, dass an Pfeffers Handgelenk, wo ein Verband gewesen war, jetzt nur noch ein Pflaster klebte. „Der Mann wurde in Ihrer Wohnung betäubt, entführt und dann ermordet!"

„Das streitet mein Mandant ja gar nicht ab", mischte sich der Anwalt ein. „Aber er war zu diesem Zeitpunkt gar nicht mehr in der Stadt."

„Kann er das beweisen?"

Svoboda lächelte ein Strichlächeln. „Das muss er nicht, das wissen Sie doch. Noch liegt in unserem Rechtsstaat die Beweislast bei der Polizei und der Staatsanwaltschaft."

„Wo war er denn?"

„Auf der Flucht, was er gar nicht bestreitet. Um sich vor den Methoden der Frankfurter Justiz in Sicherheit zu bringen."

„Unterwegs nach London oder gleich nach Singapur? Oder zum Zwischenstopp in Afrika, um einen Löwen zu töten?", fragte Clara in einem ätzenden Tonfall.

Svoboda musste erst einmal verdauen, dass ihm sein Mandant nicht alles gesagt hatte. So wie es aussah, hatte die Polizei Informationen, die er nicht hatte.

„Die Methoden der Justiz? Dass er auf freiem Fuß angezeigt wurde, war ein Entgegenkommen der Justiz. Was in diesem Fall nicht angebracht war, wenn Sie mich fragen."

„Den Fluchtweg werden wir bei der Verhandlung erörtern." Svoboda warf einige Seitenblicke auf seinen Schützling, um sich zu vergewissern, dass dieser keine Anstalten machte, sich einzumischen oder seine Sicht der Dinge darzulegen.

Anders wusste, dass Svoboda seinen Mandanten vor einem Verhör stets nahelegte, einfach nur zu schweigen und ihn machen zu lassen. Er fragte sich, ob es ihm gelingen würde, Pfeffer dazu zu bringen, wenn schon nicht auf ihre Fragen zu antworten, dann doch wenigstens seinem Anwalt ins Wort zu fallen und sich selbst zu verteidigen, um die Kontrolle über sein Leben zu behalten. Doch noch starrte er gelangweilt die kahlen Wände des Verhörraums an, als ob es bei der ganzen Sache nicht um ihn ginge.

Clara antwortete auf die Bemerkung des Anwalts, suchte dabei aber Pfeffers Blick. „Das Opfer heißt Viktor Winter." Sie wollte sehen, wie er auf diesen Namen reagierte. „Können Sie uns etwas dazu sagen?"

Claras Worte breiteten sich im Raum aus wie Kreise im Wasser, wenn ein Stein hineingeworfen wird. Erstmals zeigte der U-Häftling eine Regung. Er horchte auf, als würde er sich an etwas erinnern, dann runzelte er die Stirn und spitzte den Mund.

Doch bevor er diesen öffnen konnte, um vielleicht etwas Falsches zu sagen, ging sein Anwalt sofort dazwischen. „Wir wissen, wer Viktor Winter ist. Es war mittlerweile in allen Zeitungen und Nachrichten."

„Schön", sagte Clara, „dann wissen Sie bestimmt auch, was der Mann so alles gemacht hat."

Anders gefiel es, wie Clara es vorzog, ihre Worte immer an Pfeffer zu richten, obwohl dieser hartnäckig schwieg und nur sein Anwalt sprach. Er spürte noch kein Bedürfnis, sich einzumischen. Aus den Augenwinkeln studierte er stattdessen die Mimik von Pfeffer. Er wünschte sich, Aufnahmen von dessen Gesicht auf eine Leinwand projizieren zu können, um in Zeitlupe die Mikromimik nach versteckten Emotionen zu untersuchen. Doch auch so bemerkte er, wie etwas über dessen Gesicht huschte, als der Name des Opfers fiel. Es legte sich über Erinnerungen, noch bevor sie Gestalt annehmen konnten, wie Schnee auf eine zerklüftete Landschaft.

„Winter war Geschäftsmann", sagte Svoboda, „mit internationalem Portfolio."

„Wir, Herr Pfeffer", ignorierte Clara den Anwalt weiter, „möchten vor allem wissen, was er in Ihrer Frankfurter Wohnung gewollt hat."

„Die beiden haben in Wien zusammen in derselben Bank zu arbeiten begonnen, vor vielen Jahren", fuhr Svoboda fort, für seinen Mandanten zu sprechen, der nun die Stelle mit dem Pflaster an seinem Handgelenk befühlte.

„In der Zweigstelle der Broker Bank."

„Das leugnet mein Mandant gar nicht. Sie sind alte Bekannte, die sich dann aber aus den Augen verloren haben."

„Schön und gut", sagte Clara. „Ich frage mich jedoch, wie der alte Bekannte, den Herr Pfeffer jahrelang nicht gesehen hat, in die Wohnung kam, wenn der Wohnungsbesitzer zu diesem Zeitpunkt nicht mehr in Frankfurt war?"

„Und hier haben wir ein Problem. Es ist nämlich nicht möglich, dass der Beschuldigte nicht mehr in Frankfurt und zur selben Zeit mit seinem alten Bekannten in besagter Wohnung war. Die uns bisher bekannte Festkörperphysik schließt das jedenfalls aus. Findest du nicht auch, Svoboda?", ergriff Anders nun das Wort.

„Diese Frage können nur Sie beantworten", sagte Clara zu Pfeffer.

„Reden Sie endlich", setzte Anders nach, während Svoboda noch darüber nachzudenken schien, wie er den Widerspruch auflösen konnte.

Pfeffers Blick auf seinen Anwalt sprach Bände. Verachtung, gepaart mit Unmut und einem Quäntchen Mitleid war darin zu lesen. Er seufzte und hob zum ersten Mal seinen hängenden Kopf. „Ja, ich kenne, pardon, ich kannte Winter früher. Wir haben vor mehr als fünfzehn Jahren am Fleischmarkt zusammen in der Bank angefangen. Er ist dann aber schon lange vor mir ins Ausland gegangen."

„Nach Frankfurt", präzisierte Clara.

„In die deutsche Zentrale. Wo er aber schon nicht mehr war, als ich dorthin versetzt wurde."

„Weil er da bereits in London war?"

„Kann sein“, sagte Pfeffer. „Unsere Wege haben sich damals in Wien getrennt und danach nicht mehr gekreuzt.“

„Auch nicht in der Handelsabteilung in London?“

Svoboda wurde immer unruhiger. Er zog an seinen Sakkoärmeln, als wollte er sich des exzentrischen Anzugs entledigen, und sagte: „Markus, kein Wort mehr! Du musst dich nicht selbst belasten.“

Pfeffer lächelte in sich hinein. „In London sind wir uns nie über den Weg gelaufen. Er hatte sich längst mit eigenen Geschäften selbstständig gemacht, als ich mit der Londoner Abteilung zu tun bekam. Es wurde immer wieder über ihn geredet, aber zu Gesicht bekommen haben ihn nur die wenigsten.“

„Gesehen vielleicht nicht“, sagte Anders. „Aber womöglich gehört?“

„Wie soll ich das verstehen, Chefinspektor?“

„Du musst dich nicht selbst belasten, Markus!“

Der Anwalt wiederholte sich. Offenbar war er mit seinem Latein am Ende. Pfeffer schien plötzlich gewillt zu sein, sein Schicksal selbst in die Hand zu nehmen.

„Diese Telefonate“, sagte Anders. „Ihre Version der Ereignisse steht und fällt mit dem anonymen Anrufer, der Sie auf die Idee mit Emission Sales gebracht haben soll.“

Pfeffer runzelte die Stirn. Er blickte Anders fragend an. „Sie denken, dass Winter jener Mann war, der mich in diese Sache verwickelt hat?“ Er schien über seine eigene Frage nachzudenken. „Kann sich eine Stimme mit den Jahren so sehr verändern, dass man sie nicht mehr erkennt?“

„Wir nehmen an, dass Sie und Bishop Komplizen sind. Und das heißt, Bishop hatte Zugang zu Ihrer Wohnung“, schaltete sich Clara in Anders Namen ein.

„Waren wir uns nicht schon beim letzten Mal einig, dass das nur in Ihrer Vorstellung existiert, aber nicht der Realität entspricht? Bishop und ich sind befreundet, aber keine Komplizen.“

„Waren wir nicht“, sagte Clara schmallippig. „Ganz und gar nicht.“

„Dann hatte er vielleicht doch einen Schlüssel für die Wohnung“, stellte Anders fest.

„Wie erklären Sie uns, dass Bishops Handlanger den Chefinspektor in der Themse versenken wollte? Sie sollten sich nicht so sicher fühlen, Pfeffer. Der Mann wird von der Polizei Singapurs schon noch zum Reden gebracht werden, und was man so hört, sind die dort nicht zimperlich.“

„Unterlassen Sie es gefälligst, meinen Mandanten einzuschüchtern“, meldete sich der Anwalt zurück. „Noch eine Beschwerde könnte zur Folge haben, dass man Sie von dem Fall abzieht!“

Anders und Clara blickten einander kurz an.

Pfeffer und Svoboda sahen, dass diese Drohung die Zielfahnder nicht gerade beeindruckte.

„Sie wollen uns also weismachen, dass Sie in Singapur vor der Bank of East Asia nicht auf Ihren Komplizen gewartet haben, um an die Beute ranzukommen?“, fragte Anders.

„Ich wollte Geld aus meinen privaten Börsengeschäften abheben, das ist doch nicht verboten, oder?“

Anders lachte auf. „Vergessen Sie nicht, dass ich Zeuge war, wie Sie ausgepackt haben, mit der

Mündung eines Schalldämpfers am Kopf. Sie haben gesungen, wie ein Vögelchen, bevor ich Ihnen das Leben gerettet habe."

Pfeffer erinnerte sich offenbar nur ungern an diesen bedrohlichen, demütigenden Moment. Er wollte sich über dem Pflaster am Handgelenk kratzen, ließ es aber bleiben. „Mit einer Waffe am Kopf würden Sie so manches gestehen, oder etwa nicht?"

Anders dachte daran, dass Pfeffer sich vor Angst eingenässt hatte, und an die zahlreichen Dick-Pics, die Li auf dessen Handy entdeckt hatte. „Warum haben Sie, wenn auch mit der Waffe am Kopf, gesagt, dass Sie auch von Wien aus an die Beute rankommen könnten?"

Svoboda ruckte herum. Mit einem unruhigen Blick musterte er seinen Mandanten. „Vor Gericht hat eine Aussage, die unter diesen Umständen zustande kommt, keinen Bestand", warf er rasch ein.

„Dieser Typ, der dort im Keller gedroht hat, Ihnen eine Kugel in den Kopf zu jagen, wer ist das gewesen?"

„Sollte ich ihn denn kennen?"

„Was wollten Sie dort, in diesem Laden in Chinatown?"

„Stöbern, so wie wohl alle, die ihn aufsuchen."

„Wonach denn?" Clara machte Druck.

„Nach dem zweiten Teil des Codes, der Ihnen vielleicht auch allein Zugang zu dem Konto verschafft hätte, nachdem Bishop Sie vor der Bank versetzt hatte?"

„Kein Wort mehr jetzt, Markus!"

„Wollten Sie Bishop linken?"

„Ihren Komplizen?"

„Der Viktor Winter aus Ihrer Wohnung entführt, auf diesen Hügel bei Frankfurt geschleppt und ihn dann in der Hitze unter dem Glassturz krepieren hat lassen?"

„War es so?"

„Hat Bishop Winter ermordet, nachdem Sie aus der Stadt verschwunden sind?"

„Oder haben Sie ihm dabei geholfen und sind erst danach getürmt?"

„Dann war es nämlich Beihilfe!"

„Nicht nur zum Steuerbetrug, sondern auch zum Mord an Winter!"

„Oder waren Sie auch auf dem Hügel dabei?"

„Und sind erst nachher verschwunden?"

„Und haben gefilmt."

„Und fotografiert."

„Wie beim Wildern mit Bishop, mit dem Sie auf Safari waren."

„Was für eine Chuzpe! Einfach mal so einen Löwen abknallen, wenn man international zur Fahndung ausgeschrieben ist."

„Als Tourist fällt man ja nicht so auf, oder?"

„Als Wilderer allerdings vielleicht schon."

Clara blätterte ein paar Jagdfotos, die Li sichergestellt hatte, vor ihn auf den Tisch wie einen Royal Flash.

„War das Bishops Idee?"

„Das schaut nicht gut für Sie aus, Pfeffer!"

„Ganz und gar nicht gut."

„Was wollte Viktor Winter in Ihrer Wohnung?"

„Wer war dort mit ihm verabredet?"

„Sie oder Bishop?"

„Oder Sie beide?"

Er sackte in sich zusammen, als würde ihm die Luft ausgehen.

Endlich hatten sie ihn dort, wo sie ihn haben wollten. Sie hatten Pfeffer abwechselnd so starke Treffer zugefügt, dass er in den Seilen hing. Bis er sich fasste und es schaffte, sich wieder aufzuraffen. „So war es nicht. Sie können nichts davon beweisen!“ Er kämpfte um Haltung und richtete sich wieder auf. Statt eines Grinsens brachte er allerdings nur eine Grimasse zustande.

„Deshalb brechen wir hier jetzt auch ab“, drängte der Anwalt, um Schadensbegrenzung für seinen Mandanten bemüht.

Clara und Anders sahen sich erneut an, dieses Mal zufriedener. Wenn einer schon sagte, dass die Vorwürfe gegen ihn nicht zu beweisen waren, steckte er gewöhnlich ganz schön tief in der Sache drin.

Was der Anwalt im Augenblick für seinen Mandanten tun konnte, war, ihn vor weiteren Verdächtigungen und Anschuldigungen in Schutz zu nehmen.

Doch Anders und Clara hatten bereits genug gesehen und gehört. Vor einem Gericht brauchten sie allerdings Beweise, Indizien, Zeugenaussagen und vor allem Geständnisse. Pfeffer war angezählt. Jetzt war er bereit, sich seinem Anwalt zu fügen. Der, ob er nun ein Mörder war oder nicht, zu ihm halten würde, bis er in die Freiheit entlassen würde, oder für Jahre oder Jahrzehnte in irgendeiner Zelle verschwand.

„Mein Mandant macht von seinem Recht zu schweigen Gebrauch“, sagte Svoboda nun. „Komm mit!“ Er war bereits aufgestanden. Er packte Pfeffer an der Schulter, um ihn aus dem Phlegma, das ihn befallen hatte, in die Wirklichkeit zurückzuholen, mochte diese auch noch so trostlos sein.

Anders nickte nur.

Clara rief nach der Justizwache.

Pfeffer hatte dem nichts hinzuzufügen. Er sah geschafft aus. Müde, zermürbt von der U-Haft und desillusioniert von seinen geplatzten Träumen. Angezählt von den Treffern, die Anders und Clara ihm verpasst hatten und die er nicht länger einfach so wegstecken konnte. Sein Sturz vom Gipfel seines Erfolgs in die Niederungen seiner Zelle hatte keine zwei Monate gedauert.

Und wenn einer kein Glück hatte, kam meist auch noch eine Menge Pech dazu.

28

Wie war er hierher gelangt? Wo war er überhaupt? Sein Kopf war wie in Watte gepackt, die in etwas Chemisches getränkt worden war. In etwas Süßliches. Warum konnte er nichts sehen? Er bemerkte, dass er die Augen geschlossen hatte. Er bewegte seinen Mund, um etwas zu sagen und seine Stimme zu prüfen, doch es kam nur ein Krächzen heraus.

Die Augen zu öffnen, kostete ihn seine ganze Kraft. So fertig war er nicht mehr gewesen, seit er auf den Gipfel dieses Berges gewollt hatte. Was für eine Schnapsidee! Er war tatsächlich so einfältig gewesen zu glauben, dass Wünsche dazu da seien, sich eines Tages zu erfüllen, bevor die Zeit um und solange es noch möglich war. Doch das ganze Training war für den Arsch gewesen. Muskeln stiegen nicht auf hohe Berge, es war der Wille, der sie antrieb, und der stärkste Wille war machtlos, wenn man die Höhe nicht vertrug.

Es war noch immer stockdunkel. Er musste überprüfen, ob seine Augen überhaupt offen waren. Nach so manchem Rausch war er schon mit verklebten Lidern erwacht.

Als er sich betasten wollte, stellte er fest, dass es nicht ging. Weder mit der linken Hand noch mit der rechten. Er hing irgendwie fest. Etwas schnitt in seine Gelenke, wenn er die Hände zu sich ziehen wollte. Er hing in einem Sitz, die Arme zur Seite gestreckt. Was war passiert? Jetzt nur keine Panik bekommen! Er setzte sich hin und versuchte, sich zu erinnern.

Nachdem er auf diesem Scheißberg verloren gegangen war, war er bei dem Versuch ins Tal zurückzukommen, über einen Steilhang gestürzt. Eine Weile war er bewusstlos gewesen. Dann war es ihm irgendwie gelungen, sich in Sicherheit zu bringen.

Nach ein paar Tagen auf einer Krankenstation in Moshi, wo man ihn wieder aufgepäppelt hatte, war es nicht mehr möglich gewesen, die Verabredung in Singapur einzuhalten. Ihr Date mit dem großen Geld! Es war so traurig, doch er musste einfach lachen. Seiner Kehle entrangen sich ein paar klägliche Gluckser.

Und danach? Sich zu erinnern, bereitete ihm Schmerzen. Die Neuronen in seinem Kopf feuerten drauflos. Salven, die mehr mit einem Feuerwerk als mit zielen und schießen zu tun hatten. Einem Feuerwerk vor einem grellen Himmel. Langsam dämmerte es ihm. Er war unter falschem Namen nach Argentinien geflogen. Nach Buenos Aires, wo er den Mann treffen sollte, den er wegen seines albernen Kindheitstraums verpasst hatte. Doch er hätte es besser wissen müssen. Wie schnell sich die Verwirklichung eines abgestandenen, naiven Traums in einen Albtraum verwandeln konnte!

Und jetzt hing er hier fest. Er war auf dem Rücksitz eines Autos mit Kabelbindern an die Haltegriffe gefesselt worden. Aber wo genau war er? Noch in Buenos Aires? Allmählich kehrte die Erinnerung ganz zurück und es war deprimierend. Er war nach Europa gelockt worden, und zwar von dem, dessen Namen nur zu denken ihnen untersagt worden war, sollten sie jemals Schwierigkeiten mit dem Gesetz bekommen.

Mit einem falschen Pass, einem Bart, mit gefärbtem Haar und gegen jede Vernunft war er so dumm gewesen, sich hierher locken zu lassen. Es war um das Geld gegangen, um was sonst! Um den Versuch, an das Geld zu kommen, von hier aus, zu zweit. Mit den beiden Hälften des Codes wäre es irgendwie möglich gewesen, und mit der Unterstützung des Anwalts, die ihm versprochen worden war.

Er fluchte in die Dunkelheit hinein. Ausgerechnet nach Wien! Wie hatte er nur so bescheuert sein können, er, ein Mann, der sonst die anderen für dumm verkaufte. Wie hatte er nicht sehen können, dass er direkt in eine Falle tappte? Geahnt hatte er es, aber es hatte nicht ausgereicht, um ihn davon abzuhalten. Nur um dann hier zu erfahren, dass der, den er treffen sollte, geschnappt und in U-Haft genommen worden war. Doch er wusste, wer hinter all dem steckte, und ab jetzt würde er nicht mehr zögern, sich gegen ihn zu stellen.

Wenn er doch nur endlich hier rauskäme!

Mit den Zähnen kam er nicht an die Fesseln. Wenn es ihm gelang, ein Bein hochzukriegen, sodass er eines der Autofenster eintreten konnte, schaffte er es vielleicht, mit den Zähnen eine Scherbe abzubrechen. Danach könnte er versuchen, die Fesseln zu durchtrennen.

Doch das würde bestimmt nicht unblutig abgehen, dachte er, als ein Licht anging. Er spähte umher, konnte aber nur Konturen erkennen, so sehr blendete das Licht ihn. Draußen bewegte sich jemand ums Auto herum. Jetzt ging diese Figur hinter dem Heck in die Hocke. Er verrenkte sich den Hals, um zu sehen, was dort draußen geschah. Kannte er den Mann nicht? Diese Figur, so wie er sich bewegte, seine Haltung?

Er wollte schon nach ihm rufen, da tauchte er an der Beifahrertür auf. Was jetzt geschah, machte ihn absolut sprachlos. Die Figur trat aus dem Licht. Sie trug eine Haube über dem Kopf, mit Löchern für Mund, Nase und Augen. Sie öffnete die Tür auf der Beifahrerseite, steckte einen Schlüssel ins Schloss, kuppelte aus und startete den Wagen. Dann senkte sie das Fenster hinab, schob etwas hinein und klemmte es zwischen Scheibe und Rahmen fest. Täuschte er sich, oder sah er dort draußen, weit unter sich, das nächtliche Funkeln einer Skyline?

Erneut öffnete er den Mund, um etwas zu sagen, doch da fiel die Tür schon ins Schloss. Die Figur, die in einem Overall steckte, hielt kurz inne. Sie drehte sich zu ihm um und winkte, wie man jemandem zum Abschied winkte, dann verschwand sie im Licht wie ein Schatten.

Auspuffgase sickerten ins Innere des Autos. Er sah, roch und schmeckte es. Sie waberten umher und fanden ihren Weg in alle Winkel und Ritzen. Bis hinein in seine Atemwege, wenn er Luft schöpfte, es ließ sich nicht vermeiden. Er würde sterben, wenn er nicht entkam. Er musste handeln!

Er presste sich gegen die Fesseln, um das Bein hochzubekommen, mit dem er die Scheibe eintreten wollte. Doch es war nicht vom Fleck zu bewegen. Er hustete. Auch das andere Bein steckte fest. Man hatte ihm also auch die Füße gefesselt. Er war den Abgasen, die bereits seine Sicht trübten, hilflos ausgeliefert.

Als er dachte, das hier sei das Ende, trat der Overall wieder aus dem blendenden Licht und kam auf das Auto zu. Hatte er nicht eine Haube über dem Kopf gehabt? Hoffnung keimte in ihm auf. Man holte ihn hier raus! Man hatte ihn nur unter Druck setzen wollen, um ihn gefügig zu machen, damit er die Hälfte des Codes preisgab, mit dem man an das Geld kam. Wer zur Hölle es auch war, er konnte diesen Code haben. Er würde ihn nicht mit in den Tod nehmen!

Er krümmte sich vor lauter Husten. Die Figur im Overall näherte sich dem Wagen, öffnete jedoch nicht die Tür. Was sollte das? Seine Augen brannten höllisch. Er verengte sie zu Schlitzen, um sehen zu können, was sich draußen tat.

Dann schrie er, so laut er konnte. Er wusste nicht, was.

Als er gierig Luft holte, wurde ihm sofort übel. Alles drehte sich um ihn. Er kotzte zwischen die Vordersitze. War es überhaupt dieselbe Figur? War diese nicht kleiner? Hatte der Overall nicht eine andere Farbe? Mit letzter Kraft richtete er den Blick auf etwas, das draußen geschah.

Wurde er etwa gefilmt?

29

Am Tag nach dem Verhör in der Justizanstalt rief die Chefin an und verlangte ihn und Clara in ihrem Büro zu sprechen. Anders trennte sich nur ungern von seinem Frühstück, Kaffee, Croissant und Joghurt, mit dem er sich gerade eben vor seinem PC niedergelassen hatte, um in Ruhe die Nachrichten zu lesen.

Die paar Meter von der U6 ins BK hatten bereits ausgereicht, um ihn zum Schwitzen zu bringen. Er tauschte das unter den Achseln feuchte Hemd gegen ein T-Shirt und ging hinüber, um Clara abzuholen. Als er gleichzeitig mit dem Klopfen, die Türklinke in der Hand, einen Schritt in ihr Büro hineinmachte, fand er sie in einer verrenkten Haltung auf dem Boden vor. Er wollte schon hineilen, um ihr aufzuhelfen, als sie raunte: „Bleib, wo du bist, Kollege."

„Alles in Ordnung? Der Ruf von Kranebitter hat uns ereilt."

Clara atmete hörbar und kontrolliert aus, dann entflocht sie ihre Gliedmaßen und richtete sich langsam auf.

„Aha", sagte Anders, als er die Yogamatte entdeckte, die sie neben ihrem Schreibtisch ausgerollt hatte. „Ich dachte schon, du hast einen Bandscheibenvorfall oder so etwas in der Art."

„Wir haben schon mehr gelacht, Chefinspektor", sagte sie, erhob sich, und schüttelte Arme und Beine aus. „Was will sie denn so früh von uns?"

„Darüber reden, was wir bei der Vernehmung herausbekommen haben."

Er ging zu ihr. Während sie in ihrer Tasche und dem Chaos auf ihrem Schreibtisch nach ihrem Handy suchte, begutachtete er das in einem Rahmen steckende Foto, das er noch gar nicht kannte. Es war das Porträt einer Frau, die ihn an Jackie Kennedy erinnerte. „Eine Neue?"

Clara kam mit ihrem Handy hoch, das irgendwie unter den Tisch geraten war und legte Jackie Kennedy mit dem Gesicht nach unten flach auf den Schreibtisch. „Das ist privat, Anders."

„Warum steht es dann hier, auf deinem Schreibtisch?"

„Du kapierst es doch nicht, wenn ich's dir verrate."

Täuschte er sich, oder war sie tatsächlich ein wenig rot geworden? Fast wie ein Backfisch. Oder war es der vom morgendlichen Yoga gut in Schwung gebrachte Kreislauf? „Erklär's mir doch, vielleicht versteh ich's ja dann."

„Sie ist ein wundervoller Mensch."

So viel Anders mitbekommen hatte, ging es in der Szene, in der Clara verkehrte, ziemlich promiskuitiv zu. Ihren gelegentlichen Berichten hatte er entnommen, dass es fast verpönt war, jemanden nur für sich haben zu wollen, und dass ihr das zugesetzt hatte, wenn sie sich verliebt hatte. „Dann alles Gute", sagte er nur. Dass einer, oder eine, sich ein Foto der Frau oder Geliebten im Büro auf den Schreibtisch stellte, würde er trotzdem niemals verstehen. Das Private war doch nur dann interessant, wenn es Abgründe offenbarte, die zu Verbrechen führten. „Los komm", sagte er, „die Königin lässt man nicht warten."

Clara drängte sich vor, bevor Anders ins Büro der Chefin platzen und ihr die Laune verderben konnte. Sie klopfte an, wartete auf das „Herein", dann öffnete sie die Tür und ließ ihm den Vortritt.

Was für ein byzantinisches Verhalten, dachte Anders, als er sich nach einem Platz umsah. Sie grüßten und die Chefin verwies sie auf die zwei Stühle vor ihrem Schreibtisch.

„Wie geht es Ihnen, Anders?"

Fast keine Frage nervte ihn so sehr wie diese. Mochte es auch nur Small-Talk sein, für ihn schwangen darin immer auch Zweifel daran mit, dass er seinen Aufgaben wegen seiner Krankheit nicht gewachsen sein könnte.

„Wie die andern so wollen", sagte er, um das Thema gar nicht erst aufkommen zu lassen.

„Ich verstehe", sagte die Chefin. „Also kommen wir direkt zur Sache. Der Oberst will wissen, ob er den Fall nun endlich ad acta legen kann. Sie beide waren gestern in der Justizanstalt Josefstadt und haben Pfeffer verhört. Können wir bald mit einem Erfolg rechnen?"

Wenn Anders auf eine Frage nicht einging und sich stattdessen am Ohrläppchen rieb, wusste Clara, dass sie an der Reihe war. „Wir haben ihn in die Ecke getrieben, aber gefallen ist er noch nicht", sagte sie.

„Glaubt er noch immer, dass er mit der Story von einem zum Betrug Verführten durchkommt?"

„Das nicht gerade“, sagte Clara, „dazu haben wir ihn mit zu vielen Fakten konfrontiert. Inzwischen setzt er mithilfe seines Anwalts darauf, dass wir noch immer nicht zweifelsfrei beweisen können, was wir mittlerweile vermuten, oder auch wissen.“

„Ich habe gehört, dass er sich tatsächlich von Svoboda vertreten lässt. Der ist aber eigentlich doch auf Korruption spezialisiert und arbeitet für eine andere Klientel.“

„Vielleicht verspricht er sich vor Gericht ja einen Politikerbonus“, sagte Clara.

Lore Kranebitter lächelte ein wenig zu nachsichtig. „Gibt es einen solchen Bonus überhaupt? Oder ist das nur ein Gerücht, dem die Presse anhängt, um die Auflagen zu steigern?“

Anders dachte an das, was Nadja früher bei Recherchen in dem Milieu ans Licht gebracht hatte. „Es kommt nur auf die Partei an“, warf er ein.

„Und welcher Partei, lieber Anders, gehört Ihrer Meinung nach ein straffällig gewordener Banker an?“

„Die Justiz“, lenkte Clara sanft ein, um Anders vor sich selbst zu beschützen, „handelt ganz bestimmt ohne Ansehen der Person oder Partei.“

„So sollte es sein“, sagte die Chefin. Es klang, als ob es auch tatsächlich so wäre.

„Der großen vaterländischen Partei des Mammons“, sagte Anders jetzt trotzig. Ihm ging diese verlogene Naivität gehörig auf den Wecker. Dass Justitia die Augen verbunden waren, um objektiv zu richten, hatte sich, seit er Chefinspektor war, auch schon ins Gegenteil verkehrt. Sie hatte ihre Augen vor der Gerechtigkeit fest verschlossen, um dem Recht des Stärkeren zum Sieg zu verhelfen. Dem Recht dessen, der Beziehungen hatte und Geld, und der es sich leisten konnte, um sein Recht zu streiten, Gerechtigkeit hin oder her.

„Bleiben wir doch bei der Sache, Anders."

Auf Politisches reagierte die Chefin allergisch, seit sie Hoffnungen auf den Chefsessel im BK hegte. Vizedirektor Grabowski hatte den todkranken Direktor mit seinem unsensiblen Verhalten enttäuscht, und jetzt, weil die Erbfolge unter den Jagdkameraden gestört war, kam die Bürokratie ins Spiel, die, es lag in ihrer Natur, ein Regelwerk für alle Fälle im Ärmel hatte. Und mit der Bürokratie, wie konnte es auch anders sein, kam auch die Politik ins Spiel, dachte Anders. Als legitime Sachwalterin der Bürokratie. Die Weisungen der Politik entsprangen aber keinesfalls der Vernunft, sondern nur der Parteiräson derer, die an der Macht waren.

Clara hatte das dringende Bedürfnis, sich einzumischen und das Gespräch wieder auf einen sachdienlichen Weg zu bringen. In ein paar Sätzen fasste sie daher zusammen, was bei dem gestrigen Verhör herausgekommen war. Danach verwies sie noch auf ihren Bericht, an dem sie bis in die Nacht hinein gesessen hatte.

Die Chefin hörte aufmerksam zu und sagte dann: „Ist es möglich, dass Pfeffer an dem Mord an diesem Winter beteiligt war?"

„Es ist sogar sehr wahrscheinlich", sagte Clara. „Wir wissen nur nicht, auf welche Weise. Entweder war er zum Zeitpunkt, als Winter in seiner Wohnung betäubt wurde, schon unterwegs nach Tansania, oder er hat selbst mit Hand angelegt."

„Bishop und er?"

„Sie könnten ihren Auftraggeber beseitigt haben."

„Winter."

„Um nur durch zwei und nicht durch drei teilen zu müssen."

„Bishop ist verschwunden", sagte die Chefin. „Wie kriegen wir Pfeffer also dran? Und zwar wegen Mordes und nicht nur wegen Betrugs."

Clara überlegte.

Anders starrte ins Leere.

„Wenn er nicht gesteht", sagte Clara schließlich, „schaut es im Moment nicht gut aus. Dass er in Singapur fast aus dem Weg geräumt worden wäre, beweist ja noch nichts. Wir wissen nicht, ob dieser Brite etwas gestehen wird, das ihn belastet."

„Oder ob er überhaupt irgendetwas aussagen wird", meinte die Chefin und seufzte. So schnell würde sie also keinen Erfolg vorweisen können, der beim Kampf um den Einzug in den siebten Stock den Ausschlag geben könnte. Dass der Direktor abtreten würde, war, was man so hörte, nur eine Frage der Zeit, und dass der Oberst in Ungnade gefallen war ... was konnte sie dafür?

„Einspruch", sagte Anders plötzlich. Sein stilles Brüten hatte die beiden Frauen fast vergessen lassen, dass er auch noch da war.

„Inwiefern, Anders?" Der Chefin wäre es lieber gewesen, wenn er aus seiner Trance erwacht wäre, um ihr Büro zu verlassen und an die Arbeit zu gehen. Wie sie ihn kannte, war er imstande, der Liste der unerfreulichen Tatsachen noch eine weitere hinzuzufügen.

„Pfeffer hat mit dem Mord nichts zu tun."

„Woher wollen Sie das auf einmal so genau wissen?"

Auch Clara war überrascht von der Einsicht ihres Kollegen, die er so strikt bisher noch nie geäußert hatte.

Anders Blick blieb starr auf etwas gerichtet, das vom Fenster des Büros aus zu sehen war. Clara folgte seinem Blick. Es war die goldene Kuppel der Müllverbrennungsanlage, die ihn so sehr in ihren Bann zog. Sie fragte sich, ob er seine Tabletten genommen hatte, und fasste ihn sanft am Oberarm, um ihn ins Hier und Jetzt zurückzuholen.

Bevor Pfeffer aufgeflogen ist, hatte ich sogar seine Bewerbung auf dem Tisch. Natürlich ist sie in der Rundablage gelandet. Ich schätze es nicht, wenn unsere Mitarbeiter privat allzu eng miteinander werden. Es untergräbt die Konkurrenz und damit die Grundlage unseres Geschäfts. Soviel ich weiß, haben sich die beiden aber trotzdem hauptsächlich über Privates ausgetauscht. Das ließ mich dann auch zögern, die Bewerbung in Betracht zu ziehen.

„Anders!"

Er saß steif auf seinem Stuhl, schien aber in Gedanken ganz woanders zu sein.

Mit Kleinem, was auch immer es sein mochte, gaben sie sich ganz bestimmt nicht zufrieden. Bishop zumindest nicht, so wie ich ihn kenne. Sie sind von Kunden auf den Abschuss von Großwild eingeladen worden, in Russland, Afrika und in Südamerika.

„Manchmal frage ich mich, ob die Zweifel so mancher Kollegen an seiner Arbeitsfähigkeit nicht doch berechtigt sind. Er kann froh sein, dass ihm der Oberst noch immer die Stange hält, wo sie doch so leicht aneinandergeraten."

Kunden, die international dick im Geschäft sind. Und dass die jede Menge Feinde haben und auch die Aufmerksamkeit diverser Spinner und Weltverbesserer auf sich ziehen, gehört einfach dazu. Immer nur Geld zu verdienen, ist doch langweilig, finden Sie nicht?

Clara kannte einen Trick, den sie mit seinem Einverständnis zur Anwendung bringen durfte, wenn es die Situation erforderte, und jetzt war das definitiv der Fall, entschied sie. Sie klatschte an seinem rechten Ohr, das ihr am nächsten war, zwei Mal hintereinander fest in die Hände.

Anders fiel jetzt ein, was auf dem Zettel gestanden hatte, den Burnside mit der Hand hatte verdecken wollen. Ein Name, der mit W, V oder U anfing, und auf er oder ir oder ar endete: Winter!

Sein Blick löste sich von der im Sonnenlicht glänzenden Kuppel draußen und wandte sich wieder der Chefin zu, so als sei nichts gewesen. „Ich weiß es einfach. Pfeffer ist kein Mörder."

Die Chefin lächelte verärgert und warf einen verschwörerischen Blick auf Clara, die sich jedoch weigerte, sich mit ihr gemein zu machen. „Wenn Sie das so auch vor Gericht aussagen, Anders, kann ja nicht mehr viel schiefgehen."

„Gewissheit stellt sich erst ein, wenn alles zu Ende ist."

„Wenn Sie meinen. Sie sollten beide wieder an die Arbeit gehen, und Sie, Anders, suchen doch besser mal wieder Ihren Arzt auf, der Sie wegen Ihrer Krankheit behandelt."

Anders lächelte. „Es ist eine Ärztin", sagte er und erhob sich.

„Soll mir auch recht sein."

„Wenn alles zu Ende ist", sagte er noch einmal, bevor er das Büro verließ, von Clara diskret zur Tür manövriert.

30

Die Absencen im Büro der Chefin hatten ihn ermüdet. Um sich zu erholen, fuhr er nach Hause. Sie waren mit ihrem Fall an einem Punkt angelangt, an dem etwas passieren musste, mit dem niemand rechnete. Etwas, das den Knoten löste.

Niemand war zu Hause. Leonie war bestimmt mit ihrem neuen, alten Freund unterwegs. Was die beiden in den letzten Tagen und Nächten so getrieben hatten, war ihm komplett entgangen. Wenn er am Morgen ging, waren sie noch nicht aufgestanden, und wenn er heimkam, waren sie noch nicht wieder da.

Er duschte kühl und ausgiebig, wusch sich die Haare und trimmte seinen Bart. Als er den Leinenanzug wechselte, fiel ihm der Zettel mit Maries Notizen zur Paartherapie in die Hände. Der Termin rückte immer näher. Er wusste nicht, was ihn mehr unter Druck setzte ... sein ungelöster Fall oder dieser Termin. Bei dem es im Grunde auch nur um einen ungelösten Fall ging. Den Fall Anders gegen Anders.

Er verließ das Haus und setzte sich an eines der Tischchen vor dem Pippos. Die Hitze brütete auf dem Platz wie eine fiebernde Henne. Er saß im Schatten, aß eine Pasta alla Putanesca und trank dazu ein kühles Bier. Pippo wusste, wann der Ispettore seine Ruhe brauchte. Er bediente ihn daher wie ein Schatten, diskret und zügig. Wenn Anders vom Grübeln aufsah, um etwas zu sagen, war er immer schon wieder weg.

Nach einem Espresso schlenderte er zum Capriccio hinüber, um zu sehen, ob das Exemplar der Zweitausgabe der *Zimtläden* noch da war. Als hätte er es geahnt, es war weg! Gestern habe es jemand gekauft, wurde ihm gesagt. Das wäre nicht passiert, wenn Renard, der Besitzer des Buchstandes sich nicht immer öfter vertreten ließ, weil er Probleme mit dem Herzen hatte. Er hätte sein Interesse ernst genommen und es ihm zur Seite gelegt.

Anders hatte Mühe, sich seine Enttäuschung und Wut nicht anmerken zu lassen. Wut auf sich selbst, weil er es nicht sofort gekauft hatte, als er es entdeckt hatte. Um sich abzulenken und sich zu beruhigen, stöberte er ein wenig herum. Ein Buch in die Hand zu nehmen, es aufzuschlagen, ein paar Zeilen zu lesen, um zu sehen, ob es einen eigenen Rhythmus hatte, beruhigte ihn irgendwie. Allein der Rhythmus von Schopenhauers Prosa hatte ihm in jungen Jahren durch so manches Tief geholfen, von den Einsichten des Einsiedlers gar nicht zu reden. Er unterschrieb jedes Wort, das Tucholsky über ihn gesagt hatte: „Ich habe nie eine Seite Schopenhauer lesen können, ohne alles rosarot zu sehen." Ein angeblicher Pessimist, der einem eine rosarote Brille aufsetzte. Was wollte man mehr.

Er fragte sich, was er in dem Fall bisher übersehen hatte. Pfeffer konnte er sich als Mörder beim besten Willen nicht vorstellen. Dass man es einem nicht ansehen konnte, ob er zum Mörder werden würde, war nur eine Binsenweisheit und Banalität. Das war es nicht, was ihn an der Schuld Pfeffers zweifeln ließ, zumindest was den Mord an Winter anging. Er wurde das Gefühl nicht los, dass er etwas übersehen hatte. Etwas, das auf der Hand lag. Etwas, das sich direkt vor seinen Augen abgespielt hatte. Er nahm einen zerfledderten Band über die Geschichte des Stummfilms in die Hand und blätterte gedankenverloren darin. *Die Hände von Orlac*. Er erinnerte sich an den Film, den er als Teenager gesehen hatte. Ein Pianist verliert bei einem Unfall beide Hände. Man näht ihm die Hände eines Mörders an, mit denen er schließlich selbst zum Mörder wird.

Im nächsten Moment erinnerte Anders sich an das Video *Tod eines Mörders*, und er erinnerte sich an die Hand, die kurz vor dem Ende durch das Bild gegeistert war.

War es die Hand des Voyeurs gewesen?

Die Hand eines Aktivisten, der sich aus Hass auf das Schlechte in der Welt zum Bösen hatte verführen lassen?

Oder die Hand des Mörders?

Aber vielleicht handelte es sich auch um ein und dieselbe Person, dachte er, als ihn die Melodie von *A foggy day* aus seinen Überlegungen riss.

Clara rief ihn an. „Die Polizei ist auf etwas gestoßen, das wir uns ansehen sollten."

„Worum geht's?"

„Komm einfach her, Chef, und zwar so schnell wie möglich."

„Wenn du mir sagst, wohin, bin ich schon so gut wie da."

„Beeil dich. Du musst nach Hütteldorf rauskommen, ein Stück in den Wienerwald hinein." Clara wusste offenbar etwas, das sie in helle Aufregung versetzte.

„Hast du was zum Schreiben in der Nähe? Ich sag dir die Koordinaten."

Er notierte sie sich und wartete nicht darauf, dass sie sich verabschiedete, was sie ohnehin nie tat. Er tippte die Daten in eine Navi-App, ging schräg über den Platz zu einem Taxistand, setzte sich ins erste Auto und ließ sich quer durch die Stadt fast bis zum Stadion fahren. Zum Glück gab es heute kein Spiel, sonst wären sie auf der Route im Stau stecken geblieben.

Von der Hütteldorfer Straße bogen sie in einen Weg ab, der durch die Ausläufer des Wienerwaldes bis auf die Steinhofgründe führte. Ganz oben in den Pavillons, rund um eine von Otto Wagner entworfene Kirche, war seinerzeit die Psychiatrie der Stadt untergebracht gewesen. Dort war auch Peter Altenberg ein und aus gegangen. Rein zur Therapie mit ein paar Flaschen Schnaps und ungewaschenen Socken, und raus, wie er in einer seiner Skizzen umriss, mit leeren Flaschen und sauberen Socken.

Über krumme Waldwege ging es bergauf. Ein paar Mal wollte der Taxler nicht mehr weiterfahren, doch Anders spornte ihn an. Als sie mit dem Wagen einige Male aufsaßen, weigerte er sich schließlich, die Fahrt fortzusetzen.

Anders zahlte. Der Fahrer reversierte umständlich und holperte dann den Weg hinab, den sie gekommen waren. Anders ging bis zur Lichtung, die sich am Rand des Buchenwalds abzeichnete. Ein paar Polizeiautos standen dort und Kollegen auf beiden Seiten des rotweißen Absperrbands, das in einem Kreis aufgespannt war. Im Zentrum befand sich ein dunkler Jeep, die Türen standen offen.

Anders zückte seinen Dienstausweis und schlüpfte unter dem Band durch. Clara kam ihm aufgeregt entgegen.

„Du wirst Augen machen!"

„Sag schon."

„Komm, sieh es dir an."

Kollege Krenn von der Forensik duckte sich gerade rückwärts aus dem Heck des Wagens, als Anders sich näherte.

„Servus Anders. Die Kollegin meint, das hier hat was mit eurem Fall zu tun."

„Wenn sie das sagt." Anders bückte sich und warf einen Blick ins Innere des Wagens. „Dann muss es stimmen." Er hatte alle Bilder beiseitegeschoben, die sich ihm aufdrängten, um unbelastet an die Sache heranzugehen. Was er sah, verschlug ihm jedoch die Sprache. Er pfiff leise durch die Zähne. „So sieht man sich also wieder", sagte er, mehr zu sich selbst als zu Clara, die hinter ihm stand.

„Max Bishop", sagte sie. „Wir konnten ihn eindeutig identifizieren."

„Ich hatte in London bereits das Missvergnügen, ihn kennenzulernen." Der Tote sah aus, als hätte er noch mehr geraucht als auf der Parkbank mit Blick auf das London Eye, wo sie sich über den Fall Emission Sales und Markus Pfeffer unterhalten hatten, bevor ihn ein Handlanger aus dem Weg räumen wollte.

Der Tote war aschgrau im Gesicht, als Anders den Kopf anhob, der ihm auf die Brust gesunken war. Mit ausgebreiteten Armen, Knie an Knie, hing er da. Die Lippen purpurn, seine Augen rot unterlaufen. Das Auto stank wie ein voller Aschenbecher. „Diese Party ist wohl aus dem Ruder gelaufen, alter Junge“, murmelte Anders. „Und du kannst uns nun nicht mehr sagen, wer sie für dich geschmissen hat.“

„Kein schöner Tod“, sagte Clara.

Anders kroch im Krebsgang vom Rücksitz und richtete sich auf. Er sah den Schlauch, den die Spusi inzwischen abgenommen und auf den Boden gelegt hatte. „CO“, sagte er. „Viel zu viel davon, und CO_2.“

„Ein weiteres Mal also.“

„Aber in einer neuen Versuchsanordnung.“

„An einem anderen Ort.“

„Was sagt uns das, Kollegin Fürpass?“

„Dass Pfeffer es nicht gewesen sein kann.“

„Dieses Mal jedenfalls nicht.“

Anders spitzte missbilligend die Lippen. „Nicht nur dieses Mal nicht.“

„Umweltschützer?“

Anders schwieg. Er hob nur seine Arme und ließ sie ratlos wieder sinken. Viel war ihm in letzter Zeit in den Sinn gekommen. Manches war durch die Filter des Bewusstseins getropft, anderes wollte aus den Tiefen des Unbewussten aufsteigen. Doch es steckte dort irgendwie fest. Er mochte sich zu keinem Verdacht durchringen.

Der Kollege hatte gewartet, bis sie sich ein Bild vom Tatort gemacht hatten. Jetzt kam er näher und forderte sie auf, diesen wieder zu verlassen, damit sie mit der Beweissicherung fortfahren konnten.

„Wir schicken die Ergebnisse ins BK, wenn wir hier fertig sind Anders“, sagte er.

Anders nickte. „Komm", sagte er zu Clara, „ich brauch jetzt ein Bier. Hier oben wird es bestimmt irgendwo ein Wirtshaus geben."

Sie fanden einen Gastgarten mit Blick über einen Teil der Stadt. Clara aß etwas und trank eine Cola, während Anders sich ans Bier hielt. Mit dieser Aussicht hätte man auf andere Gedanken kommen können, wäre da nicht der Tote im Jeep gewesen, und die privaten Dinge, die ihn in Atem hielten.

Ein Kollege aus dem BK rief ihn an und sagte, dass es sich bei dem Jeep um einen Leihwagen handelte, was sie bereits vermutet hatten. Doch dann kam's: Pass und Führerschein, mit denen das Auto gemietet worden war, lauteten auf den Namen Viktor Winter!

Anders glaubte, sich verhört zu haben. Auf Nachfrage bestätigte der Kollege, was er kurz zuvor gesagt hatte.

Anders hatte sein Handy auf Lautsprecher gestellt. Clara hatte also alles mitangehört. Nach dem Gespräch blickten sie einander verblüfft an.

„Viktor Winter?"

„Es gibt nur zwei Möglichkeiten", sagte Anders und versuchte, einen kühlen Kopf zu bewahren.

„Entweder der Tote in Frankfurt war nicht Winter ...", erwiderte Clara.

„... oder", ergänzte Anders, „jemand gibt sich für ihn aus."

„Wer könnte seine Papiere haben? Bei dem Toten im Glassturz wurde nichts gefunden, er war nackt."

„Sein Mörder."

„Wir müssen mit der Person sprechen, die den Jeep vermietet hat."

Clara rief im BK an und fragte den Kollegen, der gerade mit dem Chef gesprochen hatte, bei welcher Firma der Wagen gemietet worden war. Danach rief sie dort an und ließ sich mit dem Mitarbeiter verbinden.

Anders beobachtete, wie sich ihre Miene verdüsterte, kurz darauf legte sie auf.

„Und?“

„Die haben diesen Viktor Winter, der den Jeep ausgeliehen hat, nie persönlich getroffen.“

„Das ist nicht gut“, sagte Anders. „Gar nicht gut!“

„Es reichen Fotos von Pass und Führerschein per App. Du bezahlst mit einem Guthaben und kriegst einen Code für den Schlüssel, der in einer Garage in einem Minisafe hinterlegt wird.“

„Wie eine Anleitung von Verbrechen leicht gemacht“, konnte Anders sich nicht verkneifen zu bemerken.

„Was machen wir jetzt?“

Jetzt eine Zigarette? Doch stattdessen zupfte er an seinem Ohrläppchen und überlegte.

Es war an der Zeit, Hendrick über den zweiten Mord zu informieren. Vielleicht konnten ihnen die Kollegen aus Frankfurt ja helfen, eine Spur zu verfolgen, die ihn nicht losließ, seit er auf die in der Sonne leuchtende Kuppel der Müllverbrennungsanlage gestarrt hatte. Es wäre ihnen schon geholfen, wenn sie etwas ausschließen konnten. Oft blieb einem auch in der Kriminalistik nicht mehr zu tun, als zur Methode der Falsifizierung zu greifen.

„Ruf Hendrick an oder Dorit Uhl“, sagte er. „Frag nach, ob sie in der Londoner Handelsabteilung der Bank eine Prüfung der Geschäfte veranlasst haben, was sie ja vorgehabt hatten.“

„Ein Büro mit einer solchen Aussicht wollte ich schon immer“, sagte Clara. Sie ließ ihren Blick über die Silhouette der Stadt schweifen, dann rief sie in Frankfurt an. Anders hörte mit.

Hendrick war nicht im Haus, aber Kollegin Uhl ging schließlich ran. Sie freute sich, wieder von Clara zu hören. „Wir wollten diese Prüfung für diese Woche veranlassen“, sagte sie, „haben sie aber verschoben, weil der Chef der Abteilung nicht da ist.“

„Nicht da?“

„Im Urlaub, angeblich.“

John Burnside, dachte Anders. Er kriegt Panik und beginnt, Fehler zu machen.

„Er hatte nichts gegen die Prüfung, wollte aber, dass wir sie um eine Woche verschieben. Was habt ihr aus Pfeffer herausgekriegt?“

„Er weiß, dass wir einiges wissen, gibt sich aber noch ziemlich zugeknöpft. Er setzt auf seinen findigen Anwalt, der ihn garantiert ein Vermögen kostet“, sagte Clara.

„Ja“, sagte Dorit, „wenn die zu viel Kohle haben, denken sie, sich das Recht auf einen Freispruch einfach erkaufen zu können.“

„Das wird sich ändern, sobald er erfährt, dass Max Bishop ermordet wurde“, entgegnete Clara.

„Burnsides rechte Hand in der Handelsabteilung?“

„Ganz genau. Hier in Wien. Vor Kurzem erst. Vielleicht versucht Pfeffer jetzt, alles seinem Kollegen und Freund in die Schuhe zu schieben. Die Geschichte vom anonymen Drahtzieher glaubt ihm doch sowieso niemand, und Bishop kann sich schließlich nicht mehr wehren.“

Clara wollte ihrer deutschen Kollegin noch erzählen, wie Bishop ums Leben gekommen war, aber ihr Chef unterband dies, indem er eine Hand über ihr Handy legte und „Das reicht jetzt“ flüsterte.

„Ich muss Schluss machen“, sagte Clara. „Wir müssen uns um den Fall kümmern.“

„Wir melden uns, wenn wir wissen, wo Burnside abgeblieben ist. Tschüss!“

Entgegen jeder Gewohnheit verabschiedete Clara sich mit einem „Wiederhören, Dorit.“

„Aha“, sagte Anders.

„Aha, was?“

„Ein Wiederhören, das ich auch gern einmal zu hören bekäme.“

„Sie ist nett, Anders.“

„Wenn das so ist.“

Sie blieben noch eine Weile im Gastgarten sitzen und schauten auf die Stadt hinunter. Seit der Saharastaub verschwunden war, trübte ein grauer Dunst den Himmel über Wien. Anders konnte nicht anders, als sich zu fragen, wie hoch wohl die Wahrscheinlichkeit war, dass in diesem Moment irgendwo dort unten ein Verbrechen geschah. Er musste sich eingestehen, dass er es nicht wusste. Zu hoch, das stand auf jeden Fall fest. Um sich von diesen Gedanken abzulenken, griff er zum Handy.

„Auf die Gefahr hin, mir einen Rüffel von der Chefin einzuhandeln oder mir eine Litanei vom Oberst anhören zu müssen, rufe ich jetzt Li an. Ich werde ihn bitten, die Polizei am Hauptbahnhof und am Flughafen auf Personen anzusetzen, die der Erscheinung von

Burnside entsprechen könnten oder sich als Viktor Winter ausgeben“, sagte er zu Clara.

Doch die schien gar nicht mehr bei der Sache zu sein. „Gut“, sagte sie nur und saugte mechanisch an ihrem Strohhalm, ohne jedoch zu bemerken, dass die Colaflasche bereits leer war.

Anders tat, was er gesagt hatte. Wenn sie gerade nicht an den Fall dachte, dann vielleicht an das Foto auf ihrem Schreibtisch. Li ließ sich genau beschreiben, wie John Burnside aussehen könnte, auch wenn dieser versuchte, sein Äußeres zu verändern. Er versprach, die entsprechenden Stellen zu informieren.

Später fuhren sie auf der anderen Seite der Anhöhe mit dem Bus in die Stadt zurück. Anders wollte direkt nach Hause, um vielleicht endlich mal seiner Tochter über den Weg zu laufen. Clara wollte noch in ihr Büro ins BK.

Er bat sie, für ein Treffen am nächsten Vormittag zu sorgen, bei dem sie alles Weitere besprechen konnten, sich mit Informationen an die Chefin, den Oberst und die Pressesprecherin aber noch zurückzuhalten.

An der U-Bahn-Station trennten sie sich. Sie winkte ihm über die Schulter zu. Er verstand, dass er sich darüber keine Sorgen zu machen brauchte.

31

Felix hatte die Anweisungen per E-Mail bekommen. Er hatte kein gutes Gefühl bei der Sache. Seit er Grünauers Büro verlassen hatte, musste er darüber nachdenken.

Eine Tour mit Gästen fand in einem bestimmten Rahmen statt, aber unterwegs fühlte er sich dennoch frei. Zu tun, was jemand von einem verlangte, aber nicht zu wissen, was einen erwartete, war etwas vollkommen anderes, als seine Schritte auf den Gipfel selbst zu setzen.

Er war zu weit gegangen, doch jetzt konnte er nicht mehr zurück, ohne sein Gesicht zu verlieren. Er verstand, wie sich Gäste fühlten, wenn sie immer höher aufstiegen, bis ihnen irgendwann die Luft wegblieb. Er würde sehen, wohin ihn die Sache führte, dachte er, als er unterwegs zum Treffpunkt war. Wenn es sein musste, könnte er immer noch aussteigen. Er würde jedenfalls nichts tun, was Leonie nicht billigen würde.

Der Treffpunkt war ein verlassener, vom Unkraut überwucherter Platz vor einem Supermarkt in der Nähe der Gasometer in Simmering. In der Umgebung war gelbes, oranges und weißes Licht zu sehen. Der Parkplatz lag fast zur Gänze im Dunkeln.

Grünauer war bereits da, als er ankam. In den nächsten Minuten trudelte einer nach dem anderen ein. Sie kamen aus dem Licht auf den Van zu, mit dem Grünauer hergekommen war, wurden auf ihrem Weg von der Dunkelheit aber beinahe verschluckt, bis sie im Schein des Standlichts von seinem Auto wieder auftauchten.

Peter, Amelie, Cynthia, Yussuf, er und Grünauer, der fragte, ob alle ihre Anweisungen gelesen und verstanden hatten.

Ja, hatten sie!

„Wenn alles läuft, wie geplant, kommen wir an einen Punkt, an dem ich euch sage, wie's weitergeht. Kapiert?"

Ein kurzes Zögern folgte. „Ja, haben wir."

Felix fragte sich, ob nicht genau das der Punkt sein könnte, an dem er eine andere Entscheidung treffen musste.

Sie schlüpften in die grünen Overalls mit dem XR-Logo auf Brust und Rücken, ein an den Enden geschlossenes X in einem Kreis. Dann stiegen sie in die alte Kiste ein, und Grünauer fuhr los. Es stank nach Diesel.

Um die Anspannung zu lösen, rief Amelie Grünauer zu, dass er besser mit einem Elektroauto aufgekreuzt wäre, wenn man sie wirklich ernst nehmen sollte.

Ein paar Lacher, Getuschel und Kichern folgte.

„Hör auf!" Grünauer verstand offenbar keinen Spaß, wenn es um eine Aktion ging. „Konzentriert euch. Es muss laufen wie am Schnürchen."

Sie fuhren auf die Autobahn zum Flughafen. Auf der Ladefläche hinten klapperten die Kübel mit der Farbe, die neben dem Transparent standen. Grünauer schaute auf die Uhr und nickte zufrieden. Alles lief nach Plan.

Ein paar Kilometer vor dem Flughafen fuhren sie ab und bogen von der Bundesstraße in einen Feldweg ein. Eine Weile kurvten sie zwischen Maisfeldern umher.

Die Lichter des schaukelnden Vans rissen Stücke aus der Finsternis. Hier und dort blitzte etwas auf. Eine Hütte, ein Zaun, Masten, ein über den Weg springendes Reh. Über ihnen, am Himmel, die Positionslichter von Flugzeugen im Steig- oder Sinkflug.

Am Ende eines Feldwegs reversierte Grünauer und der Motor heulte ein paar Mal auf. Dann hielt er an und stellte den Motor ab. Stille, dann das Ratschen der Handbremse und Grünauer, der als Erster aus dem Wagen sprang.

„Los, beeilt euch! Ihr wisst, was zu tun ist."

Während Grünauer mit dem Bolzenschneider ein Loch in den Zaun schnitt, schnappten sich die anderen Kübel, Besen, das Transparent, ein Stativ und ein großes Blitzlicht. Felix schleppte zwei Kübel mit Farbe. Als er sie aus dem Van hievte, sah er, wie Grünauer einen der Kübel nahm, den er für sich zur Seite gestellt hatte.

Es ist gut, wenn der Anführer mit anpackt. Er fragte sich, was in dem kleinen Rucksack war, den Grünauer trug.

Nacheinander schlüpften sie durch das Loch im Zaun. Ein Stück liefen sie am Zaun entlang, dann führte Grünauer sie auf das Rollfeld hinaus. Sie schleppten ihr ganzes Zeug bis zu einer Markierung in der Nähe einer der Startbahnen. In großer Entfernung sahen sie ein Flugzeug, das wendete und dann in Startposition verharrte.

Sie gingen schnell und zielstrebig zu Werke. Jeder hatte einen Auftrag zu erfüllen. Amelie und Cynthia spannten das Transparent auf, während Peter und Yussuf mit Besen und Farbe die Botschaft auf das Rollfeld pinselten. Inzwischen beschleunigte die Maschine und hob in die Nacht ab. Trotz der Entfernung war der Lärm beachtlich. Sie mussten schreien, um einander verstehen zu können. Felix half Grünauer, das Stativ, die Kamera und das Flashlight für das Shooting aufzubauen.

Sie stellten sich zwischen dem Transparent und dem Graffiti auf, das sie auf die Rollbahn gepinselt hatten. Dann zogen sie sich Mützen über das Gesicht und warteten. Als im Hintergrund die nächste Maschine abhob, machte Grünauer mit einem Weitwinkelobjektiv ein Foto. Auf dem Boden stand, perspektivisch verkürzt, CLIMATE APOKALYPSE, und auf dem grünen Transparent, in schwarzen Lettern, REBEL FOR LIFE. Unter den Mützen blickten sie entschlossen drein. Felix dachte, dass alles nicht so schlimm war, wie er befürchtet hatte.

Danach musste alles wieder ganz schnell gehen, weil eine Maschine vor dem Start fast bis zu ihnen heraus rollen würde. Sie packten zusammen, doch als sie sich auf den Rückweg machten, blieb Grünauer stehen.

„Los, haut ab! Ich bin stolz auf euch. Ihr seid die Zukunft! Ich muss mal. Wartet nicht auf mich, es dauert zu lange. Ich muss erst noch diese hoffnungslose Asphaltwüste, von der aus so viel Übles seinen Lauf nimmt, markieren."

Bedenken wurden laut, denn aus der Ferne kam ein Flugzeug genau auf sie zu.

„Los, haut endlich ab! Hab ich euch nicht gesagt, ihr sollt tun, was ich sage, wenn es so weit ist?"

War Grünauer übergeschnappt? Mit der Kamera vor der Brust und diesem irren Blick sah er aus wie ein Reporter an der Front, der gerade im Begriff war, den Rest seines Verstandes zu verlieren. Der Kübel, den er geschleppt hatte, stand direkt neben ihm. Er zerrte sich den kleinen Rucksack vom Rücken. Etwas Rotes hing heraus.

Damit wollte Felix nichts zu tun haben. Er lief hastig in Richtung Auto.

Die anderen folgten ihm.

32

Die Ereignisse des Tages hatten ihn ausgelaugt. Vom Abend wollte er nichts mehr, als sich auf die Couch legen und beim Fernsehen auf Leonie zu warten. Emission Sales schien vollends aus dem Ruder zu laufen. Jeder gegen jeden. Er fragte sich, ob Pfeffer in der U-Haft überhaupt noch sicher war.

In die verlassene Wohnung zu kommen, hatte ihm den Rest gegeben. Medizin oder Gin Tonic? Entweder-oder? Es klang einfach zu sehr nach dem alten Kierkegaard. Weshalb rangen die Philosophen sich nur so selten zu einem Sowohl-als-auch durch?

Er nahm eine Tablette gegen die Anfälle ein und spülte sie mit einem Schluck Gin Tonic runter. Zu den Nebenwirkungen befragen Sie Ihren Arzt oder Apotheker.

Er zappte durch die Programme. In den Nachrichten kam etwas über Bishops Tod. Viel sagte die Pressesprecherin des BKs allerdings nicht. Entweder sie hielt sich noch bedeckt, um die Ermittlungen nicht zu untergraben, oder sie hatte von Clara nicht alle Informationen bekommen. Kluges Mädchen, dachte er. Immerhin war der Täter noch nicht gefasst.

Dann kam ein kurzer Bericht über eine Aktion von XR. Letzte Nacht waren sie bis auf ein Rollfeld des Flughafens vorgedrungen, um dort mit Botschaften auf ihre Anliegen aufmerksam zu machen. Auf dem Foto, das inzwischen an Nachrichtenagenturen verschickt worden war und auch im Internet kursierte, waren fünf Vermummte in grünen Overalls zu sehen.

Anders gefiel die Aktion. Auch das Foto, das eine Dynamik ausstrahlte, wie sie nur ein Profi hinkriegte. Das in die Nacht startende, leuchtende Flugzeug über den Köpfen der anonymen Aktivisten zeigte, wo die Reise nicht länger hingehen sollte. In die Albträume einer Nacht, aus der es vielleicht kein Erwachen mehr gab.

In den Kurzmeldungen kam dann noch ein bislang ungeklärter Vorfall. Nach Mitternacht war auf dem Flughafen Schwechat eine voll besetzte Maschine der Qatar Airways beim Start ins Schleudern gekommen und umgekippt. Vermutlich sei Öl auf der Startbahn ausgelaufen. Der Vorfall werde zurzeit noch genauer untersucht. Von den Passagieren sei zum Glück jedoch niemand zu Schaden gekommen.

Wenn das nur kein Öl aus Katar war! Er zappte weiter. Alles, nur kein Krimi! Auf der Suche nach einem Film blieb er schließlich bei einem Biopic über Miles Davis hängen. Der so coole Trompeter war nicht durchs Leben gekommen, ohne mit dem Gesetz in Konflikt zu geraten. Dabei hatte in diesem Fall vielmehr das Gesetz mit ihm den Konflikt gesucht. Ein Genie zu verstehen oder zumindest zu respektieren, hatte die Leute noch zu allen Zeiten überfordert.

Er machte sich gerade einen zweiten Drink, als Leonie nach Hause kam. Im Schlepptau ihren Freund, den Anders seit Jahren nicht mehr gesehen hatte.

Sie begrüßten einander und wärmten ein paar alte Erinnerungen auf. Anders wunderte sich darüber, dass er keinerlei Groll gegen Felix hegte. Dieser hatte Leonie immerhin einfach sitzen lassen, damals. Gab es etwa eine verborgene Solidarität unter Männern?

Die beiden wollten sich in Leonies Zimmer verdrücken, doch er schlug vor, eine Flasche guten Wein zu öffnen, eine Platte aufzulegen und auf die Schnelle etwas zu kochen. Felix nahm das Angebot sofort an.

Ihm sollte es recht sein, bevor Leonie es mit der ihr eigenen Unbekümmertheit ausschlug. Er wollte ja nur ein wenig Zeit mit seiner Tochter verbringen.

Inspiriert vom Biopic legte er *Kind of Blue* von Miles Davis auf. Er öffnete eine Flasche Roten vom Schwarz und machte sich am Herd zu schaffen. Die beiden unterhielten sich derweil über die Aktion von XR auf dem Flughafen.

Ab und zu warf er eine Bemerkung in den Raum, ohne zu verfolgen, ob sie auch Gehör fand. Zurück kam jedenfalls nichts. Zu kochen erforderte ohnehin seine ganze Aufmerksamkeit. Er wusste nicht mehr, ob Felix Vegetarier war. Was er zubereitete, hatte allerdings schon überzeugte Fleischfresser zufriedengestellt.

„Was ist das?"

Felix, der an die Küche Tansanias gewöhnt war, blickte nicht ohne Skepsis auf den dampfenden Teller, den Anders vor ihn hinstellte.

„Eine asiatisch-italienische Hochzeit", sagte Anders, und goss allen Wein und Wasser nach. „Tagliatelle mit karamellisierten Melanzani, Nüssen und gereiftem Parmesan."

„Urgut, Papa!" Leonie ließ es sich schmecken.

Immerhin sagt sie nicht echt geil. Er sah ihr altes Handy neben dem Teller auf dem Tisch liegen. Beim Essen sollten die Dinger verboten sein, dachte er. Die beiden sahen aus, als könnten sie ein paar Kalorien vertragen. „Hast du dieses Falthandy, das ich dir aus Singapur mitgebracht habe, noch nicht in Betrieb genommen? Lukas findet, es ist ein Superteil. Er war sich nie sicher, ob es ratsam war, den Wortschatz mit angesagtem Slang anzureichern. Es mochte opportunistisch erscheinen, albern aber auf jeden Fall. Um weder das eine noch das andere zu sein, zog er es vor, diese Reizworte kursiv auszusprechen. Dass er so in den Verdacht geriet, den Zeitgeist nicht ernst zu nehmen, war ihm lieber, als für einen Trottel gehalten zu werden. Von Felix vor allem, Leonie kannte ihn ja schließlich nur zu gut.

„Ich hab's verkauft, Papa."

„Aha."

„Und den Erlös an FFF gespendet."

„Immer im Dienst der Sache, das lobe ich mir."

„Kannst du mich nicht einmal ernst nehmen? Um diese Dinger zu produzieren, beuten sie den Planeten aus."

Gefahr im Verzug, dachte Anders. Also Themenwechsel.

Felix kam ihm zuvor, kriegte aber auch nicht die Kurve. „Haben Sie von der Aktion gehört, mit der Extinction Rebellion in den Nachrichten war?"

Anders kam es so vor, als stelle der Bursche die Frage nur, weil ihn etwas in diesem Zusammenhang bedrückte. So als ob er mehr darüber wissen könnte als das, was die Nachrichten brachten.

„Keine schlechte Aktion", sagte er. „Keine Personenschäden, kaum Sachschaden und, das wohl Wichtigste, eine Menge PR für eure Sache, die uns ja alle betrifft und angeht, nicht wahr?"

Jetzt war es Leonie, die das Thema wechseln wollte. Anders jedoch hatte Blut geleckt und einen Verdacht. „Seid ihr etwa dabei gewesen? Mit vor Stolz und Glück pochendem Herzen, unter einer dieser Mützen?"

„Ich bin nicht bei XR, das weißt du doch, Papa! Und ...", sagte sie mit einem strengen Blick auf ihren Freund, „... ich versuche Felix gerade davon zu überzeugen, bei uns mitzumachen."

„Damit er nicht mit dem Gesetz in Konflikt kommt?"

„Das ist nur ein Grund von mehreren", sagte Leonie.

„Aber muss man sich nicht manchmal gegen das Gesetz stellen, um für Gerechtigkeit einzutreten?"

Sie sahen einander an und grinsten verstohlen. Was sollte das nun werden?

„Hast du nicht schon genug Probleme mit deinen Vorgesetzten?"

„Darum geht es nicht", sagte Anders. „Ich verfolge nicht alles, was ich verfolgen müsste. Einen letzten Vorbehalt leiste ich mir immer. Vor allem gegenüber Gesetzen, die auch nur Menschenwerk sind. In Stein gemeißelt waren die Gesetze des Moses, und der, sieht man sich Michelangelos Darstellung mal genauer an, war vielleicht kurz davor, die Gesetzestafeln über seinem Knie zu zerbrechen. Ich bin mir nicht sicher", sagte Anders, lachte laut auf und schenkte nach, „ob er es eine Sekunde später, als Michelangelo nicht mehr hinsah, nicht doch noch getan hat."

Als er den Chefinspektor so reden hörte, ließ Felix seine Bedenken fahren und packte endlich aus, was ihn bedrückte.

Seit Anders ihn zur Tür hereinkommen gesehen hatte, hatte er gewusst, dass mit ihm etwas nicht stimmte, und wenn er etwas auf dem Herzen oder Kerbholz hatte, ging das auch seine Tochter und damit ihn etwas an.

„Haben Sie auch diesen anderen Beitrag in den Nachrichten gesehen?“, fragte er Anders.

„Die Maschine, die auf einem Ölfleck vom Kurs abgekommen und umgekippt ist?“

„Genau der“, sagte Felix.

Anders merkte, dass Felix sich einen Ruck geben musste, um über diesen Vorfall zu sprechen. „Was ist damit? War es etwa kein Unfall? So etwas passiert zwar nicht alle Tage, aber vorkommen kann es.“

Felix nahm sein Handy, ging online und suchte nach etwas. Dann schob er das Handy über den Tisch. „Überzeugen Sie sich selbst.“

Es war ein Video auf Instagram. Anders tippte auf Start. Er sah einen mit einem Strumpf Vermummten, der sich selbst filmte. Es war Nacht. Der Typ, der in einem roten Overall steckte, filmte aber auch, was hinter ihm passierte. Über eine Rollbahn näherte sich ein Flugzeug. Als es zu einer Kurve ansetzte, um in Startposition zu gelangen, schlitterte es plötzlich weg. Die Maschine wurde durchgerüttelt, und dann, als sie wieder Gripp unter die Reifen bekam, kippte sie zur Seite. Ein Funkenregen stob über die Piste. Die Person mit der Kamera hielt unbeirrt drauf. Das Logo der Fluggesellschaft war trotz der Dunkelheit gut zu erkennen. Es war Qatar Airways. Auf dem knallroten Overall war, anders als bei der Aktion von XR, kein Logo zu sehen.

Anders gab Felix das Handy wieder zurück. „So war das also. Was soll ich jetzt machen? Ich weiß nicht, wer da gefilmt hat.“

„Wir wissen es auch nicht", sagte Leonie, bevor Felix etwas sagen konnte. „Das Video ist seit heute Nacht im Netz und generiert haufenweise Klicks."

Anders grübelte und nahm einen Schluck Wein. „Ja, wenn das so ist. Wüsste einer was, könnte er es natürlich zur Meldung bringen. Vielleicht wäre das sogar seine Pflicht. Der Kampf zwischen Gewissen und Gesetz ist so alt wie die Menschheit."

„Wir gehen jetzt schlafen, Papa", sagte Leonie. Sie stand auf, nahm Felix bei der Hand und zog ihn mit sich in ihr Zimmer.

„Ich bin auch hundemüde", sagte er. „Morgen bin ich bestimmt schon weg, wenn ihr aufsteht. Gute Nacht! Und richte Lukas und Mama liebe Grüße aus, falls du sie siehst! Ich treffe sie ohnehin bald, wenn es uns gelingt, diesen Fall abzuschließen."

Etwas unschlüssig stand er da. Das Geschirr! Seit Marie mit Lukas ausgezogen war, benutzte er den Geschirrspüler nicht mehr. Er räumte alles zusammen und wusch ab. Beim Abwaschen konnte er in Ruhe ein paar Dinge durchdenken, die in ihrem Fall eine Rolle spielten.

Bei der Teambesprechung am nächsten Morgen sollte wenigstens einer den Durchblick haben.

33

Sollte man die Hundstage nicht besser in Hundswochen umbenennen?, fragte sich Anders auf dem Weg ins BK. Aufgrund der Hitze schon am Morgen hatte er beschlossen, das Hemd gegen ein schwarzes T-Shirt zu tauschen, das ihm Lukas zum letzten Geburtstag geschenkt hatte, ob es dem Oberst gefiel oder nicht.

Darauf war eine Warhol-Banane zu sehen, und darunter in Weiß der Satz: *Banane, das einzige legale krumme Ding.*

Sein marodes Bein hinderte Wenzel Fiebich nicht daran, aus dem Portiershäuschen zu stürmen wie ein Springteufel. Er nahm sofort Haltung an. „Morgen, Chefinspektor!" Sein Blick irrte über Anders' T-Shirt und löste sich dann mit einem verschmitzten Lächeln in Wohlgefallen auf.

„Morgen, Fiebich. Alles okay?"

„Alles in Ordnung, Chefinspektor. Diese Hitze schon am Morgen!" Er nahm die Kappe ab und wischte sich demonstrativ über die Stirn. „Die Frau Abteilungsleiterin ist auch schon da."

Anders kannte sonst niemanden, der einfache Sätze mittels Tonfall mit einer Bedeutung auflud, die sie semantisch gar nicht hergaben. Der Mann gehört an die Burg, dachte er. Zumindest ans Volkstheater oder an den Rabenhof. Das konnte er aber nur, weil er, wie alle wussten, immer über alles Bescheid wusste. Über sein

Telefon liefen viele Anrufe. Ergänzte er die Verbindungen, die er herstellte, um den Tratsch im Haus, hatte er genug beisammen, um damit in die Nähe der Wahrheit zu kommen.

Vielleicht hörte er ja das halbe BK ab. „Kein Grund zur Sorge. Das ist nur die Hitze vor dem Weltenbrand."

„Jawohl, Chefinspektor." Das Telefon läutete. Er machte auf dem Absatz kehrt und humpelte hinein.

Anders ging in sein Büro und stellte fest, dass er nicht wusste, was er hier wollte. Clara war schon weg. Dass sie in ihrem Büro gewesen war, verriet ihm ihr Parfum, das noch in der Luft hing. Er machte sich auf den Weg in den Besprechungsraum. Unterwegs schaute er noch schnell bei Li vorbei, um etwas mit ihm zu klären.

Bis auf den Oberst waren alle bereits versammelt. Clara richtete gerade alles für eine Präsentation mit dem Beamer her, den Li mit seinem Laptop ansteuern würde, wie es aussah. Noch war er allerdings in etwas auf seinem Handy vertieft. Kollege Krenn von der Forensik, den er auf den Steinhofgründen am Tatort getroffen hatte, war ebenfalls da. Außerdem eine Gerichtsmedizinerin, die ihrem erst vor Kurzem pensionierten Kollegen nachgefolgt war. Sie hieß Anna Taubner, glaubte er sich zu erinnern.

Kranebitter kam nun auf ihn zu. „Gut, dass Sie da sind, Anders. Es geht Ihnen doch wieder besser, oder?"

„Danke, alles gut", sagte er.

„Der Oberst kann leider nicht an unserem Treffen teilnehmen. Er ist heute früh zum Direktor ins Krankenhaus gefahren. Es soll nicht gut um ihn stehen."

Täuschte sich Anders, oder hörte er da noch etwas heraus, das sie nicht sagte? Oberst Grabowski ist zum

Direktor ins Krankenhaus gefahren, weil dieser im Sterben liegt und er noch schnell Abbitte leisten will, bevor es geschieht. In der Hoffnung, dass der Direktor ihm verzeihen würde, dass er dessen Büro okkupiert und sich in seiner Abwesenheit auf seinem Sessel breitgemacht hat. Noch hört der Innenminister mehr auf den Direktor, und ein letztes Wort von ihm genügte vielleicht, um den Oberst auf jenen Stuhl zu befördern, auf den ich mir inzwischen Hoffnungen mache.

Nein, sagte sich Anders, das ist nur zerebrales Hintergrundrauschen. Fiebich wusste garantiert besser über alles Bescheid. „Dann legen wir ohne den Oberst los."

Er gab einen komprimierten Abriss über das, was bisher vorgefallen war.

„Pfeffer, Bishop, Burnside und Winter, das erste Opfer, sind alle in den Fall Emission Sales verwickelt. Zumindest mehr oder weniger, wie es aussieht. Pfeffer hat aber keinen Mord begangen, sondern sich nur um die logistische Seite des Betrugs gekümmert. Er ist nicht nur der Kumpel von Bishop, was er allen weismachen will, sondern sein Komplize, und er wusste von Anfang an nicht nur, wer ihn auf diesen Betrug angesetzt hat, sondern arbeitet vielmehr mit Viktor Winter, seinem ehemaligen Kollegen aus Wien und das zweite Opfer, eng zusammen."

Anders blickte in die Runde. Konnte man ihm folgen?

„Wahrscheinlich war Winter der Auftraggeber, ein Geschäftemacher übelster Sorte, ist dann aber von Burnside ausgebootet worden. Dieser will nicht hinnehmen, dass er und seine Leute von der Handelsabteilung die ganze Arbeit und das volle Risiko haben. Winter hingegen hatte nur die Idee, fordert aber immer mehr von der Beute. Infolge der Spannungen", führte Anders aus, „kommt es schließlich zu einem Wettstreit um das nach Singapur verschobene Geld. Burnside, mit Bishop an seiner Seite, entscheidet sich zu handeln, während Pfeffer in Frankfurt aus dem Verkehr gezogen wird. Wenn auch nur so lange, bis er sich entscheidet, die Vernehmung mit mir platzen zu lassen und umgehend zu fliehen. Und zwar in Richtung Beute."

Er zupfte an seinem Ohr.

„Winter muss verschwinden, entscheidet Burnside. Am besten auf eine Weise, die den Verdacht auf jemand anderen lenkt und nicht auf Bishop. Burnside höchstpersönlich begibt sich nach Frankfurt, um Winter zu beseitigen und gleichzeitig den Verdacht auf radikale Aktivisten zu lenken."

„Dann hat der Mann das Opfer allein auf den Hügel geschleppt, im Glassturz sterben lassen und dabei auch noch gefilmt?" Die Chefin war von dieser Vorstellung offenbar nicht überzeugt.

„Die Fußabdrücke, die Hendricks Team im Wald bei Frankfurt entdeckt hat, stammen von Turnschuhen, Größe vierundvierzig. Die Tiefe der Abdrücke weist auf ein Gewicht hin, das in etwa passt, wenn ihn Burnside allein auf den Hügel geschleppt hat. Dieser Mann ist zäh, das habe ich ihm angesehen. Bishop ist muskulös, aber ein starker Raucher und Trinker, der daher keine Ausdauer hat. Krenn, was für eine Schuhgröße hatte Bishop?"

„Vierundvierzig, würde ich sagen."

„Trotzdem war es Burnside, der, wie wir noch feststellen werden, wenn wir ihn haben, dieselbe Größe trägt. Ich bin ihm in seinem Büro begegnet, und aus dieser, wenn auch kurzen Begegnung, lässt sich, wie wir gleich sehen werden, noch etwas anderes ableiten. Etwas, das ihn als Winters Mörder überführen wird."

Anders begann hin und her zu gehen. Man konnte förmlich sehen, wie es in ihm arbeitete.

Clara mochte den Chef in Aktion. Um bei so etwas dabei sein zu können, war sie zur Polizei gegangen. „Was ist mit Bishop, dem zweiten Opfer?" Weil sie sah, dass er ins Stocken geriet, wollte sie ihm mit einer Frage auf die Sprünge helfen. Sie hoffte nur, dass ihn jetzt keine seiner Absencen überkam.

„Ob der Mord an Bishop, dem zweiten Opfer, auch so geplant war wie der an Winter, bezweifle ich", nahm Anders den Faden wieder auf. „Zu diesem Zeitpunkt war schon zu viel aus dem Ruder gelaufen. Burnside hat bereits in Panik überstürzt gehandelt. Dass er sich der Identität des ersten Opfers bemächtigt, Bishop nach Wien und hier in diese Falle lockt, war überstürzt und viel zu riskant."

„Weshalb dann?" Die Rechtsmedizinerin hing an Anders' Lippen, in der Hoffnung, Zusammenhänge zu verstehen, die sich bei der Obduktion eher selten einstellten.

„Burnside wurde die Angst nicht mehr los, dass Bishop und Pfeffer ihn ausbooten könnten. Er hat Viktor Winter aus reiner Gier aus dem Verkehr gezogen, und die beiden Untergebenen haben sich abgesetzt, um an das Geld zu kommen. Das jetzt nur noch durch drei zu teilen ist. Warum aber nicht nur durch zwei, haben seine Komplizen vielleicht gedacht. Diese Furcht beschleicht ihn nach und nach. Denn ab jetzt ist er, sollten die beiden es schaffen, in Singapur an die Beute zu gelangen, auf ihren guten Willen angewiesen. Er atmet auf, als die beiden sich verfehlen und Pfeffer allein nicht an das gemeinsame Konto in der Bank of East Asia rankommt. Denn er will dabei sein, wenn Milch und Honig fließen, um nur ja nicht betrogen zu werden. Dann versucht er Bishop, der, weiß der Teufel weshalb, verloren gegangen war, nach Wien zu locken, wo Pfeffer gerade in U-Haft sitzt, der die Hälfte des Codes kennt, mit dem sie an das Geld wollten. Bestimmt, denkt Burnside, schafft das auch einer allein, wenn er sich mit solchen Dingen auskennt."

„Und warum inszeniert Burnside, wenn er es war, hier wieder etwas, das die Aufmerksamkeit der Polizei ablenken soll? Das ihm ja gar nichts mehr bringt? Er will Bishop loswerden, ja. Deshalb lockt er ihn nach Wien und bringt ihn um. Aber wozu dieser ganze Aufwand?", fragt die Chefin, deren Skepsis nun von Neugier überflügelt wurde.

„Dazu habe ich etwas", warf Li ein, der die ganze Zeit über mit seinem Handy beschäftigt war.

„Ich bin mir auch ziemlich sicher, dass es gar nicht Bishop war, der diesen Mickey Rooney auf mich angesetzt hat, um mich loszuwerden, nachdem ich bei ihm war, sondern Burnside, der von Bishop erfahren hat, wann ich mich wo mit ihm treffe. Wenn die Polizei in Singapur mit ihm fertig ist, werden wir auch das erfahren."

Konnte Jonas ihm etwa helfen, einen Verdacht zu bestätigen, an dem er selbst ein wenig zweifelte?, fragte sich Anders. „Ich denke, dass Burnside am Stil einer Inszenierung festhält, weil er noch immer hofft, den Verdacht, was die beiden Morde angeht, auf Aktivisten lenken zu können. Doch er ist bereits sehr nervös und fast panisch. Er beginnt, Fehler zu machen."

Als wäre es ihm peinlich, so lange und viel zu reden, verstummte Anders abrupt und bat Frau Doktorin Taubner um ihre Ergebnisse aus der Obduktion.

Diese habe nur bestätigt, was aufgrund der schon vorliegenden Fakten nahelag. Bishop war im Auto, in dem er gefesselt wurde, einen langsamen und qualvollen Tod gestorben. Eine Vergiftung, hauptsächlich durch Kohlenmonoxid. Seit Katalysatoren in den Autos vorgeschrieben waren, dauerte es um einiges länger, sich oder, wie in diesem Fall, jemand anderem auf diese Weise das Leben zu nehmen. CO zu etwa siebzig Prozent, präzisierte sie, zwanzig Prozent CO_2, und der Rest Wasserdampf. Er habe, schloss sie, ohne rechtzeitig befreit zu werden, keine Chance aufs Überleben gehabt. Es gebe auch Anzeichen auf eine Embolie, sagte sie noch, wie sie zum Beispiel von einer Höhenkrankheit ausgelöst werde. Das wiederum könne seinen Tod beschleunigt haben.

Anders bedankte sich. „Was sagt die Spurensicherung?"

Der Forensiker Krenn stellte seinen Automatenkaffee ab. „Es gibt eine Menge Spuren am Tatort. Das lässt, wie Anders gesagt hat, darauf schließen, dass die Mörder unter Druck gehandelt haben. Wer unter Druck gerät, macht automatisch Fehler, und wer Fehler macht, hinterlässt Spuren."

„Einspruch!" Anders wirkte auf einmal, als hätte er einen Schlag unter die Gürtellinie versetzt bekommen. „Hast du *die* Mörder gesagt, oder habe ich das gerade geträumt?"

„Kein Zweifel", sagte Krenn. „Es waren zwei Personen am Tatort. Eine von beiden hat sich im Inneren des Autos aufgehalten."

„Der Mörder", sagte Clara.

„Anzunehmen", erwiderte Krenn. „Von der anderen Person gibt es nur außerhalb Spuren. Diese führen um den Jeep herum."

„Dazu habe ich noch etwas für euch", sagte Li, der nur kurz vom Handy aufsah.

„Zwei Personen also", sagte Anders, mehr zu sich selbst als zum Team. „Aber nur einer, der im Wagen war."

„Im Wagen waren einige drin, es ist ja ein Leihwagen gewesen. Aber nur einer, der sich auch an dem Opfer zu schaffen gemacht hat", entgegnete Krenn.

„Was beunruhigt Sie?" Die Chefin wandte sich an Anders, der in Gedanken nicht mehr hier zu sein schien. Er tastete sein Sakko instinktiv nach dem Blister mit seinen Tabletten ab.

„Ach, nichts", sagte er und lächelte. „Das habe ich einfach nicht auf meiner Rechnung gehabt. Ich war mir fast sicher, dass Burnside nach getaner Tat abgehauen ist und dieses Mal darauf verzichtet hat, alles zu filmen und es ins Netz zu stellen, wie das Opfer stirbt. Nach dem *Tod eines Mörders* in Frankfurt hätte man allein aufgrund der Vorgangsweise und der Person des Opfers ähnliche Schlüsse ziehen können."

„Das kann auch so gewesen sein", meinte Clara. Sie atmete auf. Der Chef schien wieder Oberwasser zu bekommen.

„Und diese zweite Person? Wir müssen uns anschauen, was Jonas herausgefunden hat", sagte Anders.

Dass der Forensiker nun eine zweite Person, die am Tatort war, ins Spiel brachte, irritierte ihn nun doch ein wenig.

„Cooles Shirt, Edwin", sagte Li. Der Besprechungsraum hatte kein Fenster. Er war schalldicht und abhörsicher wie der Verhörraum. Jonas Li dimmte das Licht herab und projizierte, was er auf dem Laptop hatte, auf die Leinwand am schmalen Ende des Raumes. „Das Video vom Mord an Winter", schickte er voraus. „Alle hier werden es aus dem Internet kennen. Anders wollte es unbedingt noch einmal sehen, und zwar in hoher Auflösung und im Großformat."

Beklemmung machte sich breit, während das Video lief. Zu wissen, dass da ein Mensch starb, und sei es auch einer, der mit seinen Geschäften über Leichen gegangen war, drückte auch Hartgesottenen aufs Gemüt, deren tägliches Brot Mord und Totschlag war.

„Stopp", sagte Anders, als die Hand durch das Bild huschte, die, wie er längst vermutete, zu Burnside gehören musste. „Ein wenig zurück, und dann weiter, aber in Zeitlupe."

Li tat, was der Chefinspektor wollte.

„Halt!"

Li stoppte das Video erneut und ließ das Bild stehen.

„Da", sagte Anders. Er ging nach vorne und tippte mit dem Zeigefinger auf den Daumen der Hand, die jetzt groß im Bild war, beim üblichen Abspielen des Videos aber nicht mehr als ein flüchtiger Schatten. „Seht ihr das?"

„Der Daumen von dem, der gefilmt hat. Kommen Sie zur Sache, Anders", sagte die Chefin ungeduldig.

„Das ist ein Daumen, der am Nagel eine unscheinbare Verletzung aufweist. Dort ist das Nagelbett von einem dunkleren Rot als überall sonst, fast schon ein wenig blau. Was sagt uns das?“ Er kam zurück, lehnte sich an die Wand und blickte herausfordernd in die Runde.

„Der Mörder, der auch gefilmt hat, hat sich verletzt, als er das bewusstlose Opfer auf den Hügel gebracht und auf die Platte gefesselt hat, über die dann der Glassturz kam“, sagte Clara.

„Wenn ich meine Clara nicht hätte!“

Anders schwelgte in dem Gefühl, den alles entscheidenden Elfer beim Elfmeterschießen gehalten zu haben.

„Irgendwie gequetscht“, sagte die Rechtsmedizinerin.

„Beim Aufsetzen des Glassturzes womöglich“, merkte der Forensiker an.

Anders pfiff leise durch die Zähne. „Das ist es! Ich würde euch nicht mit einer Kleinigkeit belästigen, wenn ich in Burnsides Büro nicht selbst gesehen hätte, dass er sich am Daumennagel verletzt hatte. Eine kleine Quetschung nur, die sich aber schon kurz darauf, als ich bei ihm war, zu einer sogenannten Blaumeise entwickelt hatte. Wie wir sie alle schon einmal gehabt haben.“

„Sowas kriegt man nicht weg“, sagte die Doktorin Taubner aufgeregt. „In der Medizin nennen wir es ein Subunguales Hämatom. Ein Bluterguss unter dem Nagel, hier auch gern Blaumeise genannt. Es kann Wochen, sogar Monate dauern, bis sich das auswächst.“

„Ganz genau“, sagte Anders. „Damit kriegen wir ihn dran! Wenn wir ihn erst haben“, fügte er hinzu.

Die Chefin machte einen zufriedenen Eindruck. Die Lösung dieses Falls unter ihrer Führung, während der Oberst um seine Beförderung zu Kreuze kroch, konnte das Pendel noch auf ihre Seite schwingen lassen. „Sie verblüffen mich“, sagte sie und nickte ihrem Chefinspektor anerkennend zu. „Wir veranlassen sofort eine Fahndung nach Burnside. Bahnhöfe und Flughäfen und Grenzübergänge sind für diesen Mann in Kürze gesperrt!“

„Ich habe gestern selbst schon ein paar Vorkehrungen getroffen“, sagte Anders. „Mein Freund Li hat mir dabei geholfen. Eine offizielle Ringfahndung kann aber natürlich nicht schaden.“

In das Getuschel hinein, das sich jetzt breitmachte, sagte Li: „Ich habe da noch etwas für euch. Seht es euch an.“

Anders schickte Clara los, um die Fahndung nach Burnside sofort einzuleiten, dann sahen sie sich an, was Li schon zwei Mal angekündigt hatte.

„Ein Video, das erst seit Kurzem im Netz ist“, sagte er und spielte es ab. „Es wurde mit dem Titel *Tod eines Täters* online gestellt.“

Sie hielten den Atem an, als der Jeep ins Bild rückte, in dem vor Kurzem Bishop ermordet worden war. Der Wagen stand vermutlich, wo er entdeckt worden war. Hoch oben irgendwo jedenfalls. Das Lichtermeer der Stadt unten funkelte in der Nacht wie ein mit Brillanten besetztes Collier. Die Kamera umkreiste den Jeep und kam dabei immer näher. Jetzt ging ein Licht an und man sah einen Schlauch, der vom Auspuff nach vorne führte und durch einen Spalt im Seitenfenster ins Innere. Die Kamera kam ganz nah ans hintere Fenster heran, näher und immer näher, bis sie ans Glas stieß. Im Heck des Wagens hing ein Mann. Aufgespannt zwischen den an die Haltegriffe gefesselten Händen wie ein Schächer am Kreuz.

„Bishop“, murmelte irgendwer im Besprechungsraum.

Der Mann versuchte, sich zu befreien, wand sich in seinen Fesseln und probierte immer wieder, mit seinem Kopf an eines seiner Gelenke zu kommen. Doch er hatte keine Chance.

Li stoppte das Video. „Das reicht“, sagte er. „Der Rest ist um Hilfe rufen, sterben und schließlich schweigen. Das müsst ihr euch jetzt nicht mehr ansehen. Was ich euch aber eigentlich zeigen wollte, ist das hier“, sagte er. Er vergrößerte einen Ausschnitt und ließ ihn in Zeitlupe von dem Punkt an noch mal ablaufen, als sich die Kamera näherte und das Äußere des Wagens in das Innere umsprang wie ein Vexierbild. Dazwischen blitzte kurz eine Spiegelung auf.

Es war nur für einen Moment zu erkennen, aber alle im Raum sahen es, als Li das Video an genau dieser Stelle stoppte. Den Kopf hinter der Kamera, der in einem Strumpf steckte. Am Hals der rote Kragen eines Overalls oder eines ähnlichen Kleidungsstücks.

Li ließ das Bild stehen.

Nach einer Weile brach Krenn das Schweigen. „Ist das der zweite Mann, dessen Spuren wir haben, oder Burnside in seinem Element?“

Anders dimmte das Licht im Raum hoch. „Das werden wir heute und hier nicht mehr klären können, Leute. Ist nicht schon bald Mittag? Zeit für die Kantine“, sagte er. Jeder wusste, dass er die Kantine mied wie der

Teufel das Weihwasser. Er wollte nur noch hier raus, sich die Beine vertreten und verdauen, was er gerade erfahren hatte. „Danke Jonas“, sagte er und klopfte Li auf die Schulter. „Gute Arbeit.“

„Schauen wir mal, was die Fahndung bringt“, sagte die Chefin und verließ gleich nach Anders energisch den Raum, um ihre Karriere in Schwung zu bringen.

34

In dieser Phase der Ermittlungen zum Warten verurteilt zu sein, machte Anders vollkommen irre. Was sollte er jetzt tun? Leonie anrufen und sie fragen, ob sie ihm noch mehr über den Typen mit dem Strumpf über dem Kopf sagen konnten, der gefilmt hatte, wie das Flugzeug aus seiner Bahn schlitterte? Der dafür gesorgt haben musste, dass es geschah? Wie sonst hätte er genau zu dieser Zeit vor Ort sein können.

Nachdem er eine Weile im Büro hin und her getigert war, entschied er sich dazu, nicht anzurufen. Noch nicht. Aber er würde sich darum kümmern, wenn Burnside gefasst war. Das fehlte ihm gerade noch, dass ein Fall, an dem er dran war, Kreise zog, die bis in seine Familie reichten!

Es lag auf der Hand, dass Felix den Mann kannte. Bestimmt einer aus dem Umfeld seiner Bewegung. Oder ob er es selbst gewesen sein konnte? Auch das war möglich, hatten Anders das Leben und die Arbeit gelehrt. Das Leben war nun einmal kein Wunschkonzert, ob es einem nun passte oder nicht.

Er hielt inne, spreizte die Lamellen der Jalousie mit zwei Fingern auseinander und spähte hinaus. Die Leute schleppten sich zum Eingang des Bahnhofs Spittelau hoch, als kämen sie aus der Wüste.

Wäre Felix der Täter, hätte er ihm beim Essen das Video wohl nicht freiwillig gezeigt. Ein Mittäter? Oder ein

Zeuge? Das schon eher. Leonie hatte ja zweifellos versucht, ihn vor sich selbst zu beschützen.

Anders wollte sich nicht vorstellen, dass sein Mädchen mit jemandem zusammen war, der Flugzeuge zum Kentern brachte. Marie würde ihm auch das in die Schuhe schieben wollen.

Er musste hier raus und sich irgendwie ablenken, bis es Neuigkeiten gab, die ihn zum Handeln zwangen. Er rief Nadja an.

Sie klang zerknirscht. So als hätte sie soeben von ihrer Kündigung erfahren. Laurids, erklärte sie, habe sie gerade vor die längst erwartete Wahl gestellt, nachdem er in ihrem Blog den Artikel über Gegengeschäfte zwischen Politik und Journalismus gelesen hatte. Ab sofort entweder die *Untersuchungen an der Wahrheit* oder die Agenden des *Boten*! Beides aus ein und derselben Hand könne er vor Herausgebern und Eigentümern nicht mehr rechtfertigen.

„Ich muss hier weg, bevor ich in dieser Redaktion ersticke!"

„Dann sind wir schon zwei."

Sie verabredeten sich zum Mittagessen im On, einem asiatischen Restaurant ganz in der Nähe des Naschmarkts, mit einem Gastgarten im Innenhof, wo es vielleicht nicht ganz so heiß war.

Nadja klagte über die Zwickmühle, in der sie nun steckte. Ohne die Arbeit für den *Boten* würde sie finanziell nicht über die Runden kommen. Aber ohne die Recherchen und Artikel für ihren Blog war ihre journalistische Arbeit wertlos und damit auch sinnlos. Journalistisch verbrämter Tratsch aus einer Echokammer, in der man sich gegenseitig versichere, wie informiert man sei, während man entweder voneinander abschreibe oder aber, ohne zu recherchieren, aus Opportunismus das Gegenteil dessen behaupte, was die Konkurrenz schreibe, die es genauso mache. Ein Teufelskreis, in dem Objektivität schon im Keim erstickt wurde.

„Ich weiß, dass es so nicht länger weitergeht. Also werde ich mir wohl irgendeine Arbeit suchen müssen. Aber was? Es ist ja nicht so, dass ich eine große Auswahl habe. Neben dem Studium habe ich gekellnert. In der Eisernen Zeit, nicht weit von hier. Was für Gäste! Künstler, allerdings mehr Lebenskünstler als Künstler ... ewige Studenten, im siebzehnten Semester hängen geblieben. Leichte Mädchen jenseits der Vierzig auf der Suche nach einem Unterschlupf. Trunkenbolde allesamt, mehr oder weniger." Sie lachte bitter auf. „Ich würde das keine zwei Tage mehr aushalten, Eddy."

Sie tat ihm leid, wie sie dahockte und auf das gute Essen starrte, das sie noch gar nicht angerührt hatte, und in ihrer Verzweiflung badete. „Es wird sich schon was finden, das dir entspricht, früher oder später."

Ein schwacher Trost, aber was sollte er sonst sagen. Sie wusste selbst am besten, wie es um ihre Branche bestellt war. Er erzählte ihr nun, was sich in seinem Fall ereignet hatte, vermied es aber, ihr alles zu sagen. Nicht, weil sie in ihren *Untersuchungen an der Wahrheit* darüber schreiben könnte, sondern vielmehr, weil er seinen letzten Verdacht, auf den ihn Li gebracht hatte, selbst nicht wahrhaben wollte. Noch war es nur ein Verdacht, und er war sich nicht sicher, ob er wollte, dass es im Rahmen seiner Ermittlungen je mehr sein würde.

„Iss doch etwas, Nadja“, sagte er. Irgendwann wurde ein Essen auch in der größten Hitze zu kalt, um noch seinen Geschmack zu entfalten.

Sie stocherte lustlos in ihrem Topf mit Garnelen und Stücken vom Mangalitza-Schwein herum. Eine Umami-Bombe, wie Anders wusste, die es nicht verdiente, verschmäht zu werden.

„Iss du“, sagte sie. „Mir ist in der Redaktion wirklich der Appetit vergangen.“ Sie schob den Topf über den Tisch zu ihm hinüber.

„Ich koste gern, danke dir“, sagte Anders, der seinen Fisch bereits verputzt hatte. Im Gegensatz zu ihr reagierte er auf Frustration mit der Lust auf Essen. Er brauchte etwas für die Sinne, um sich vom Denken abzulenken, das ihn im Moment einfach nicht weiterbrachte.

„Apropos“, sagte er, blickte von seinem Topf auf und vergewisserte sich, ob er ihr das Ganze jetzt zumuten konnte. „Ich glaube, ich weiß jetzt, wie du an deine Informationen über Pfeffer gekommen bist.“

„Ach ja?“

Sie richtete sich auf und war sofort ganz da. Wenigstens schien sie der Themenwechsel aus der Lethargie zu reißen, die sie vor seinen Augen zusehends beschlichen hatte.

„Korrigiere mich, wenn ich danebenliege.“

„Worauf du dich verlassen kannst.“

„Über den Kontakt zu einer der Frauen, auf die auch Li gestoßen ist, als er Pfeffers Handy nach verwertbaren Daten durchsucht hat.“

Er sah sie an.

Das Lächeln der Sphinx.

„Dein Schweigen verrät mir, dass ich nicht ganz falschliege. Li hat übersehen, dass unter den Kontakten auch einer war, der nicht zu einem der Escort-Mädels führte, die Pfeffer so gern gebucht hat."

Immerhin lächelte Nadja jetzt. „Ich sag nichts", sagte sie, „aber es wird eindeutig wärmer."

Das Spiel hatten sie früher schon gespielt, wenn sie einander ihre Thesen zu Verbrechen präsentierten, welche die Öffentlichkeit beschäftigten.

„Er hatte eine Geliebte." Anders hatte Jonas noch einmal auf diese Kontakte angesetzt.

„Heiß."

„Eine diskrete Affäre, mit einer verheirateten Frau."

„Heißer."

„Der er sich voll und ganz anvertraut hat."

„Am heißesten."

„Die sich von ihm verraten gefühlt hat, als er ohne sie abgehauen ist."

„Fegefeuer."

„Die bereit war, auszuplaudern, was sie wusste, aber nicht mit dem Gesetz in Konflikt geraten wollte."

„Höllische Hitze!" Sie lachte, applaudierte pro forma und vergaß ganz, was sie bedrückte.

„Wie bist du auf sie gekommen?"

„Alles musst du wirklich nicht wissen, Chefinspektor. Vielleicht war es ja die weibliche Intuition, die es angeblich gar nicht gibt."

A foggy day ertönte aus der Tasche von Anders' Sakko, das über dem Stuhl neben ihm hing.

Er holte das Handy raus und hörte nur zu. Nadja verfolgte, wie sich seine Miene immer mehr veränderte.

„Bezahl bitte", sagte er. „Kopf hoch, Nadja, es wird schon wieder." Er warf sich das Sakko über die Schulter, gab ihr einen Kuss, über den Tisch hinweg, und eilte dann durch das Lokal auf die Straße hinaus, um ein Taxi abzufangen.

„Cooles T-Shirt, Eddy!"

Aber er war schon so gut wie weg, als sie ihm das hinterherrief.

Clara hatte ihn angerufen. Eine Meldung war soeben eingegangen. Am Westbahnhof war jemand von der Bahnhofspolizei auf eine Person aufmerksam geworden, auf die die Beschreibung passte, die er Jonas Li zum Weiterleiten gegeben hatte.

Anders spornte den Taxifahrer zur Eile an. An einem Tag im August am frühen Nachmittag war der Verkehr in der Stadt zum Glück nicht so dicht wie sonst und sie kamen zügig voran.

Er blieb per Handy mit Clara in Verbindung, die ihn über das, was sich am Bahnhof tat, auf dem Laufenden hielt. Ein Mann, der Burnside sein konnte, war an einem der Ticket-Schalter von einem Polizisten, der seine Runde machte, entdeckt worden. Als der Polizist sich ihm näherte, um sich an die Zielperson zu heften, tauchte sie in der Menge der Reisenden unter.

„Wo bist du gerade, Clara?"

„Beim Zugang zu den Bahnsteigen."

„Warte", sagte er. „Ich bin gleich bei dir. Fordere auf jeden Fall Verstärkung an. Im Zuge der Ringfahndung sollten sich doch ein paar Kollegen in der Nähe aufhalten."

Er dirigierte den Taxler in die äußere Mariahilfer Straße. Dort gab es einen Zugang zu den Bahnsteigen, der nicht über die in Urlaubszeiten stark frequentierte Haupthalle führte. Was würde Burnside tun, wenn er mitbekommen hatte, dass er entdeckt worden war? Würde er versuchen, den Bahnhof zu verlassen? Falls ihm aber entgangen war, dass jemand auf ihn aufmerksam geworden war, würde er fortsetzen, was er ohnehin hatte tun wollen. Irgendwie außer Landes kommen.

Über die Westbahnstrecke via Salzburg in Richtung Deutschland vielleicht? In der Schweiz wäre er sicherer. Dort hatte man ihn noch nicht im Visier, und von dort aus konnte man sich nach Italien absetzen, oder nach Frankreich und weiter nach England. Wo er vielleicht über ein Netzwerk verfügte, das ihm half, unterzutauchen und zu verschwinden.

Clara und der Polizist in Zivil, der die Zielperson entdeckt hatte, erwarteten ihn bei den Bahnsteigen.

„Welcher der Züge fährt nach Salzburg ab?"

„Laut Anzeigetafel fahren demnächst zwei Intercity-Züge in den Westen", sagte Clara.

„Und ein Regionalzug nach Sankt Pölten", warf der Kollege ein, der sich in der Eile nicht vorgestellt hatte.

„Sankt Pölten könnt ihr vergessen", sagte Anders. „Wohin fahren die Intercitys von Salzburg aus danach weiter?"

„Einer in Richtung München", sagte Clara. „Der andere bis Bregenz mit Anschluss in die Schweiz."

Im selben Moment ertönte aus den Lautsprechern, dass der Intercity nach Bregenz zur fahrplanmäßigen Abfahrt bereit sei und in fünf Minuten vom Bahnsteig Vier abfahren würde.

„Los“, sagte Anders, und war schon unterwegs.

Am Beginn des Bahnsteigs beim Prellbock stand der Schaffner, der in sein Handy vertieft war. Anders hielt kurz inne, wies sich aus und bat den Mann, dafür zu sorgen, dass der Zug nicht abfuhr, bis sie wieder ausstiegen. Den Kollegen ließen sie beim Prellbock zurück, um Burnside abzufangen, falls dieser den Rückzug antreten wollte.

Der Zug war voll und alle Plätze besetzt. Auch im Gang standen Fahrgäste.

Anders quetschte sich hindurch, die Linke unter dem Sakko auf dem Griff der Glock, Clara im Schlepptau. Sie schauten in jedes Abteil hinein. Waggon für Waggon. Clara öffnete die Tür jedes WCs. Nichts. Niemand! Keiner, der Burnside auch nur ähnlichsah. Nicht in den Toiletten, nicht auf den Gängen und nicht in den Coupés der Zweiten Klasse.

In der Ersten Klasse waren weniger Leute, zumindest auf den Gängen. Hier kamen sie besser voran.

Als Anders sich durch die Tür in den letzten Waggon zwängte, die sich für seinen Geschmack zu langsam öffnete, entdeckte er ihn! Er erkannte ihn sofort, und Burnside, der auf der letzten Plattform vor der Lok stand, eine Reisetasche neben sich, sah ihn auch.

„Das ist er!“

Anders und Clara zogen ihre Waffen, duckten sich ein wenig und drehten sich zur Seite, um kein so großes

Ziel abzugeben, in dem schmalen Gang, wo es keinerlei Deckung gab.

„Stehenbleiben!"

Als Burnside den Arm mit der Waffe in der Hand hob, riss Anders die Tür zu einem Coupé auf. Sie schlüpften hastig hinein. Darin saß eine junge Frau, mit einem Kopfhörer über den Ohren, über ihren Laptop gebeugt da. Sie schien sie gar nicht wahrzunehmen und sah nicht einmal hoch. Anders spähte vorsichtig auf den Gang hinaus. Doch dort war niemand mehr.

Sie sprangen auf den Bahnsteig und suchten diesen nach Burnside ab. Doch er war wie vom Erdboden verschluckt. Vom anderen Ende winkte ihr Kollege und gab Entwarnung. Auch dort tat sich nichts. Und auch nicht auf dem Bahnsteig gegenüber.

Beide drehten sich, die Waffen in den Händen, Rücken an Rücken, im Kreis.

Nichts!

„Es gibt nur noch eine Möglichkeit", sagte Anders.

Als sie vor die Lok kamen, sahen sie ihn. Mit seiner Tasche in der Hand kämpfte er sich zwei Gleise weiter zwischen den Schienen über die Schwellen.

Als er sah, dass sie sich ihm näherten, schoss er sofort.

Sie gingen hinter einer Streusandkiste am Ende des Bahnsteigs in Deckung und schossen zurück. Der vierte Schuss erwischte ihn schließlich. Anders wusste nicht, ob er oder Clara ihn getroffen hatte. Burnside stieß einen Schrei aus, ging in die Knie und kippte schließlich zur Seite. Er streckte die Hand, mit der er den Revolver hielt, demonstrativ von sich und warf die Waffe einfach weg.

Vorsichtig näherten sie sich ihm. Mit schmerzverzerrtem Gesicht hielt er sein rechtes Bein umklammert. Ein Rinnsal Blut fand seinen Weg und tropfte vom Oberschenkel zu Boden.

Sie näherten sich ihm auf den Schwellen, immer noch schussbereit.

„Von dem geht keine Gefahr mehr aus", sagte Clara.

Sie zerrten ihn hoch. Anders fasste nach seiner rechten Hand. Es musste seine rechte gewesen sein. Er drehte sie so, dass sie den Daumen sehen konnten.

„Da!"

Der mittlerweile dunkelblaue, halbmondförmige Fleck an der Spitze des Daumens war nicht zu übersehen.

„Kollegin Fürpass, möchten Sie diesen Mann über seine Rechte aufklären?", fragte Anders.

„Keine Lust", sagte Clara nur, legte Burnside Handschellen an und schob ihn vor sich her.

Anders folgte ihnen mit der Tasche. Noch verspürte er keine Genugtuung, doch er wusste, diese würde kommen. Wenn er abends mit einem Gin Tonic auf der Dachterrasse stand und seinen Blick über die Stadt schweifen ließ.

Die Stadt um ihn herum verströmte die Hitze, die sie tagsüber gespeichert hatte, so als würde sie allmählich ausatmen.

Bei Einbruch der Dunkelheit und nach dem zweiten Drink auf der Terrasse wich seine Befriedigung über den gelösten Fall bald der Frage, was zu tun war, um diesen Mann im roten Overall zur Rechenschaft zu ziehen, der den Mord an Bishop gefilmt hatte, um ihn für seine Zwecke zu nutzen. Ein Flugzeug auf der Startbahn zum Kentern zu bringen, war das eine. Dabei zu sein, wie jemand ermordet wurde, und nichts zu tun, als mit der Kamera draufzuhalten, war etwas vollkommen anderes!

Bisher hatte Anders diese Frage beiseitegeschoben, weil sie Leonies Freund in Schwierigkeiten bringen konnte. Doch vor Kurzem hatte Leonie ihm versichert, dass Felix damit nichts zu tun hatte. Felix hatte ihr von der Aktion auf der Startbahn erzählt und von dem, was Grünauer vorgehabt und dann auch getan hatte, nachdem er die anderen weggeschickt hatte. Und er sei sich sicher, dass das Video *Tod eines Mörders* nichts mit seiner Bewegung zu tun hatte, sondern ganz allein auf Grünauers Konto ging. Anders hatte Li darum gebeten, Grünauers sämtliche Aufenthaltsorte herauszufinden. Morgen würden sie dem Mann einen Besuch abstatten.

Überall in der Stadt, soweit sein Blick reichte, gingen nach und nach die Lichter an.

Konnte es sein, dass er schon morgen mit Marie den ersten Termin der Paartherapie hatte?, fragte er sich plötzlich. Und sollte er Nadja anrufen und fragen, ob sie Lust hatte, ihm in dieser Nacht Gesellschaft zu leisten? Der Himmel über der Stadt war so klar, dass sie vielleicht sahen, wie Perseiden ihre Lichtspuren über das dunkle Firmament zogen.